LES PETITS BÉARNAIS

2ᵉ SÉRIE IN-4°.

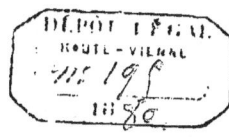
2050

LES PETITS

BÉARNAIS

LEÇONS DE MORALE

POUR LA JEUNESSE

PAR MADAME J. DELAFAYE-BRÉHIER

14e ÉDITION.

LIMOGES

EUGÈNE ARDANT ET Cie, ÉDITEURS

LES

PETITS BÉARNAIS

I. — Les Revers de fortune. — La Maison de Coaraze.

—Maman, dit Adrienne en entrant dans la chambre de madame Albert, je viens d'achever de dessiner une tête de vieillard; comment la trouvez-vous?

Madame Albert ne put retenir un cri de surprise et de joie, en reconnaissant la figure de son père, M. Léopold, qu'Adrienne avait copiée sur un portrait peint à l'huile. Ses yeux se remplirent de larmes; elle serra tendrement sa fille contre son cœur pour la remercier du plaisir qu'elle lui procurait.

— Tu as fait cet ouvrage bien secrètement, ma chère enfant, lui dit-elle.

— Je voulais vous surprendre, maman, répondit Adrienne. Ma sœur Isabelle était du complot, elle faisait le guet pendant que j'étais au travail; je vous assure que je ne perdais pas de temps. L'idée de la douce surprise que je vous préparais me donnait un courage extrême.

— En effet, elle a été bien douce, dit madame Albert en s'essuyant les yeux. Voilà bien l'aimable physionomie de mon père, ses regards doux et spirituels..... sa bouche qui semble prête à sourire..... Tiens, Adrienne, je suis un

mauvais juge de pareils dessins ; le plaisir que j'éprouve à
regarder cette figure m'empêchera toujours d'en apercevoir
les défauts.

— Ah ! ma chère maman, que je suis heureuse d'avoir eu
cette pensée ! Maintenant il me tarde que mon grand-père
vienne à Bordeaux ; je lui présenterai ce portrait comme je
viens de le mettre sous vos yeux, pour essayer s'il se recon-
naîtra lui-même. Mais, dites-moi, ma chère maman, ne
parle-t-il pas de quitter bientôt son vilain Béarn ?

— Le Béarn n'est pas un vilain pays, Adrienne ; il est, au
contraire, fort pittoresque. Ne te souvient-il plus du dernier
voyage que nous y avons fait ?

— Je me le rappelle fort peu, maman. Il y a sept ans de
tout cela ; j'avais à peine huit ans. Je crois cependant me
souvenir qu'il y a beaucoup de rivières et de montagnes, des
ponts étroits et élevés au-dessus des précipices, qui me cau-
saient une grande frayeur à traverser.

— Voilà justement ce que j'aime, s'écria Isabelle, qui
venait d'entrer dans l'appartement et qui avait entendu les
dernières paroles de sa sœur. Des torrents qui bouillonnent,
des rochers qui s'écroulent, des vents impétueux qui déra-
cinent les vieux arbres...

— Finis donc, Isabelle, interrompit Adrienne, tu me
glaces d'épouvante avec tes descriptions.

— Tu conviendras au moins que ces grands objets sont
dignes d'admiration, poursuivit Isabelle ; on aime la terreur
qu'ils inspirent. C'est ce que je ressentais hier soir en écoutant cette relation d'un voyage en Afrique que mon père
nous lisait. Il me semblait voir cette mer de sable, ces rochers
stériles ; je croyais entendre le rugissement des lions, que
l'auteur nous représente roulant comme le tonnerre d'échos
en échos dans ces vastes et profondes solitudes..... Ah ! qu'on
est heureux de voyager !

Madame Albert sourit en voyant s'exalter la jeune imagination d'Isabelle ; ensuite, ramenant son attention sur le portrait, elle engagea Adrienne à le porter sur le bureau de M. Albert, afin qu'en revenant de *la Bourse*, où elle le supposait alors, il pût jouir, à son tour, de l'agréable surprise qu'elle venait d'éprouver.

Cette idée plut beaucoup à la jeune dessinatrice ; elle se mit aussitôt à l'exécuter. La porte du cabinet était entr'ouverte ; Adrienne, en s'en approchant, vit son père à demi renversé sur son fauteuil, le visage pâle et défait. Frappée du désespoir dans lequel il paraissait être, Adrienne se retire doucement, et court se jeter tout en larmes entre les bras de sa mère.

— Qu'as-tu, ma fille ? s'écrie madame Albert alarmée.

— Ah ! maman, mon père a quelque grand sujet d'affliction : il a l'air abattu ; son visage est tout défiguré.

Madame Albert se rend aussitôt auprès de son époux. Elle l'interroge avec tendresse ; ses yeux sont déjà baignés de pleurs. M. Albert cherche à lui dissimuler ses peines, il essaie de prendre un air tranquille, mais la douleur est peinte dans tous ses traits. Madame Albert le supplie de ne rien lui cacher : elle est prête à tout supporter avec courage ; enfin elle apprend que la fortune de M. Albert, qui est négociant, vient d'être entièrement détruite, et que l'honneur de son époux se trouve compromis. Trois banqueroutes, arrivées presque en même temps, sont la cause de ce désastre, qui ne peut rester longtemps secret.

Madame Albert eut besoin de rassembler toutes ses forces pour supporter ces nouvelles accablantes, et surtout l'état de découragement où elle voyait son époux, et pour lui donner quelques consolations. La perte de la fortune est peu de chose au prix de celle de l'honneur. Ils résolurent de vendre tout ce qu'ils possédaient ; mais cette ressource n'était pas suffisante pour mettre leur réputation à couvert. Madame Albert proposa de s'adresser à M. Léopold, dont elle était la fille unique.

— Eh quoi ! reprit douloureusement son époux, puis-je le priver, sur ses derniers jours, d'une fortune qu'il a augmentée par ses sueurs ? Après avoir parcouru pendant cinquante ans la carrière qui me devient aujourd'hui si funeste, il se repose avec sécurité, honoré de l'estime de ses concitoyens ; est-ce à moi à troubler sa paix, à lui imposer des privations ? Ne t'a-t-il pas donné une grande partie de sa fortune ?

Madame Albert n'avait rien à répondre à de si justes réflexions. Des cris de joie vinrent les interrompre : c'était la voix de leurs enfants. M. et madame Albert pensèrent que l'heure de la récréation les rassemblait pour se livrer aux amusements de leur âge. Ils soupirèrent en songeant au triste sort qui les attendait, et ils continuaient de s'entretenir de leur malheureuse position, lorsqu'une personne entra dans le cabinet. C'était M. Léopold. Sa fille ne songea, en ce moment, qu'au plaisir de l'embrasser. Il la serra contre son cœur, et tendit la main à M. Albert, qui la baisa avec respect.

— Mes chers enfants, dit M. Léopold, vous ne comptiez pas sur ma visite. J'ai voulu profiter de la beauté de la saison, et je suis parti presque aussitôt que j'en ai eu formé le projet ; mais il me semble que vous êtes tristes... Ma fille, tu as pleuré..... et vous aussi, mon cher Albert ! D'où vient cette affliction ? manque-t-il quelque chose à votre bonheur ?

— Mon père, dit madame Albert en jetant un regard timide sur son époux, puisque vous êtes près de nous, que peut-il nous manquer ?

— Quoi ! reprit M. Léopold, est-ce ainsi que l'on m'aime ? Vous avez des peines, et je les ignore ? et vous voulez me les dissimuler ? S'il n'est pas en mon pouvoir de vous consoler, ne puis-je pas au moins m'affliger avec vous?

— Nous ne doutons pas de votre affection, ajouta monsieur Albert ; mais votre repos nous est cher, et nous craignons de le troubler.

— Voilà qui est fort mal raisonné, s'écria M. Léopold en frappant de sa canne sur le plancher. La véritable affection n'est pas si délicate, elle juge du cœur des autres par le sien, et confie ses chagrins avec la même franchise qu'elle partage ceux de ses amis.

Quelque résolution qu'eût prise M. Albert, il fallut tout avouer à ce bon père. Lorsqu'il fut instruit de la triste situation de leurs affaires, il versa quelques larmes.

— Ingrats ! leur dit-il, comment pouviez-vous respecter mon repos aux dépens de votre honneur? Croyez-vous que j'en eusse pu jouir! Je rends grâce à Dieu qui m'a inspiré le dessein de venir ici ! il n'y a point à balancer entre la fortune et la réputation : conservez l'une intacte, et sacrifiez l'autre. Ce qui me reste vous appartient.

Les deux époux tombèrent aux pieds du généreux vieillard, qui retrouva, dans cette circonstance, toute l'activité de sa jeunesse ; il sauva l'honneur de son gendre et conserva à sa famille le domaine qu'il habitait dans le Béarn, tout près du village de Coaraze, sur les frontières du Bigorre. Ce domaine, qu'il tenait de ses ancêtres, et qui fut toujours l'objet de son affection, était assez grand et assez beau pour y faire vivre avec aisance M. et madame Albert avec leurs six enfants, Adrienne, Casimir, Isabelle, Hippolyte, Charlotte et Alexis : ce dernier n'avait encore que sept ans ; Adrienne était l'aînée.

Cette famille partit de Bordeaux, au mois de mars, avec M. Léopold, emportant les regrets de leurs amis et l'estime de tout le monde : on admira des personnes honnêtes, qui,

pour ne pas manquer à leurs engagements, s'étaient dépouillées de leurs richesses.

La maison de M. Léopold était bâtie dans le goût ancien,
et ressemblait à un vieux château : elle avait deux ou trois
colombières en forme de tourelles. Les murs en étaient
noircis par le temps, et tapissés en plusieurs endroits d'un
lierre fort épais. Le dedans de la maison répondait à l'extérieur. Quelques chambres n'étaient éclairées que par des
fenêtres étroites, dont les petits vitrages se trouvaient réunis
par de minces bandes de plomb. Des tapisseries à grands personnages, quelques meubles anciens et chargés de dorures
en composaient tout l'ornement. Il y avait loin de cette
maison à celle qu'habitaient à Bordeaux M. et madame
Albert, et qui pouvait passer pour un chef-d'œuvre d'élégance et de goût.

Les enfants se promenaient dans ces sombres et vastes
appartements avec une surprise mêlée de dédain, pendant
que leurs parents se reposaient du voyage, et qu'Adrienne
aidait la vieille femme de charge de M. Léopold à ranger
les effets les plus fragiles.

— Ah! mon Dieu! la vilaine maison! disait Charlotte.

— Quelle grande cheminée! s'écriait Alexis.

— Messieurs, reprit Hippolyte, vous n'avez pas remarqué
ces petites fenêtres, et tous ces petits vitrages garnis de
plomb.

— Je les ai vus, répliqua Isabelle, et bien loin de les
trouver désagréables, ils me plaisent comme tout le reste,
par un certain air d'antiquité qui m'inspire du respect. Il me
semble que je suis dans un de ces vieux châteaux où les chevaliers errants recevaient l'hospitalité, lorsque la nuit les
surprenait aux environs.

Bientôt entra la vieille Bibiane, femme de charge de
M. Léopold, respectable personne qui le servait fidèlement

depuis quarante années. Elle était habillée comme les paysannes du Bigorre, avec le petit capulet rouge sur la tête. Sa vivacité contrastait singulièrement avec son âge. Elle fit une petite révérence aux enfants, dont la plupart lui tournèrent le dos pour se mettre à rire. Casimir lui rendit son salut d'un air grave et moqueur, qui redoubla encore la gaieté de ses frères et de ses sœurs. Bibiane, un peu troublée de cette réception, se hâta de sortir de l'appartement. Aussitôt les ris éclatèrent sans contrainte. Casimir se mit à copier les manières de la bonne gouvernante, et n'aurait pas terminé de sitôt ce jeu condamnable, sans l'arrivée d'Adrienne, qui le surprit.

— Fort bien, Casimir, lui dit-elle; vous choisissez là de dignes sujets d'amusement! Maintenant, pour achever la vérité de votre tableau, venez avec moi voir pleurer cette pauvre Bibiane, que vous avez si cruellement mortifiée.

CASIMIR. — Comment, elle pleure?

ADRIENNE. — Cette respectable femme, habituée à jouir de l'estime que sa bonne conduite lui a acquise, et pour qui notre grand-père lui-même a beaucoup d'égards, n'a pu supporter vos moqueries. Cependant, au lieu d'aller s'en plaindre à nos parents, elle est revenue près de moi, fondant en larmes.

ISABELLE. — Pauvre Bibiane! que j'ai de regret d'avoir ri!

HIPPOLYTE. — Pour moi, j'ai ri si bas qu'elle n'a pas dû m'entendre.

ALEXIS. — C'est Charlotte qui a ri le plus fort.

CHARLOTTE. — Je ne pouvais pas m'empêcher; Casimir avait l'air si plaisant en lui rendant son salut! C'est lui qui est cause de tout cela.

ISABELLE. — Ne nous excusons point aux dépens les uns des autres : si nous n'eussions pas ri, Casimir ne se serait point moqué. En vérité, Adrienne, je veux aller avec toi embrasser cette pauvre Bibiane.

CHARLOTTE. — Et moi aussi.

ALEXIS. — Je vais lui porter une orange pour la consoler.

CASIMIR. Allons-y tous.

HIPPOLYTE. — Je n'ai fait que sourire ; si j'y allais, ce serait me déclarer coupable : je reste.

CASIMIR. — C'est-à-dire que tu veux passer pour le plus sage.

HIPPOLYTE. C'est-à-dire que je n'ai pas envie de m'humilier sans raison.

ADRIENNE. — Bibiane n'a point remarqué que tu fusses plus retenu que les autres, Hippolyte ; d'ailleurs, il ne faut que des caresses à cette pauvre femme, et cela ne coûte guère envers quelqu'un que l'on a offensé.

HIPPOLYTE. — Dans ce cas elles seraient toujours une réparation, et je n'en ai point à faire.

— Comme tu voudras, reprit Adrienne ; et elle s'éloigna suivie des autres enfants. Ils trouvèrent en effet Bibiane qui pleurait. Ils se jetèrent tous à son cou, et firent aisément leur paix avec elle. Aucun de ces enfants n'avait le cœur mauvais, pas même Hippolyte, qui était resté plutôt par amour-propre que par insensibilité. L'amour-propre, qui est utile en soi lorsqu'il est bien dirigé, finit par devenir un grand défaut dans le cas contraire. Il maîtrise le cœur avec tant de force, qu'il triomphe même de ses meilleures qualités, lorsqu'elles lui opposent quelque résistance, et c'est alors qu'il devient de l'orgueil. Hippolyte passa pour un mauvais cœur dans l'esprit de Bibiane ; dès ce moment elle l'aima toujours moins que les autres.

Cette petite aventure rendit nos enfants plus réservés à l'égard de Manuello, grave Espagnol, mari de Bibiane, et valet de chambre ou plutôt valet de confiance de M. Léopold.

Sa figure longue et olivâtre, son maintien composé, ses discours sentencieux n'eussent point échappé au railleur Casimir. Je dois même avouer qu'il ne put s'empêcher d'en rire et de l'imiter en secret, tant il est difficile de se débarrasser promptement de ses défauts ; mais il se surveilla de manière à n'être entendu ni de lui ni de sa femme, afin de ne les affliger ni l'un ni l'autre.

II. — La Chute dans le ruisseau. — III. Sylvère.

On s'étonnera peut-être de la description que j'ai faite de la maison de M. Léopold, après ce que j'ai dit plus haut qu'elle avait toujours été l'objet de sa prédilection. Telle qu'elle était, il la trouvait fort agréable. Ses pères l'avaient habitée, il y était né lui-même ; c'est un attrait bien puissant que celui des souvenirs de l'enfance et des personnes auprès de qui elle s'écoula paisiblement. Des meubles modernes, une nouvelle distribution des appartements auraient troublé ces doux souvenirs, ils les auraient peut-être détruits tout-à-fait, et le plaisir des yeux aurait remplacé celui du cœur. M. Léopold était trop sensible pour n'en pas apprécier toute la différence. Les vieux meubles, les grandes cheminées, les petites fenêtres ne choquaient nullement ses regards, habitués à les voir ainsi. Il savait bien que tout cela n'était plus de mode à Bordeaux ; mais il ne s'en inquiétait point à Coaraze.

— Mes bons amis, disait-il à ses petits-enfants, en les promenant de salle en salle (car il s'était bien aperçu que sa maison leur paraissait extraordinaire), les objets ont quelquefois un aspect bien différent aux yeux de ceux qui les regardent, et cela parce que tous n'y attachent point les mêmes idées. Cette fenêtre, qui vous paraît si ridicule par son peu de largeur, relativement à la pièce qu'elle éclaire, me rappelle à moi un souvenir bien doux. C'est de là que mon père me nommait tous les endroits qu'on découvre de cette maison. Ne pouvant nous y tenir tous deux commodément, il me prenait entre ses bras, et ne me quittait jamais sans me donner un baiser. En regardant cette grande cheminée, je crois y voir encore toute ma famille rassemblée à l'entour. Ma mère était assise dans ce large fauteuil de velours vert; mes frères et moi nous nous amusions à chercher des ressemblances dans ces figures de tapisseries, et lorsque votre mère n'était pas plus grande qu'Alexis, je l'ai fait sauter souvent de dessus ces hautes commodes sur le plancher. Vous voyez, mes amis, combien de souvenirs respectables tiennent à des objets qui, en apparence, n'annoncent qu'un manque de goût. Il ne faut jamais se hâter de blâmer ce que les autres affectionnent, dans la crainte d'être injuste envers quelque louable sentiment.

M. Léopold leur fit ensuite remarquer que la maison était vaste et commode, qu'il n'y manquait rien d'utile, et que l'exposition en était admirable. De presque toutes les fenêtres on découvrait la plaine et les montagnes du Bigorre, le lac de Lourdes, le gave de Pau, le riche vallon d'Argélès, les montagnes de Cauterets, d'Azun, de Baréges, et le pic de Solon, dont la pointe se perd dans les nuages.

M. Léopold s'était particulièrement occupé de l'amélioration des terres et de l'agrandissement des jardins. Il n'y en avait pas de plus beaux dans tout le Béarn. L'un était consacré aux plantes potagères; une agréable symétrie s'y faisait partout remarquer à côté de l'abondance. L'autre jardin servait de promenade; on y avait planté de longues charmilles qui formaient un rideau impénétrable aux rayons du soleil. Des statues les embellissaient de distance en distance.

Des canaux distribués avec goût augmentaient, par la fraîcheur et la limpidité de leurs eaux, les agréments de ce jardin, dans lequel se trouvaient encore un joli pavillon d'été et quelques parterres remplis de fleurs. La vue des fleurs fit grand plaisir à Charlotte, qui les aimait passionnément. M. Léopold lui en donna un petit carré pour qu'elle eût le plaisir de les cultiver elle-même.

Les enfants furent bientôt accoutumés à leur nouvelle habitation. Chacun sut y trouver le genre de plaisir qui lui convenait. Casimir, Isabelle et Hippolyte couraient jeter l'hameçon au milieu des ruisseaux. Là, couchés silencieusement sur l'herbe qui en tapisse les bords, ils épiaient l'ablette, petit poisson dont les écailles argentées servent à composer les fausses perles ; la truite qui se plaît dans les eaux claires et rapides, et l'avide brochet qui n'a jamais lassé la patience du pêcheur. Isabelle, passionnée pour les beautés pittoresques, abandonnait souvent sa ligne sur le rivage, et grimpait de roche en roche pour découvrir la source du ruisseau. Charlotte et Alexis cultivaient leur parterre ; Adrienne dessinait et partageait les occupations de sa mère et de la vieille Bibiane.

Madame Albert, entourée de sa famille, fixée auprès de son père, se serait trouvée plus heureuse qu'à Bordeaux, sans la mélancolie à laquelle son époux s'abandonnait. L'inaction dans laquelle il se trouvait au sortir d'une vie active, l'accablait d'ennuis et de dégoûts. M. Léopold, toujours occupé du bonheur de ceux qui l'entouraient, essaya de dissiper la tristesse de son gendre et y réussit. Il le chargea de diriger à son gré tous les travaux de l'agriculture. M. Albert s'imagina d'abord que ce soin ne l'occuperait pas beaucoup ; mais, en approfondissant un peu cette étude, il s'aperçut qu'elle demandait autant d'activité que le commerce. Il s'appliqua sérieusement à la pratique utile et honorable du premier des arts. Son ennui disparut, les journées devinrent plus courtes, et le contentement rentra dans son cœur.

Alors M. Léopold proposa un nouveau genre de travaux ; c'était l'éducation de leurs enfants, qu'il était essentiel de ne pas négliger. M. Albert avait beaucoup lu ; une solide instruction était le fruit de ses veilles. Aidé d'une bibliothèque nombreuse et bien choisie, il fut chargé de la partie littéraire. La musique et le dessin, que madame Albert avait toujours cultivés avec succès, devaient être transmis par elle aux jeunes élèves. M. Léopold se réserva les leçons de morale : il avait une mémoire heureuse et bien ornée ; il promit à la petite famille de lui raconter de temps en temps une histoire qui servirait à la fois de leçon et de récompense. Cette promesse fut reçue avec des transports de joie ; elle fit naître un nouveau courage pour vaincre les difficultés que toute instruction présente nécessairement.

Isabelle avait entendu parler de la lande des Maures. Une tradition du pays rapporte que ce lieu fut. ainsi nommé à cause d'une bataille qui s'y donna entre les Sarrasins et les Bigorrais, et dans laquelle ces derniers furent vainqueurs. Isabelle proposa à ses frères de laisser là leur pêche, et de venir avec elle à la découverte de cette lande. Hippolyte lui fit observer qu'ils en ignoraient le chemin, et que, ne comprenant pas le patois du pays, ils ne pourraient pas le demander.

— Manuello me l'a presque indiqué, répondit Isabelle ; d'ailleurs je sais qu'on appelle ici cette lande *Lane-Mourine*; nous n'aurons qu'à prononcer ce mot, à l'aide de quelques gestes, pour nous faire comprendre. Je suis très-curieuse de voir cette lande ; peut-être y trouverons-nous quelque chose d'extraordinaire, des casques ou des boucliers.

HIPPOLYTE. — Ah! oui, depuis le temps que cela est arrivé, voilà une espérance très-probable!

ISABELLE. — Que nous trouvions quelque chose ou rien, n'importe ; allons-y, nous nous promènerons, toujours.

Ils partirent en effet, et s'égarèrent dès les premiers pas. Ils avaient beau demander *Lane-Mourine* aux paysans qu'ils rencontraient, ceux-ci leur répondaient en patois, et riaient de ne pouvoir se faire entendre. Aux environs du village d'Ossun, ils aperçurent un étranger dont l'extérieur singulier fixa leur attention. Il marchait le corps penché vers la terre, en ramassant les plantes qu'il découvrait, en parlant tout haut avec action, quoiqu'il fût seul. Il était vêtu d'un méchant habit noir tout déchiré ; ses bas et sa perruque étaient mis de travers. De temps en temps il s'arrêtait pour contempler ce qu'il avait à la main, faisait une grande exclamation, et continuait sa route. Je laisse à penser si ce personnage amusa nos trois enfants. Ils le suivaient en riant depuis un quart d'heure, lorsque l'étranger, qui ne regardait point à son chemin, s'étant heurté le pied contre une grosse pierre, alla tomber tout de son long au milieu d'un petit ruisseau qui se trouvait devant lui. Les éclats de rire que son accident occasionna furent si prononcés qu'il tourna la tête du côté de ceux qui s'égayaient ainsi à ses dépens. Alors Casimir, se rappelant une fable de La Fontaine, *l'Astrologue tombé dans un puits*, cria malhonnêtement à cet étranger :

> Pauvre bête !
> Tandis qu'à peine *tu peux voir à tes pieds*
> Penses-tu lire au-dessus de ta tête ?

— Vous citez mal, mon enfant, répliqua l'inconnu ; il ne faut pas dire :

> Tandis qu'à peine tu peux voir à tes pieds :

premièrement, parce qu'un *e* muet ne doit pas se trouver au milieu d'un vers sans être suivi d'une voyelle ; secondement, parce que le mot *pieds* ne rime point avec le mot *choir*, qui

2

termine le premier vers de cette fable ; et enfin, parce que la tournure de cette phrase est prosaïque. Il faut dire ainsi :

> Un astrologue un jour se laissa choir
> Au fond d'un puits. On lui dit : Pauvre bête !
> Tandis qu'à peine à tes pieds tu peux voir,
> Penses-tu lire au-dessus de ta tête ?

Ayant ainsi parlé, l'étranger s'essuya le visage, secoua son chapeau, et s'éloigna après avoir salué nos petits étourdis, qu'il laissa fort confus.

Son honnêteté et sa modération leur firent bien mieux sentir leur impolitesse que n'auraient pu faire ses menaces. Ils gardèrent quelque temps le silence. Isabelle, le rompant la première, s'écria avec surprise :

— Comment cet homme, qui a l'air d'un misérable fou, connaît-il les fables de La Fontaine ?

CASIMIR. — Il est vrai que je ne m'y serais pas attendu ; mais est-il certain qu'il ait raison ? Il faudrait avoir les fables pour le vérifier.

HIPPOLYTE. — J'en ai justement un volume dans ma poche ; peut-être celle de *l'Astrologue* s'y trouvera-t-elle. Cherchons.

ISABELLE. — La voilà bien telle qu'il l'a récitée.

CASIMIR, *lisant*. — Cela est vrai !... il aura entendu dire ces vers à quelqu'un.

HIPPOLYTE. — Il aura donc aussi entendu expliquer pourquoi ce que tu as mis à la place était vicieux ?

CASIMIR. — Mais, je vous le demande, cet homme ressemble-t-il à quelqu'un de bien né ? Son habit avait des trous.

ISABELLE. — Quoi qu'il en soit, cet étranger est toujours bien plus poli que nous, et nous avons eu grand tort de l'insulter. Maman nous a souvent répété qu'il ne fallait point juger de l'homme par son habit.

En raisonnant ainsi, ils entrèrent dans le village d'Ossun, où au lieu de demander la *Lane-Mourine,* ils s'informèrent de Coaraze, craignant de s'en trouver plus loin qu'ils ne le désiraient. On les remit sur la route, et ils arrivèrent avant la nuit chez M. Léopold. Ils se gardèrent bien d'y parler de leur rencontre. Madame Albert, trouvant leur promenade un peu longue, leur recommanda de s'éloigner moins à l'avenir.

Le lendemain, comme on allait se mettre à table, on annonça M. Sylvère ; c'était un ancien ami de M. Léopold. Il arrivait de Bayonne, où quelques affaires le retenaient depuis deux mois. M. Léopold en avait parlé à sa famille, comme d'un homme aimable et fort instruit. M. Sylvère était poète, musicien, naturaliste. Les enfants l'attendaient avec impatience, dans l'espoir d'aller visiter son cabinet, qui était fort curieux. Il entre enfin, conduit par M. Léopold. Avec quelle surprise et quelle confusion Casimir, Hippolyte et Isabelle reconnaissent en lui l'étranger de la veille ! M. Sylvère n'eut pas autant de mémoire, il salua tout le monde sans prendre garde aux trois railleurs, qui se sentaient mal à leur aise. Cependant, comme il ne parut pas les reconnaître, ils se remirent un peu de leur embarras. La conversation fut très-intéressante pendant tout le dîner. M. Sylvère s'exprimait facilement ; il parla de ses voyages en Italie. Les enfants écoutèrent avec avidité la description qu'il leur fit des magnifiques palais de Gênes, où l'or, le porphyre et le marbre étalent à l'envi leur richesse.

A Pise, il avait remarqué la tour de la cathédrale, qui est tellement inclinée, qu'elle semble près de tomber. Cependant elle a cette pente depuis si longtemps qu'on ignore si c'est un effet du sol où si c'est l'architecte qui la lui a donnée à dessein.

Rome, si intéressante par ses grands souvenirs, occupa

longtemps M. Sylvère et ses auditeurs. Il avait visité le *forum romanum*, place publique de l'ancienne Rome, où se tenaient les assemblées du peuple, où les orateurs le haranguaient.

En achevant son récit, M. Sylvère, qui tenait son verre à la main, le versa tout entier sur ses habits.

—Il faut convenir, s'écria-t-il, que je suis bien maladroit ! Ceci me rappelle une petite aventure qui m'arriva hier, en me promenant aux environs d'Ossun ; je rencontrai et j'examinais avec attention une plante de la famille des orchidées, l'ophris-mouche, dont l'épi, composé de petites fleurs bleuâtres de la forme d'une mouche, semble en effet tout couvert de cet insecte. J'admirais combien la nature est puissante et variée jusque dans les moindres choses, avec quelle grâce elle a peint, comme en se jouant, des insectes sur les fleurs, et des fleurs sur des insectes, ainsi qu'on peut le voir sur plusieurs de ces derniers, dont les couleurs éclatantes imitent celles d'un bouquet bien assorti. Une pierre roulante sur laquelle j'ai posé le pied m'ayant fait perdre l'équilibre, je tombai au milieu d'un ruisseau.

Ici Casimir, Hippolyte et Isabelle se regardèrent avec inquiétude, fort étonnés de ce début auquel ils ne s'attendaient pas, et n'en présageant rien de bon pour la suite. Hippolyte ne se contenta pas de craindre, il se recula peu à peu de la table, et, profitant d'un moment où ses parents ne le remarquaient pas, il s'échappa du salon, afin d'éviter sa part de l'affront qui paraissait les menacer tous trois. Isabelle baissait les yeux, Casimir faisait des nœuds avec sa serviette. M. Sylvère continua :

— A peine fus-je tombé, que les éclats de rire de plusieurs enfants qui se trouvaient à quelques pas de moi me firent tourner la tête. Je ne vous dirai pas s'ils étaient de notre contrée ou du village d'Ossun, mais je puis vous assurer qu'ils sont méchants et impolis ; car, au lieu de voler à mon secours, l'un d'eux m'apostropha par ces vers de *l'Astrologue tombé dans un puits* : « Pauvre bête, etc... » Outre sa grossièreté, cet enfant me prouva encore son ignorance, en estropiant cruellement le second vers et en me l'appliquant fort mal, puisque je cherchais à lire dans une fleur et non pas dans les cieux. Mon cher Léopold, vous êtes bien heureux d'avoir des enfants tels que ceux-ci. Je ne doute point qu'ils n'aient aussi leurs défauts : comme dit souvent votre serviteur Manuello, petite flamme ne peut pas jeter grand lustre ; mais ils me paraissent doux, honnêtes et avides de s'instruire.

Casimir ne put supporter cet éloge : le cœur ému, l'air humilié, il se leva, et, s'approchant de M. Sylvère :

— Monsieur, lui dit-il, vous avez trop bonne opinion de nous ; bien loin de mériter vos éloges, je suis le méchant enfant qui vous a insulté hier, et je vous en demande pardon.

— Et moi, Monsieur, reprit Isabelle en versant quelques larmes, j'étais avec mon frère...

— Fort bien, mes chers amis, s'écria M. Sylvère en les embrassant avec transport, voilà un aveu qui répare tout ; et, loin de me rétracter de la bonne opinion que j'avais de vous, je vous en trouve plus dignes que jamais. La sincérité est la première des vertus. Votre action est d'autant plus estimable que je ne vous reconnaissais pas, et que j'étais même bien éloigné de supposer que ce fût vous ; mais vous n'étiez pas tous deux seuls?

— Non, sans doute, reprit M. Albert ; Hippolyte vous accompagnait, où donc est-il?

— Il s'est enfui tout doucement, répliqua Alexis ; je l'ai bien vu reculer peu à peu sa chaise, mais je n'en ai rien dit.

— Vous avez bien mieux fait que lui, mes enfants, dit M. Léopold en s'adressant à Casimir et à Isabelle : votre

cœur est à présent plus tranquille que le sien, et nous som
mes satisfaits de votre conduite.

M. et madame Albert mêlèrent leurs éloges à ceux de
M. Léopold, qui, dans la satisfaction qu'il éprouvait, promit
une histoire pour la soirée.

Cependant Hippolyte, malgré les sages conseils de Casimir et d'Isabelle, qui l'engageaient à les imiter, n'osait repa-
raître devant M. Sylvère, et il épiait avec impatience le
moment de son départ. Malheureusement pour lui, ce monsieur ne partit point ; il accepta un lit chez M. Léopold, afin
de passer avec son ami le reste de la journée. M. et madame
Albert ne voulurent point influencer la conduite d'Hippolyte;
ils l'abandonnèrent à ses propres réflexions, espérant que la
curiosité d'entendre l'histoire de M. Léopold triompherait de
l'orgueil qui l'empêchait de venir s'avouer coupable. Leur
espérance fut trompée. Il balança longtemps sur le parti
qu'il prendrait, faisait un pas vers le salon, et se retirait
aussitôt qu'il entendait le moindre bruit. Enfin la nuit étant
tout-à-fait venue, ses frères et ses sœurs se rassemblèrent
autour de M. Léopold pour écouter le récit qu'il leur avait
promis. Hippolyte, seul et oublié, se mit au lit en versant
des larmes. Il ne put s'endormir ; le son de la voix de monsieur Léopold, qui parvenait à son oreille, renouvelait l'a-
mertume de ses regrets sans qu'il eût le droit de s'en plaindre, puisque lui-même s'était imposé cette privation. Pour
la première fois, il commença à reconnaître que l'orgueil est
une véritable sottise et forma le projet de s'en corriger.
Tandis qu'ils se livrait à ces sages réflexions, M. Léopold racontait l'histoire qu'il avait promise.

III. — L'Orage. — Le Jardin anglais. — Le Jasmin.

Quand on ressent la punition d'une faute, que la réparation en est encore éloignée, on se livre aux pensées les plus sages, on forme des résolutions courageuses ; il semble alors que rien n'est plus facile que de se corriger. Le désavantage que cette même faute avait entraîné après elle vient-il à perdre de sa force, et le moment de faire quelque violence à ses passions à se rapprocher, on ne retrouve plus les résolutions de la veille.

C'est précisément ce qui arriva à Hippolyte. Malgré tout ce qu'il s'était promis, malgré tous les regrets qu'il avait eus, il ne pouvait se décider à réparer sa faute, à convenir franchement de ses torts. Plus il avait retardé, plus il lui semblait devoir retarder encore. Loin de prévenir par sa démarche le départ de M. Sylvère, il l'attendit en feignant de dormir plus longtemps. Hippolyte ne se leva que lorsqu'il sut ce Monsieur botté, éperonné, et tout prêt à monter à cheval ; il ne sortit enfin de sa chambre que lorsqu'il l'eut vu partir avec M. Albert, qui devait l'accompagner jusqu'à Lourdes, où il avait lui-même quelques affaires.

M. Sylvère demeurait alternativement l'hiver dans la petite ville de Lourdes, et l'été dans la vallée de Campan, sur les bords de l'Adour. M. Léopold avait en vain essayé de le retenir ; il ne voulut même pas attendre le déjeuner, et prit congé de la famille, malgré toutes les apparences d'un orage qui commençait à se former. En partant, il engagea ses hôtes à venir le voir à leur tour dans sa vallée de Campan, avant la saison des pluies. Il promit à Isabelle de lui faire voir dans cette contrée des rochers et dés précipices beaucoup plus effrayants que ceux qu'elle admirait à Coaraze.

Bien assuré qu'il n'était plus dans la maison, Hippolyte

alla saluer ses parents. Madame Albert était seule ; elle copiait une leçon de musique pour Charlotte. Hippolyte s'avança dans le dessein de l'embrasser. Madame Albert l'arrêta, et le regardant d'un air sérieux :

— Hippolyte, lui dit-elle, l'enfant opiniâtre et orgueilleux qui craint de réparer ses fautes ne mérite pas les caresses de sa mère.

HIPPOLYTE. — Maman, ce n'est point par orgueil ; c'est par timidité.

MADAME ALBERT. — Quoi ! vous êtes plus timide dans vos devoirs que dans vos torts ? Vous avez la hardiesse d'insulter un étranger, et vous n'avez pas celle d'en faire vos excuses à l'ami de votre grand-père ? Hippolyte, je ne reconnais point là un enfant timide.

HIPPOLYTE. — Hier soir j'étais bien décidé à venir ce matin trouver M. Sylvère.

MADAME ALBERT. — Vous en avez eu le temps ; il ne fait que de partir.

HIPPOLYTE. — La honte d'avoir tant retardé...

MADAME ALBERT. — Plus vous resterez ainsi, plus cette honte aura lieu de croître. Si vous aviez vu avec quelle indulgence il a reçu les aveux d'Isabelle et de Casimir ! combien il estime maintenant leur courage et leur franchise !

HIPPOLYTE. — Je voudrais bien aussi les avoir imités, et n'être pas sorti du salon.

MADAME ALBERT. — Je le crois ; car enfin vous vous réduisez vous-même à une situation fort désagréable. M. Sylvère vient souvent chez votre grand-papa ; il faudra donc que vous vous emprisonniez toutes les fois qu'il renouvellera ses visites, ou que vous supportiez l'expression de son mépris, si vous vous exposez à ses regards sans avoir réparé votre faute.

HIPPOLYTE. — Maman, il me vient une idée. M. Sylvère

n'a pour ainsi dire rien à me reprocher. C'est Casimir qui l'a insulté ; je n'ai fait qu'en rire.

MADAME ALBERT. — Isabelle n'était pas plus coupable que vous, cela ne l'a point empêchée de s'avouer fautive. Elle a fort bien senti qu'approuver une action c'est la partager, et vous le sentiriez aussi sans les insinuations perfides de cet orgueil que je vous reprochais tout-à-l'heure, et qui cherche à m'échapper, à se satisfaire par tous les moyens possibles.

HIPPOLYTE. — Pour vous faire voir, maman, que cet orgueil n'est pas aussi opiniâtre que vous le supposez, je veux convenir avec vous de mes torts, et vous prier de me les pardonner.

MADAME ALBERT. — Ce n'est pas assez, mon fils, il faut aussi réclamer l'indulgence de M. Sylvère. Peut-il deviner votre pensée?

HIPPOLYTE. — Vous voyez qu'il n'est plus ici.

MADAME ALBERT. — N'est-ce que son absence qui vous empêche de remplir ce devoir...? Tenez, le voilà qui entre dans la cour; l'approche de l'orage l'aura sans doute forcé à revenir.

En effet, la pluie qui tombait à verse ramenait les deux voyageurs. Hippolyte, surpris et mécontent de leur retour, fit quelques pas pour sortir de l'appartement. Madame Albert continua :

— Eh bien! Hippolyte, voilà le fruit de vos promesses! vous me trompiez.

HIPPOLYTE. — Non, maman ; mais je ne croyais pas le voir sitôt. Je voudrais me préparer... Si vous saviez quelle appréhension j'éprouve!

MADAME ALBERT. — Cela est tout simple. Il n'y aurait pas de mérite à réparer ses torts s'il n'en coûtait rien pour le faire. Je vous prédis que si vous sortez de ce salon, l'embarras d'y revenir sera encore plus violent. Allons, mon fils, un peu de courage.

— Ma chère maman, parlez pour moi, reprit vivement Hippolyte en entendant les pas de M. Sylvère.

— Madame, dit ce dernier en saluant madame Albert, j'ai voulu faire le fier ce matin ; j'ai résisté à vos pressantes invitations de prolonger ici mon séjour. Mais quelque honte qu'on éprouve à revenir sur ses pas après une si belle résistance, je me hasarde à chercher auprès de vous une retraite agréable contre la pluie et les éclairs.

MADAME ALBERT. — Voilà justement, Monsieur, le cas dans lequel se trouve un de mes fils à votre égard, le complice d'Isabelle et de Casimir, Hippolyte enfin, qui a beaucoup de regrets de vous avoir offensé, et qui n'ose pas vous l'exprimer lui-même.

En disant ces mots, elle présentait Hippolyte à M. Sylvère.

— Il me semble, ma bonne amie, reprit M. Albert, qu'Hippolyte ne devait point avoir besoin d'interprète dans cette occasion. Ta complaisance lui ravit tout le mérite de sa démarche ; j'ai même le soupçon qu'elle n'est qu'une sorte de violence que tu lui fais, et qu'il n'approuve pas ; c'est ce que me confirme son silence.

HIPPOLYTE. — Mon père, vous présumez mal de mes intentions. Je pense ce que maman a bien voulu dire pour moi, et je prie Monsieur d'en être persuadé.

M. Albert branla la tête. Il n'était point satisfait du secours que la faiblesse maternelle avait prêté à ce petit orgueilleux. Il aurait voulu pousser à bout un défaut qui lui paraissait déjà bien enraciné, et qui perçait encore jusque dans la réparation, par la contenance froide et contrainte, et par les paroles mesurées du coupable. M. Sylvère, qui ne savait point déguiser ses sentiments, répondit à Hippolyte :

— Mon ami, je ne songe plus à ce qui s'est passé, et c'est

plutôt pour vous que pour moi que cette aventure méritait de l'attention. Il importe qu'un enfant sensible et bien élevé respecte ceux qui sont au-dessus de lui par leur âge et leur expérience ; mais l'absence de ce même respect ne fait absolument aucun tort aux personnes qui le méritent. Je reçois vos excuses de tout mon cœur ; cependant, à vous parler sans détour, j'aurais mieux aimé, qu'à l'exemple de votre frère et de votre sœur, vous fussiez venu tout naïvement de vous-même, au lieu d'y réfléchir si longtemps. La jeunesse est sujette à faillir ; c'est pourquoi elle doit être prompte à réparer ses fautes.

Le déjeuner était prêt ; comme Isabelle et Adrienne ne paraissaient point, madame Albert alla s'informer de ce qui les retenait absentes. Elle les trouva l'une et l'autre dans la salle d'étude, Adrienne assise dans un coin, la tête cachée entre ses mains avec tous les signes d'une grande frayeur, tandis qu'Isabelle, debout auprès d'une fenêtre, contemplait les effets de l'orage, et se moquait des craintes de sa sœur.

— Eh bien ! mes filles, dit madame Albert, à quoi vous amusez-vous donc ? On vous attend pour déjeuner.

— Ah ! maman, s'écria Adrienne, quel orage !

— Quel beau spectacle ! dit à son tour Isabelle ; voyez donc ces éclairs qui sillonnent la nue, ces torrents qui se répandent de tous côtés, ces grands arbres que le vent fait courber jusqu'à terre ! J'ai déjà vu tomber deux pins énormes !... Ecoutez ce bruit du tonnerre, comme il est magnifique... Ce n'est d'abord qu'un roulement sourd ; peu à peu il augmente, puis il devient éclatant... le fracas redouble ; il est répété par tous les échos des montagnes, qui le prolongent et le portent dans le lointain.

MADAME ALBERT. — Oui, je conviens que cela est fort beau ; mais Adrienne paraît souffrir de ce qui vous cause tant de plaisir à voir.

ISABELLE. — C'était bien pis tout-à-l'heure : elle avait fermé jusqu'aux volets, elle craignait de voir les éclairs. J'ai beau me moquer de sa faiblesse...

MADAME ALBERT. — Il serait plus généreux d'y avoir égard en n'ouvrant pas ainsi les fenêtres, puisque cela lui cause tant de peine. On n'est point maître de la frayeur; et les souffrances qu'elle occasionne sont bien propres à inspirer de l'intérêt.

ISABELLE. — Mais, maman, il est ridicule de craindre le tonnerre.

MADAME ALBERT. — Pourquoi?

ISABELLE. — Mon père ne nous a-t-il pas expliqué qu'il est aussi naturel que la pluie et le soleil; qu'il est même nécessaire comme eux?

MADAME ALBERT. — Pour être nécessaire et naturel, en est-il pour cela moins dangereux? Lorsque le tonnerre est près de vous, n'êtes-vous pas évidemment exposée?

ADRIENNE. — Je suis bien aise de vous entendre parler ainsi, maman; cela me prouve que j'avais raison d'être effrayée et de fuir la lueur des éclairs.

MADAME ALBERT. — Vous auriez tort aussi d'en tirer cette conséquence, Adrienne. La grande frayeur et la sécurité sont, dans ce cas, deux excès aussi déraisonnables l'un que l'autre. Vous êtes trop sensée pour croire que l'obscurité empêchera la foudre de vous atteindre; c'est donc par un véritable enfantillage que vous la recherchez.

ISABELLE. — Mais, maman, que faut-il donc faire dans cette occasion?

MADAME ALBERT. — Il faut occuper son âme des sentiments religieux qu'un pareil spectacle est propre à y faire naître. Comme l'a fort bien observé Isabelle, les effets du tonnerre sont naturels, et ne nous menacent pas plus que les autres accidents; mais puisqu'ils font sur nous plus d'im-

pression, mettons à profit cette occasion de penser à la grandeur de Dieu et à la puissance qu'il a sur notre vie. Cela ne
doit pas nous empêcher d'admirer ce spectacle, si nous nous
en sentons la force. Toutefois, il vaut encore mieux respecter
la faiblesse des autres, que d'acquérir avec dureté la gloire
de s'élever au-dessus d'elle.

Le temps s'était éclairci pendant le déjeuner ; le soleil bril-
lait dans toute sa force. Les deux voyageurs se mirent en
route en sortant de table. Casimir, Hippolyte et Alexis s'occupèrent de leurs études. Madame Albert et ses filles, ayant
pris leurs ouvrages, accompagnèrent M. Léopold dans le
jardin. On tira des chaises du pavillon, et l'on s'assit.

La nature était bien fraîche, bien riante, telle enfin qu'on
la voit après la pluie. Les arbustes, que la sécheresse faisait
languir, avaient repris de la force et de la couleur ; encore
chargés de gouttes d'eau, ils répandaient autour d'eux une
nouvelle rosée toutes les fois qu'un doux zéphyr les balançait.
Les fleurs, portées sur une tige frêle et délicate, restaient
encore couchées sur le gazon ; car la pluie avait été très-
violente ; mais, jusque dans cet état, elles annonçaient de la
fraîcheur, et semblaient n'attendre qu'un rayon de soleil
pour briller de tout leur éclat.

Adrienne, ayant promené ses yeux autour d'elle, dit à
M. Léopold :

— Mon grand-papa, votre jardin est bien beau, mais s'il
était fait à l'anglaise, ne serait-il pas encore plus agréable ?

M. LÉOPOLD. — Peut-être. Explique-moi d'abord ce que
tu entends par un jardin à l'anglaise.

ADRIENNE. — C'est un jardin qui imite les variétés de la
nature. Par exemple, au bout d'une allée tortueuse, on rencontre tout-à-coup des ruines qu'on y a élevées exprès ; un
peu plus loin se trouvent une chaumière, un moulin, une

grotte, un pont, une montagne; tout cela est dispersé avec art dans une médiocre étendue de terrain.

M. LÉOPOLD. — A cette dernière condition près, j'ai aussi un jardin dans ce genre.

ADRIENNE. — Ah! mon papa, je voudrais bien le voir; ayez la bonté de m'y conduire.

M. LÉOPOLD. — Je ferai mieux : je vais, sans nous fatiguer, te mettre à même de le parcourir des yeux. Entrons dans ce pavillon.

Ce pavillon était terminé par une terrasse duhaut de laquelle on découvrait un immense horizon. Adrienne ne put s'empêcher d'en être frappée; mais, revenant à sa première idée, elle demanda encore où était le jardin anglais.

— Il s'offre de tous côtés à tes regards, reprit M. Léopold; en as-tu vu quelquefois de plus beaux?

ADRIENNE. — Non, sans doute; mais enfin, mon papa, ce n'est que la campagne.

M. LÉOPOLD. — Adrienne, que penserais-tu d'une personne qui, ayant le bonheur de vivre avec son ami, le quitterait pour avoir le plaisir de considérer son portrait en miniature?

ADRIENNE. — Je ne sais trop ce que je dirais, tant cela me paraît ridicule.

M. LÉOPOLD. —Eh bien! je serais cette personne-là, si, au milieu d'une campagne aussi magnifique, je m'avisais d'en faire une pitoyable imitation. Les jardins anglais conviennent aux habitants des villes ou à ceux qui vivent au milieu des landes et des plaines stériles. Privés des charmes les plus riants de la nature, ils s'efforcent d'en rassembler quelques traits; et ils font bien. Mais moi, que puis-je désirer ici? des eaux? les montagnes ne m'en laissent jamais manquer. J'aperçois le lac de Lourdes, qui a une lieue d'étendue. Ces vallons, ces collines sont couverts des ruines des châteaux forts qui les dominaient; la grotte de Campan, avec ses belles stalactites, est là près de la marbrière, et les douze ponts de marbre qui sont sur la route de Barèges valent bien tous les ponts chinois de Bordeaux et d'ailleurs.

ADRIENNE. — Cela serait admirable, si vous pouviez parcourir, dans quelques heures, tous les endroits dont vous me parlez.

M. LÉOPOLD. — J'en serais bien fâché; un pareil rapprochement me priverait de toute leur grandeur. Je les ai vus; j'en conserve trop bien le souvenir pour en supporter l'imitation.

ADRIENNE. — Quel avantage trouvez-vous donc à votre jardin, avec ses charmilles et ses statues?

M. LÉOPOLD. — Celui d'une promenade voisine, à l'ombre et sur un terrain uni. Depuis que je deviens vieux, j'ai besoin de marcher à mon aise. Je lis souvent en prenant ce plaisir; de longues allées droites m'accommodent beaucoup mieux que ne feraient des détours continuels. Si je quitte ma lecture, je m'arrête avec satisfaction devant des statues qui me rappellent des personnages fameux; elles m'inspirent des pensées beaucoup plus agréables que ne ferait la vue de quelques centaines de pierres cimentées les unes avec les autres pour imiter une caverne.

ADRIENNE. — Je sens très-bien toute la justesse de votre raisonnement, mon papa, et je commence à m'apercevoir que le mien ne valait rien du tout. Jusqu'ici j'avais méprisé les jardins symétriques; il me semblait que ceux qui les préféraient aux autres dédaignaient la nature, et je vois à présent qu'ils sont quelquefois la preuve même du respect que l'on a pour elle.

Ils retournèrent alors auprès de madame Albert, qui travaillait toujours avec Isabelle et Charlotte. Cette dernière, s'ennuyant un peu de son ouvrage, pria sa mère de lui per-

mettre de le quitter pour aller voir ce que la pluie avait fait
à son parterre.

— Maman, ajouta-t-elle, je voudrais bien que vous y vins-
siez aussi. J'ai un jasmin qui mérite d'être vu. Il est si fleuri
qu'on le croirait couvert de neige. En approchant du parterre, on est d'abord averti de sa présence par l'odeur qui
s'en exhale. Mon grand-papa s'est arrêté hier devant lui plus
d'un quart d'heure ; il peut vous dire qu'on n'en voit guère
de pareils.

— Allons donc jouir de cette huitième merveille du monde,
répliqua madame Albert en souriant ; aussi bien, voici l'heure
de notre leçon de dessin.

Charlotte quitta son ouvrage en sautant de joie et prit avec
ses parents le chemin de son parterre. Elle avait bien de la
peine à régler la vivacité de sa marche sur la marche plus
posée de M. Léopold. Elle allait et revenait sans cesse autour
de lui, comme si l'activité de ses mouvements eût été capable
de précipiter ceux du vieillard.

— Ne le sentez-vous pas d'ici, maman? disait-elle à madame Albert. Pour moi, il me semble que je le trouverais
les yeux fermés.

Madame Albert riait de tout son cœur, car elle ne sentait
rien. Lorsque Charlotte ne s'en trouva plus qu'à dix pas, il
lui fut impossible de contenir son impatience. Une charmille
le lui cachait encore ; elle se hâta de la franchir..... Quel
spectacle se présente à ses yeux! Le grave Manuello, armé
de longs ciseaux, venait de tondre le superbe jasmin! les
débris de ses branches parfumées se trouvaient épars sur la
terre.

Le rouge le plus vif colora au même instant le visage de
Charlotte ; ses yeux étincelants de fureur ne purent être
adoucis par les torrents de larmes qu'ils répandirent ; un

tremblement universel la saisit..... elle voulut parler, et ne put proférer que ce peu de mots :

— Méchant ! qu'avez-vous fait ?

— Calmez-vous, mademoiselle Charlotte, répondit Manuello ; j'ai tondu ce jasmin afin qu'il refleurisse dans quelques mois. Il se flétrissait.

Charlotte, criant toujours sans pouvoir dire une seule parole, se jeta furieuse sur l'Espagnol, dans le dessein de le frapper. Comme sa force ne répondait point à sa volonté, elle se mit à trépigner de rage, sans pouvoir être contenue par la présence de ses parents. Les consolations qu'ils voulurent lui donner redoublèrent ses cris et ses larmes. Cependant, Manuello, taillant, tondant toujours, disait avec son flegme imperturbable :

— La colère est comme un torrent furieux que les pluies font naître et qui disparaît avec elles. Dans la sécheresse, on ne sait ce qu'il est devenu. Le filet d'eau qui le remplace ne suffirait pas pour désaltérer une troupe de passereaux.

La colère est une aveugle qui ne veut pas qu'on lui ouvre les yeux ; c'est une sourde qui ne veut pas qu'on la fasse entendre.

La colère est une maladie...

Charlotte, que ce discours irritait encore davantage, s'échappant des bras de madame Albert et de ses sœurs, qui s'efforçaient de la calmer, arracha de magnifiques œillets qui commençaient d'éclore, et les jeta tous à la fois à la tête de Manuello. Les autres fleurs subirent le même sort. Elle se faisait un plaisir de détruire ce parterre qui, auparavant, était pour elle une source de délices. Cela ne l'empêchait ni de pleurer, ni de crier, ni de donner tous les signes de la plus violente colère. Il était aisé de voir que si elle ne se vengeait pas sur l'Espagnol, c'est qu'elle n'avait pas assez de forces. Désespérée de la voir dans cet état, madame Albert

3

avait·les yeux remplis de larmes. M. Léopold conseillait à sa fille de garder le silence et d'attendre que le *torrent* fût passé, comme le disait Manuello. Pour ce dernier, il ramassait les beaux œillets en répétant d'un air calme et pourtant affligé :

— Ce n'était pas la peine de prendre tant de soin de ces belles fleurs pour les voir mutiler ainsi. Cet œillet tricolore était près de s'épanouir ; ce lis du Canada serait devenu aussi grand que moi ; ces croix de Jérusalem, ces valérianes d'Angleterre, ces pivoines, produisaient ensemble un charmant effet !

Tandis qu'il regrettait ainsi la perte de chacune de ses fleurs, Charlotte, épuisée de rage et de fatigue, se laissait enfin entraîner par sa mère, qui la conduisit à la maison. Tous ses traits, naturellement agréables, étaient défigurés. Son visage entier ne présentait plus qu'une masse rouge et bouffie. Elle étouffait dans sa robe ; il fallut la délacer et la mettre au lit. Le mal de tête et la fièvre s'ensuivirent. M. Albert la trouva fort malade en arrivant. Il fut d'abord surpris de la voir seule dans sa chambre avec Bibiane, et cet abandon s'accordait peu avec la grande tendresse que madame Albert avait pour ses enfants ; mais lorsqu'il sut tout ce qui s'était passé, il ne s'en étonna plus, et se retira lui-même, en la laissant aux soins de la bonne gouvernante.

M. Léopold avait eu quelque peine à obtenir de sa fille cette marque de mécontentement. En mère sensible, elle s'affligeait bien plus qu'elle ne s'irritait des défauts de ses enfants. La maladie de Charlotte, quelle qu'en fût l'origine, lui causait déjà de l'inquiétude ; mais, aussi soumise aux désirs de son père que pleine de condescendance envers son époux, elle s'était résolue à cet acte de rigueur dont elle reconnaissait la nécessité.

Charlotte y fut extrêmement sensible. C'était la première

fois que sa famille l'abandonnait dans un moment de souf-
france ; car on ne permettait pas même à ses frères ni à ses
sœurs d'aller la consoler. Sa fureur s'était tout-à-fait calmée.
Charlotte, abattue et humiliée, pleurait en silence. Bibiane,
qui tricotait à côté de son lit, ayant entr'ouvert ses rideaux
pour voir si elle dormait, lui demanda la cause de sa tristesse.

—Hélas! répondit Charlotte, ne voyez-vous pas que tout
le monde m'abandonne? Mon père, mon grand-papa, maman,
qui est si bonne, viennent-ils savoir si je souffre? Mes frères,
mes sœurs ne s'en inquiètent pas davantage. Je vois bien
qu'on ne m'aime plus! Lorsqu'ils sont malades, je n'ai pas,
moi, le courage de me divertir.

BIBIANE. —Ma chère demoiselle, c'est qu'alors ce n'est pas
de leur faute ; ils ne se sont pas attiré leurs souffrances par
un accès de colère.

CHARLOTTE. — Je vous assure, Bibiane, que je ne les
abandonnerais pas quand même ils seraient la cause de
leur mal. Ah! je vois bien qu'on ne m'aime plus! Si je
meurs, maman n'aura aucun regret d'avoir perdu sa pauvre
Charlotte.

BIBIANE. — Il faut espérer, Mademoiselle, que vous n'en
mourrez pas. Vous serez plus heureuse que ma pauvre petite
sœur Véronique.

— Comment, Bibiane, reprit Charlotte avec inquiétude,
est-ce que votre sœur est morte pour s'être mise en colère?

BIBIANE. — Vraiment oui, ma chère demoiselle.

CHARLOTTE. — Quoi! sans avoir aucune autre maladie?

BIBIANE. — Elle en avait bien éprouvé une, mais ce n'eût
rien été sans l'accès de colère auquel elle se livra. C'est ce
qu'ont déclaré tous les médecins d'Orthès, où elle est morte.

CHARLOTTE. —Ah! mon Dieu! cela est effroyable! mourir
pour s'être mise en colère! Mais cette colère avait sans doute

duré plus longtemps que la mienne. Oh! ma chère Bibiane! s'écria Charlotte tout en pleurs et en pressant la main de la bonne gouvernante, je vais peut-être mourir aussi!

BIBIANE. — Non, ma chère demoiselle, non, vous n'en mourrez pas pour cette fois, s'il plaît à Dieu. Mais, à l'avenir, tâchez de vous modérer. Ce qui n'arrive pas un jour peut arriver l'autre.

CHARLOTTE. — Bibiane, si maman croyait que cela fût aussi dangereux, elle viendrait me voir. Elle ne se doute pas qu'on peut en mourir.

BIBIANE. — Soyez paisible jusqu'à demain, ma chère petite, et demandez pardon à Dieu de la faute que vous avez commise, en attendant que vous puissiez en témoigner vos regrets à vos parents.

Le lendemain en s'éveillant, Charlotte n'avait plus de fièvre ; la fatigue seule lui en était restée. Elle commença seulement alors à être délivrée de la crainte de mourir. Bibiane ne lui permit que fort tard de se lever. Elle entra dans le salon, où toute la famille était rassemblée. Personne ne parut faire attention à elle. La pauvre Charlotte alla s'asseoir sur le petit tabouret que madame Albert avait sous les pieds, et, appuyant sa tête sur les genoux de sa mère, elle pleura amèrement.

— Est-ce le repentir qui fait couler vos larmes, ma fille? lui demanda madame Albert.

— Oh! oui, maman, s'écria Charlotte, c'est le repentir et aussi la douleur d'avoir perdu votre amitié.

Dès ce moment, l'indulgence reprit la place de la sévérité; on accorda le pardon à la pauvre Charlotte; on reçut sa promesse de se modérer à l'avenir, et chacun de ses parents scella la réconciliation par un baiser. Ses frères et ses sœurs lui prodiguèrent les plus tendres caresses pour se dédommager de la contrainte qu'on leur avait imposée à cet égard.

Lorsque la paix fut faite, on s'entretint de la colère, de l'humiliation dans laquelle elle nous plonge, des crimes qu'elle peut faire commettre, et des effets malheureux qu'elle entraîne à sa suite.

Après le dîner on alla faire un tour de promenade. On se dirigea exprès du côté du parterre de Charlotte. Il était encore couvert des œillets et des autres fleurs qu'elle avait arrachés avec violence. A cet aspect, Charlotte baissa honteusement la tête.

— Eh bien! disait M. Albert, ce jasmin qui est la cause de tant de désastres, ce même jasmin sera bientôt le seul ornement de ce parterre.

CHARLOTTE. — Vous croyez donc aussi, mon père, qu'il refleurira cette année?

M. ALBERT. — Certainement. Avant deux mois, il sera aussi blanc qu'il l'était, ce qui n'arrive que lorsqu'on a la précaution de le tondre.

CHARLOTTE. — Si, au moins, on avait attendu que toutes les fleurs fussent tombées.

M. ALBERT. — Depuis quelques jours il commençait à les perdre; la pluie avait achevé de le défleurir.

CHARLOTTE. — Manuello avait donc raison de faire ce qu'il faisait! J'ai bien mal répondu à sa bonne intention!

On se promena encore quelque temps. Avant de quitter le jardin, Charlotte pria Manuello, qui travaillait dans un des carrés, d'excuser son emportement.

— Je ne vous en veux point, mademoiselle Charlotte, répondit Manuello; vous ne m'avez fait aucun mal. C'est vous qui avez souffert, et qui serez privée des fleurs que vous aimez tant, car ce n'est plus la saison de les cultiver; il faut attendre jusqu'à l'année prochaine. Vous êtes fâchée maintenant de les avoir arrachées. Je vous le disais bien : celui

qui se laisse transporter à la colère en porte la peine, et la
pierre retourne sur celui qui la roule.

Après avoir prononcé cette sentence, Manuello salua Charlotte et se remit à son ouvrage. Charlotte vint rejoindre sa
famille. On applaudit à l'action qu'elle venait de faire, avec
d'autant plus de raison qu'elle ne lui avait été inspirée que
par son propre cœur.

Vers le soir, Charlotte, se trouvant très-fatiguée à cause de
la mauvaise nuit qu'elle avait passée, demanda la permission
d'aller se mettre au lit.

—Tu n'entendras donc pas l'histoire que mon grand-papa
va nous raconter? s'écria Alexis.

Charlotte demeura interdite à ces paroles. Elle ignorait
que M. Léopold, satisfait de l'application de ses petits-enfants, s'était engagé, avant le lever de Charlotte, à leur
procurer ce plaisir. En l'apprenant, elle aurait bien voulu
rester ; mais madame Albert, qui voyait tout le besoin qu'elle
avait de prendre du repos, s'y refusa absolument. Charlotte
se retira avec docilité, quoique livrée aux plus vifs regrets.
Elle vit dans cette privation une nouvelle suite de la colère,
et ne l'en détesta que plus sincèrement.

La soirée était fort belle et éclairée par la lune. Toute la
famille se rendit sur une petite colline appuyée contre des
rochers couverts de sapins et de bouleaux. Le chèvrefeuille
pendait en festons le long de ces rochers, et mêlait le doux
parfum de ses fleurs à l'odeur de rose qui s'exhalait des bouleaux. Un vent doux joignait de temps à autre son murmure
à celui des eaux qui tombaient en cascades dans les ravins
du voisinage, et ridait légèrement la surface d'un ruisseau
paisible qui coulait au pied de la colline. C'est en ce lieu que
chacun s'assit pour écouter M. Léopold, qui raconta pendant
près de deux heures, une très-jolie anecdote, après laquelle on
fit la prière. Les domestiques y assistèrent, suivant l'usage ;

puis toute la famille se retira pour se livrer aux douceurs du sommeil.

IV. — Les occupations champêtres. — La Charrette embourbée. — Le Cerisier.

Adrienne achevait sa toilette, qui était ordinairement assez longue, et se regardait avec complaisance dans son miroir. Isabelle, moins recherchée, attachant à la hâte, et sans y voir, son chapeau de paille sur sa tête, était à commencer sa promenade du matin, quand Charlotte s'éveilla. Elle tendit les mains à ses sœurs pour les embrasser. L'une et l'autre accoururent ensemble au bord de son lit, et s'informèrent tendrement de sa santé.

— Je ne me suis point éveillée de toute la nuit, répondit Charlotte, et, malgré toute la peine que j'ai eue hier soir à m'endormir, je ne vous ai point entendues vous retirer. Il faut que l'histoire ait été bien longue ; car le chagrin que j'avais de ne pas l'écouter m'a tenue longtemps les yeux ouverts. Vous y avez pris, sans doute, beaucoup de plaisir ?

ISABELLE. — A ne te point mentir, Charlotte, nous eussions passé toute la nuit à l'entendre, sans penser seulement à nous en plaindre. Le héros de cette histoire est un jeune Mexicain élevé dans le désert; trois montagnes inaccessibles et une forêt immense le séparent du reste de l'univers ; ses parents demeurent dans ce lieu solitaire depuis que les Espagnols se sont emparés de leur patrie. Gélisco, qui est son père, lui fait le récit de leurs malheurs. Figure-toi un sauvage demi-nu, l'air triste et sombre, racontant à son fils des événements dont il frémit encore; une torche de bois de sapin éclaire cette scène extraordinaire.

ADRIENNE. — A ces tableaux sévères, notre grand-père a su mêler des images riantes qui reposent agréablement l'imagination. La description de la ville de Mexico est de ce nombre. Il nous a représenté une multitude de canots glissant légèrement sur la surface d'un lac qui environne la ville, les marchandises précieuses étalées sur les places publiques, l'industrie des artistes qui travaillent l'or et l'argent, la magnificence des temples et des palais. Au sein de ce même désert, il nous a fait voir des cases ombragées, des pièces de terre cultivées et des plantes qui, en grimpant d'arbre en arbre, s'y réunissent en berceau.

— Tout ce que vous m'en dites, reprit Charlotte les larmes aux yeux, augmente encore mes regrets : que je suis désolée de n'avoir pu entendre cet agréable récit ! Me voilà bien résolue à me corriger de la colère. Sans ce vilain défaut, j'aurais partagé vos plaisirs.

— Console-toi, ma bonne amie, ajouta Adrienne en l'embrassant; nous tâcherons de te raconter de notre mieux ce que nous en avons entendu.

Cette promesse ayant consolé Charlotte, Adrienne retourna au miroir pour achever de s'habiller. Madame Albert entra dans ce moment.

— Comment, Adrienne est encore devant son miroir ! s'écria-t-elle avec surprise; mais si je compte bien, il y a une heure et demie que Bibiane est venue me dire que cette toilette était commencée. A quoi bon tant de recherche?

ADRIENNE. — Je sais que ma chère maman aime la grâce et la propreté.

MADAME ALBERT. — Oui, sans doute, mais j'aime aussi le travail et la vigilance. Je vois avec peine employer une heure où la demie était plus que suffisante. Je venais, mes chères filles, vous proposer un genre d'occupation qu'Adrienne ne pourra pas adopter sans retrancher une grande partie du temps employé à sa toilette.

ADRIENNE. — Je vous assure, maman, que je ne m'aper-

çois pas que j'en prenne plus qu'il ne m'en faut ; quelquefois mes boucles de cheveux vont de travers. Par exemple,
aujourd'hui...

— Eh ! ma fille, interrompit madame Albert, ne vaut-il
pas mieux qu'une boucle aille un peu moins bien que de perdre à la rectifier un temps qu'on aurait pu employer à remplir un devoir, à rendre un service, ou à orner son esprit
d'une connaissance agréable ?

ADRIENNE. — Il est vrai, maman ; mais quel est donc le
projet dont vous veniez nous parler ?

MADAME ALBERT. — Le voici : Bibiane est âgée; je ne
suis pas d'une santé très-robuste; maintenant que vous voilà
parvenues l'une et l'autre à l'âge de raison, ne pourriez-
vous pas nous soulager en vous chargeant de quelques-unes
de nos occupations? Au lieu de passer les premières heures
du matin, Adrienne devant son miroir, et Isabelle à la promenade, ne serait-il pas plus convenable d'aller porter aux
volatiles qu'on élève dans la cour le grain qui les nourrit, de
prendre un soin particulier des mères, de celles qui vont le
devenir, ou des orphelins abandonnés quelquefois dès leur
naissance? Les animaux que nous réduisons à la servitude
perdent une grande partie de l'intelligence qu'ils possédaient
dans l'état de nature, et ne prospèrent qu'à l'aide de nos
soins. C'est un principe invariable, que l'homme ne jouit de
rien sans l'acquérir par ses travaux. Toutefois, celui que je
vous propose est si agréable, qu'on ne peut le considérer que
comme un délassement. Vous aimez les animaux : vous
prendrez plaisir à voir tous ces élèves accourir à votre voix,
vous entourer, vous suivre comme leurs bienfaitrices. Les
colombes si douces, si caressantes, ne seront pas plus tôt accoutumées à recevoir de vos mains la nourriture de leur
famille, qu'elles viendront se poser familièrement sur votre
tête et sur vos épaules, comme elles le font avec Bibiane.

— Que ce projet est charmant! s'écria Isabelle transportée de joie. Je commencerai dès aujourd'hui, maman, s'il vous plaît.

MADAME ALBERT. — Il est trop tard maintenant; Bibiane s'est acquittée de ce soin; mais demain il ne tiendra qu'à vous de prendre ce plaisir. De là je souhaiterais que vous présidassiez à la laiterie, afin que l'ordre et la propreté s'y maintiennent; que le lait de vache, destiné à faire le beurre, et celui de brebis, qui produit d'excellent fromage, ne soient pas exposés à être mêlés étourdiment. Il serait bon aussi que vous apprissiez à les employer vous-mêmes; nous mangerions avec plus de plaisir ces mets préparés par vos mains, et auxquels une jeune fille qui a du goût sait donner les formes les plus agréables. Le soin de conserver les fruits, de les faire sécher, de les confire, est encore un art que vous ferez bien de ne pas négliger ; mais pour tout cela il faut de l'activité, de la persévérance. Vous sentez bien que ces occupations ne doivent porter aucun préjudice à nos leçons ordinaires. S'il est nécessaire de se livrer aux unes, il ne l'est pas moins de continuer les autres. Une femme, pour être aimable, doit ressembler à l'oranger qui porte en même temps des fleurs et des fruits; c'est-à-dire qu'à la science des choses utiles elle doit unir celle des objets de pur agrément. Ces deux parties de notre éducation ne font de nous, lorsqu'elles sont séparées, que des personnes insipides ou frivoles. Vous voyez, mes amies, que pour suivre le genre de vie que je vous propose, il faut renoncer aux promenades du matin, et ne pas se regarder trop longtemps au miroir.

ISABELLE. — Quant aux promenades, je les sacrifie de tout mon cœur.

ADRIENNE. — Et moi, pour être plus tôt prête, je ne passerai qu'un simple déshabillé, quitte à finir ma toilette un peu plus tard.

MADAME ALBERT. — Cet expédient ne me paraît pas sans réplique. Les soins que je vous ai développés vous entraîneront nécessairement jusqu'à l'heure de la prière. Le déjeuner et nos leçons remplissent presque toutes les heures jusqu'au dîner. Il peut arriver du monde. Pendant cet intervalle, serait-il décent que vous parussiez sortir du lit ?

ADRIENNE. — Ainsi, je n'ai d'autre ressource que celle de m'habiller promptement! J'y ferai tout mon possible ; mais assurément, maman, vous me trouverez si mal que vous ne pourrez pas vous-même me souffrir comme cela.

Madame Albert se mit à rire d'un air incrédule. Charlotte, qui s'était levée pendant cet entretien, vint s'asseoir sur les genoux de sa mère ; et, prenant un ton caressant :

— Et moi, lui dit-elle, ne pourrai-je pas aussi partager les amusements de mes sœurs ? Vous n'avez rien dit de moi ; oubliez-vous votre petite Charlotte ?

— Non, chère enfant, répliqua madame Albert, vous êtes toutes dans mon souvenir ; mais tu es encore bien jeune pour des occupations qui demandent de l'exactitude ; cependant rien ne t'empêche, si tu le désires, d'accompagner tes sœurs ; elles seront assez complaisantes pour te laisser remplir les soins les plus faciles.

Madame Albert ayant fait ainsi adopter à ses filles le plan de vie qu'elle désirait leur voir suivre, consacra ce jour à leur donner les instructions préliminaires dont elles avaient besoin. Lorsqu'elles furent installées dans leurs nouvelles fonctions, M. Léopold et M. Albert leur en firent de tendres compliments. Quelques heures avant le coucher du soleil, les trois jeunes filles, en se prenant sous le bras, allèrent se promener dans les charmilles. Là, en côtoyant lentement ces lambris de feuillages, Adrienne et Isabelle racontèrent à Charlotte l'histoire que son indisposition l'avait empêchée d'entendre.

De leur côté, Casimir et Hippolyte, en revenant de chez un paysan où M. Albert les avait envoyés pour quelque affaire, s'entretenaient des agréments de la campagne.

— De quelle liberté on jouit ici! disait Hippolyte. Veut-on courir? les chemins ne sont point encombrés de voitures; veut-on se reposer? partout on trouve de la verdure et de l'ombre. A quelque heure que l'envie nous prenne de sortir, la promenade est à la porte.

CASIMIR. — Ajoute à cela l'agrément d'aller tout seul, de n'être pas obligé d'attendre que quelqu'un ait le loisir de nous suivre, de n'être point contraint de changer d'habit, de se garder de la boue, et mille autres petits désagréments qu'il nous fallait essuyer à Bordeaux.

HIPPOLYTE. — Encore, pour prix de tant d'ennuis, n'avions-nous guère de plaisir dans nos promenades. Les courses à la campagne étaient rares; il fallait se contenter du jardin public et des allées de Tourny.

CASIMIR. — N'en dis pas de mal, Hippolyte; nous y avons ri de bon cœur. Te souviens-tu de ce vieil avare de la rue des Loups, qui se promenait tous les dimanches dans le jardin public?

HIPPOLYTE. — Celui qui s'était fait un habit d'une vieille tenture de tapisserie, et qui, par la manière dont les dessins de cette tapisserie se trouvaient ajustés, semblait porter la tête de Méduse entre les deux épaules?

CASIMIR. — Lui-même. Et ce petit monsieur à peine aussi âgé que moi, qui portait des bottes, une montre avec une longue chaîne et de grosses breloques qui faisaient plus de bruit que la sonnette d'un mulet; te rappelles-tu sa petite canne, sa grande jabotière, et les regards de pitié qu'il jetait sur nos jeux, en se promenant gravement, un gros livre à la main?

HIPPOLYTE. On disait de lui qu'il ressemblait au singe qui

se croyait un homme, parce qu'il avait mis un chapeau sur sa tête.

CASIMIR. — Tu n'as pas oublié non plus mademoiselle Aspasie, cette fille si bruyante, si décidée, si remplie de son mérite, qui s'indignait de ce que les demoiselles ne pouvaient pas devenir des magistrats, et qui foula un jour aux pieds l'histoire de France, parce que les femmes ne sont point héritières de cette couronne?

HIPPOLYTE. — Oh! tu n'en finiras pas avec tes souvenirs.

CASIMIR. — C'est que rien n'est plus agréable que la vue de ces originaux, et quand je pense à cela, je suis près de donner quelques regrets au jardin public. Ici, de quoi peut-on rire? Les paysans ne sont gauches qu'à la ville. C'est là qu'il faut les voir, ébahis de tout ce qu'ils rencontrent, marcher le nez en l'air en faisant les exclamations les plus plaisantes du monde. Au milieu de leurs champs ils paraissent à leur aise, et leurs façons toutes simples ne donnent pas la moindre envie de rire.

HIPPOLYTE. — Tu aimes furieusement à rire aux dépens des autres! Ne te souvient-il plus, à toi qui as tant de souvenirs, de cette aventure avec M. Sylvère? Elle ne fut pas très-honorable pour nous, ce me semble, et je promets bien, quant à moi, de ne l'oublier de ma vie. Il me suffirait d'y penser pour perdre l'envie de rire dans l'occasion la plus plaisante du monde.

CASIMIR. — Je ne l'ai pas oubliée non plus, et je me garderai bien une autre fois de me moquer ouvertement des personnes; je ne veux que m'amuser tout bas de leurs ridicules.

HIPPOLYTE. — J'ai ouï dire que l'amour-propre a l'oreille fine, et que la critique ne saurait s'exercer si bas qu'elle n'en soit entendue.

— Qu'est-ce donc que j'aperçois là-bas dans ce chemin?

s'écria Casimir, n'est-ce pas une charrette de foin renversée? Hippolyte, voyons à qui sera le plus tôt dessus. Une, deux, trois, partons.

Il dit, et les voilà qui courent tout d'un trait jusque sur le foin, où ils arrivèrent ensemble. La charrette n'était pas renversée, mais une de ses roues se trouvait enfoncée dans une ornière très-profonde. Les deux frères grimpèrent en riant sur l'endroit le plus élevé. Là, Casimir, qui aimait beaucoup les citations, répéta ces vers du fabuliste :

> Le phaéton d'une voiture à foin
> Vit son char embourbé! Le pauvre homme était loin
> De tout humain secours, c'était à la campagne,
> Dans un certain canton de la Basse-Bretagne,
> Appelé Quimper-Corentin.
> On sait assez que le destin
> Adresse là les gens quand il veut qu'on enrage;
> Dieu nous préserve du voyage !

Aussitôt après cette petite déclamation, qu'il avait récitée sans faute, contre son ordinaire, il se mit à se laisser glisser jusqu'en bas du foin. Hippolyte l'imita. Ce jeu, renouvelé vingt fois, éparpilla le foin de tous côtés, et il y en avait autant autour de la charrette que dedans, lorsque le jeune paysan qui en était le conducteur arriva avec les secours qu'il était allé chercher. N'osant se venger sur les petits-fils de M. Léopold, le pauvre garçon se mit à pleurer. Il était domestique d'un maître fort colère ; il craignait d'en être battu, non-seulement pour l'accident arrivé à sa voiture, mais encore pour le temps qu'il allait passer à ramasser son foin. Casimir et Hippolyte, qui commençaient à entendre et même à parler assez bien le patois du pays, étaient tout confus de ce qu'ils avaient fait.

Lorsque la charrette fut hors du mauvais chemin, le jeune paysan pria ses compagnons de lui aider aussi à recharger son foin : mais ceux-ci, qui avaient eux-mêmes des occupations urgentes, ne purent s'arrêter plus longtemps; il n'en resta qu'un seul. Alors Casimir et Hippolyte, désirant réparer, autant qu'il se pouvait, la faute qu'ils avaient commise, quittèrent leurs habits et se mirent à aider les deux paysans; ils ramassaient avec des râteaux le foin que les autres mettaient avec des fourches sur la charrette. Mais, quelque peine qu'ils se fussent donnée, il en resta encore beaucoup au pied des buissons, et sur les bords d'un ruisseau qui traversait le chemin. Arrivés tout en sueur à la maison, les deux frères y racontèrent leur aventure.

—Voilà qui est fâcheux pour ce jeune paysan, dit M. Albert; car s'il est battu comme il le craignait, ce sera injustement, et par votre faute. Avant de se permettre même un badinage, il est toujours nécessaire d'en calculer les suites.

M. Léopold, qui survint, s'étonna de ne point voir Alexis avec ses frères. Son absence durait depuis plusieurs heures; madame Albert en était fort inquiète. Elle allait et venait du jardin dans la cour, appelant son fils d'une voix tremblante, et pouvant à peine retenir les pleurs qui s'échappaient de ses yeux. Le soleil venait de se coucher, et l'inquiétude allait toujours croissant. On errait autour de la maison; on envoyait à Coaraze : personne n'en savait de nouvelles. Enfin une petite fille vint dire qu'elle l'avait vu tout près de la maison d'un fermier voisin de M. Léopold. Quoiqu'on eût passé vingt fois auprès de cette maison, et que ses habitants n'eussent point aperçu Alexis, on dirigea de nouveau les recherches de ce côté.

Il y avait là un grand cerisier chargé des plus beaux fruits. Alexis les avait remarqués depuis longtemps. Toutes les fois qu'il passait devant cet arbre, il s'arrêtait pour contempler les belles cerises. Ses yeux les dévoraient au défaut de sa bouche; car il ne pouvait y atteindre seulement du bout des doigts. Quelquefois, en passant sous les branches, un mouvement presque involontaire le lui avait fait essayer; mais, après quelques petits sauts inutiles, il s'en allait en soupirant, et en se disant à lui-même :

— Quand je pourrais y atteindre, je n'en mangerais certainement pas, car elles n'appartiennent ni à moi ni à mes parents.

Malgré ces bonnes réflexions, son désir croissait à mesure que les fruits acquéraient leur maturité. Un doux penchant le ramenait toujours vers l'arbre qui les portait. Il s'asseyait sous son ombre, et se repaissait du plaisir de les regarder. Le jour même de sa disparition, il sortit aussitôt après le dîner, et, au lieu de suivre ses sœurs dans les charmilles, ou ses frères chez le fermier où les avait envoyés M. Albert, il dirigea ses pas du côté de sa promenade favorite. Un paysan descendait du cerisier avec un panier plein de cerises qu'il venait de cueillir, et qu'il porta dans sa maison sans penser à ôter l'échelle, et sans avoir remarqué Alexis. Alexis éprouva alors une forte tentation. Il était au pied de l'échelle; dans un instant il pouvait monter dans l'arbre, et goûter de belles cerises; mais si on le voyait, quelle honte pour lui ! et si on ne le voyait pas, l'action n'en serait pas meilleure.

— D'un autre côté, pensait-il, quand je me serais satisfait en mangeant une douzaine de cerises, le maître de cet arbre en sera-t-il moins riche? Quel tort peut lui faire une si petite quantité de fruits? Les oiseaux lui en mangeront bien davantage, sans compter toutes celles qui tomberont piquées par les vers.

Alexis avait déjà le pied sur le premier échelon, lorsqu'une petite fille vint à passer. La rougeur couvrit à sa vue le visage d'Alexis ; et, dans la crainte qu'à son trouble elle ne devinât son projet, il se mit à courir brusquement après un papillon.

— O mon Dieu! se dit Alexis lorsqu'il eut perdu de vue

la petite fille, comme je me suis senti rougir en voyant cette jeune paysanne! J'ai bien fait de me détourner, car elle aurait assurément deviné ce qui me faisait rougir ainsi. Peut-être l'aurait-elle dit au maître du cerisier, qui, à son tour, s'en serait plaint à mon grand-père; chacun m'aurait regardé comme un voleur. Je ferais mieux de m'en aller... Mais quoi! sans manger une cerise? Une seule, c'est bien peu de chose! tout-à-l'heure j'en voulais une douzaine, c'est trop assurément; je serais content d'en cueillir une...

Tout en disant cela, il montait dans l'échelle. Arrivé à la hauteur d'une branche, il jette un regard inquiet autour de lui, et cueille une cerise d'une main tremblante. Elle n'était pas assez mûre; à peine a-t-il essayé qu'une seconde, qu'une troisième plus séduisante appelle ses yeux et sa main. D'échelons en échelons, il arrive jusque sur l'arbre. Il venait de quitter l'échelle, lorsque le paysan sortit de sa maison, tenant à la main son panier de cerises couvert de feuilles de pampre. Il passa près du cerisier, et apercevant l'échelle:

— Vraiment, dit-il tout haut, j'allais faire une belle chose de laisser là cette échelle : les voleurs en auraient bientôt profité.

Alexis se tenait immobile, et n'osait respirer de peur d'être entendu. Le paysan cacha son panier sous un buisson, emporta chez lui son échelle, et revint chercher son panier, avec lequel il prit la route de Coaraze. Son départ permit à Alexis de respirer plus librement; mais il ne lui en resta pas moins une terrible inquiétude. Comment descendre sans échelle d'un arbre si élevé? En se laissant tomber, il courait risque de se tuer, ou au moins de s'estropier; en appelant du secours, il s'exposait à mourir de honte, car il faudrait bien dire pourquoi il se trouvait sur cet arbre. Oh! combien il se repentait de son imprudence! les cerises ne le tentaient plus, et il s'en fallait bien qu'il les trouvât dignes du prix qu'elles

lui coûtaient. Le paysan repassa avec son panier vide.
Alexis, en réfléchissant à cette dernière circonstance, se dit
à lui-même :

— Serais-je assez malheureux pour que ce paysan ait
porté son panier de cerises chez mon grand-père ? Si cela est
ainsi, j'aurais pu en manger sans m'exposer à tout le chagrin
qui m'arrive.

Vers le soir, Alexis s'entendit appeler plusieurs fois ; mais
il n'osait répondre, de peur d'être entendu du maître du cerisier, qu'il apercevait en-dehors de sa maison. Il espérait
que le hasard ferait passer près de lui son père ou sa mère,
et qu'avec leur secours il descendrait de l'arbre sans être vu.
Cet espoir commençait à l'abandonner, lorsqu'il découvrit
madame Albert, qui l'appelait en versant des larmes.

— Ne pleurez point, ma chère maman, lui dit Alexis, me
voici tout près de vous. Venez m'aider à descendre ; mais
surtout n'en dites rien à personne ; je vous expliquerai...

Alexis parlait en vain. Madame Albert, dans l'ivresse de
sa joie et sans faire attention au discours de son fils, cria de
toute sa force qu'il était retrouvé. Au même instant, toute
la famille, Bibiane, Manuello, les maîtres du cerisier et plusieurs voisins entourèrent l'arbre. Les uns pleuraient de joie,
tant leur crainte avait été vive ; les autres riaient de voir
Alexis perché sur cet arbre : tout le monde devina que la
gourmandise l'y avait conduit. Alexis était aussi humilié
qu'on peut l'imaginer. On avait envoyé chercher l'échelle ;
il descendit sans rien dire, et sans oser lever les yeux sur
personne.

— Vraiment, mon petit monsieur, lui disait le maître du
cerisier, si vous m'eussiez dit ques mes cerises vous faisaient
envie, je vous en aurais porté plus tôt à Coaraze ; mais, ne
les trouvant pas assez mûres, j'avais toujours retardé jusqu'à
aujourd'hui.

Alexis comprit par ces paroles qu'il avait deviné juste en voyant revenir le panier vide. Il soupira, et n'eut pas la force de remercier le paysan. Il marchait à côté de sa mère, les yeux baissés, le visage en feu. Arrivé à la maison, il alla s'asseoir dans un coin et pleura amèrement. Sa confusion était si grande, qu'il ne voulut point se mettre à table avec sa famille. On ne lui adressa ni reproche ni consolations; on le laissa sentir sa faute et s'en affliger. Manuello ayant apporté au dessert une assiette des fatales cerises, M. Léopold appela Alexis.

— Mon ami, lui dit-il en les lui présentant, celles-ci ont un bien meilleur goût que celles de l'arbre.

— Hélas! je n'ai pas de peine à le croire, s'écria Alexis, dont les larmes redoublèrent; mais je n'en mangerai pas, je vous assure. Quand je pense à tout ce qu'on va dire de moi à leur occasion, je ne puis même les voir sans chagrin.

M. LÉOPOLD. — Je suis bien aise que tu rougisses de ta faute, Alexis; mais comment n'as-tu pas fait ces réflexions avant de la commettre? Ignorais-tu que c'était mal faire?

ALEXIS. — Non, mon père; mais j'espérais le cacher.

M. LÉOPOLD. — Eh! comment espérer cacher quelque chose à celui qui voit tout, et qui a la puissance de tout découvrir? Le plus faible témoin t'aurait retenu dans le devoir, et tu ne craignais pas la présence de Dieu.

ALEXIS. — Il est vrai que je n'ai point osé monter sur l'arbre devant une petite fille qui a passé.

M. LÉOPOLD. — Cependant cette petite fille, qui t'imposait si fort, eût peut-être été gagnée par une poignée de cerises, tandis que Dieu, de qui tu ne redoutais rien, a rassemblé pour ta punition les circonstances les plus accablantes. A peine es-tu sur l'arbre qu'on enlève l'échelle. Tu vois porter dans ta maison ces mêmes cerises qui te coûtent si cher, et dont tu jouis si mal. Les suites de ta longue absence réunissent une foule de témoins qui, sans cela, ne se seraient jamais doutés de ton aventure.

ADRIENNE. — J'aurais pensé, mon père, que toutes ces circonstances n'étaient que l'ouvrage du hasard.

M. LÉOPOLD. — Est-il moins sage de les voir dirigées par la main de Dieu? Le hasard n'est qu'un mot fort insignifiant, au lieu que la Providence est toujours facile à concevoir. Elle conduit tout ce qui arrive, et les moindres choses ont un but qui, pour nous échapper quelquefois, n'en existe pas moins. La chute d'un de nos cheveux est un accident qui nous paraît de bien peu d'importance; cependant nous savons qu'il n'en tombe pas un seul sans la permission de Dieu.

M. ALBERT. — Rappelez-vous, mes chers enfants, que nous ne voyons la main de la Providence qu'en ce qui nous paraît extraordinaire, et nous mettons sur le compte du hasard les moyens simples qu'elle emploie pour parvenir à ses fins sans nous surprendre.

M. LÉOPOLD. — Sois assuré, mon cher Alexis, que c'est Dieu qui a permis que tu fusses aujourd'hui couvert de confusion, pour que tu te souvinsses de ta faute. Si elle était restée cachée, tu la commettrais peut-être dès demain d'une manière encore plus grave. A présent je suis bien certain que tu n'y retomberas jamais.

Alexis le promit du fond de son cœur. On ne crut pas devoir ajouter une punition à celle que la honte lui faisait déjà ressentir. Il resta donc après le souper pour écouter une autre belle histoire de M. Léopold. Mais pendant qu'il la racontait, il s'arrêta pour écouter un bruit confus qui s'élevait dans la campagne; au même instant, Manuello vint l'avertir qu'on voyait un grand feu du côté d'Ibose. On ouvrit les croisées, et on distingua alors clairement les cris de détresse que poussaient les malheureux incendiés. Le petit village où le feu paraissait avoir pris se trouvait au sommet

d'une montagne médiocrement élevée, et couverte en grande
partie d'une forêt de sapins. La flamme pouvait les atteindre
et propager au loin ses effrayants ravages. M. Léopold résolut de se rendre sur les lieux mêmes pour juger des besoins
les plus pressants. M. Albert et Manuello se disposant à l'accompagner, Hippolyte et Casimir demandèrent à les suivre.
Madame Albert ne voulait pas d'abord y consentir; mais
M. Albert lui ayant fait observer que ses fils étaient d'âge
à porter du secours à leurs semblables, elle cessa de s'y op-
poser, et se contenta, en les embrassant, de leur recomman-
der d'être prudents pour l'amour d'elle.

Ils partirent tous les cinq, et arrivèrent au village, qui
n'était qu'à une demi-lieue de Coaraze. Trois chaumières
étaient embrasées; le reste, sans de prompts secours, ne
pouvait tarder de subir le même sort, et la flamme avançait
toujours du côté de la forêt de sapins. Une foule de villageois, au lieu de remédier au désastre, l'augmentaient par
la confusion. De toutes parts on entendait des cris, des cla-
meurs; les uns jetaient des meubles au hasard, les autres
demandaient de l'eau, beaucoup couraient sans savoir de
quel côté diriger leurs pas; tous jugeaient que si l'incendie
de la forêt avait lieu, plusieurs villages étaient menacés d'un
pareil sort. La présence de M. Léopold vint ranimer le courage des plus abattus. Il commença par mettre de l'ordre
dans les secours; une grande partie des villageois, rangés
à la file depuis une citerne pleine d'eau jusqu'aux maisons,
se passaient des seaux avec rapidité; le reste, armé de co-
gnées, abattait les sapins les plus voisins de l'incendie;
d'autres aidaient aux malheureux habitants du village à
sauver ce qu'ils avaient de plus précieux.

Casimir et son frère se rangèrent de ce nombre. Ils portaient sur leurs têtes et sur leurs épaules de pesants fardeaux
qu'ils confiaient ensuite à la garde de quelques vieillards

choisis. On nè pouvait voir sans être ému de pitié des mères à demi vêtues emporter leurs enfants à travers les flammes, des vieillards infirmes tendre les bras et demander du secours. Le mugissement des animaux, victimes de ce désastre, en augmentait l'horreur.

Le vent s'étant enfin apaisé tout-à-coup, de six chaumières on réussit à en sauver deux, dont l'une n'avait été que légèrement endommagée. Une douzaine de sapins se trouvèrent abattus ; aucun habitant ne périt ; mais deux vaches seulement purent être arrachées aux flammes ; le reste du bétail était consumé. Les malheureux incendiés furent recueillis par les plus aisés de leurs voisins. Des familles en larmes s'éloignèrent, emportant leurs effets à demi brûlés. M. Léopold se chargea de la plus nombreuse. De pauvres petits enfants, encore tout effrayés, traînaient après eux, par la main, d'autres enfants plus jeunes que le sommeil accablait. Casimir en conduisait deux ; Hippolyte soutenait les pas d'une femme vieille et infirme.

Madame Albert, ses filles et la fidèle Bibiane, livrées à la plus vive inquiétude, n'avaient point quitté la fenêtre pendant tout le temps que dura l'incendie, dont elles observaient attentivement les progrès. De temps en temps elles priaient Dieu d'un commun accord qu'il eût pitié de ces malheureux. Elles reconnurent d'assez loin la voix de M. Léopold, qui revenait suivi du triste cortége. Madame Albert fit préparer à souper, se doutant bien que son père ramenait avec lui une grande partie de ces infortunés. On alla au-devant d'eux avec des lanternes. Adrienne et Isabelle prirent dans leurs bras les deux enfants dont Casimir s'était chargé. Lorsqu'ils furent tous réunis dans la même salle, on eut sous les yeux un spectacle déchirant ; la douleur, le sommeil et la lassitude accablaient cette triste famille. Les parents essayèrent de manger pour répondre à la bienveil-

lance de madame Albert ; mais les larmes abondantes qu'ils
répandaient sans pouvoir les retenir les en empêchaient. On
étendit de doubles matelas sur le plancher pour coucher
ceux qui ne purent avoir un lit entier, et dès le lendemain
M. Léopold envoya des ouvriers à ses frais pour reconstruire
la chaumière de cette malheureuse famille. Il la garda chez
lui tant qu'elle n'eut point d'autre asile, lui fit l'avance
d'une paire de bœufs pour le labourage, et ne la laissa
point aller sans partager avec elle une partie du blé qu'il possédait.

Cet événement interrompit pendant quelques jours les
amusements des soirées. On ne pouvait s'occuper d'autre
chose que de l'incendie et de ses suites ; mais lorsque M. Léopold eut pris de bienfaisantes mesures pour les réparer autant
qu'il était possible, on revint à ces charmantes causeries.

V. — Léonard. — Le Voyage différé.

Depuis quelques jours on parlait d'aller voir M. Sylvère,
dans la vallée de Campan ; mais le vent du sud qui régnait
dans l'atmosphère depuis assez longtemps, amenait à sa
suite des nuages pluvieux qui retardaient toujours l'exécu-
tion de ce projet. Nos jeunes Béarnais, devenus observateurs
par le vif désir qu'ils avaient de voyager, épiaient attentivement chaque jour le coucher du soleil, ayant entendu dire
qu'il offrait des signes certains de bon ou de mauvais temps.
Cependant, soit qu'ils ne sussent pas lire dans les astres, soit
que ces signes ne soient pas infaillibles, Hippolyte ayant
assuré un soir qu'il ferait beau le lendemain, il plut presque
toute la journée. On se moqua de sa prophétie ; il n'avait
garde d'en risquer une seconde. Casimir, moins réservé, pro-
phétisait à tort et à travers, citant Virgile à tout propos, et
soutenant que, puisque la lune le promettait, le beau temps

régnerait tôt ou tard infailliblement. — Tiens, disait-il à Adrienne, regarde comme le croissant est clair ; voici justement le qutrième jour de la lune ; Virgile a dit :

> Le quatrième jour, cet augure est certain.
> Si son front est brillant, si son arc est serein.
> Durant le mois entier que ce beau jour amène,
> L'aquilon est sans eaux et le ciel sans haleine.

— Voilà des vers bien mal faits ! s'écria Adrienne.

— Prends garde de le dire trop haut, répondit Casimir ; car franchement on se moquerait de toi.

ADRIENNE. — Pourquoi ?

CASIMIR. — Parce qu'ils sont d'un excellent poète, de Jacques Delille, qui les a traduits du latin.

ADRIENNE. — J'aime beaucoup les vers du chantre des Jardins ; mais ceux que tu viens de dire ne ressemblent point à ceux que j'ai lus. Les expressions me paraissent tout-à-fait déplacées, si j'ai bien entendu.

CASIMIR. — Écoute, ma sœur ; c'est peut-être parce que tu ne sais pas le latin que leurs beautés t'échappent.

ADRIENNE. — Cela se peut ; mais il est possible encore que, malgré ton latin et ton bon goût, tu les estropies en les récitant. C'est assez ton habitude. Redis-les-moi.

CASIMIR. — Volontiers. Je suis sûr de ma mémoire, quand il s'agit d'une traduction, parce que les deux langues s'aident réciproquement.

> Le quatrième jour, cet augure est certain.

N'est-ce pas là un vers harmonieux ?

ADRIENNE. — Je n'ai rien à dire sur celui-là ; continue.

CASIMIR.

> Si son front est brillant, si son arc est serein...

ADRIENNE. — Je t'arrête à ce mot. Peut-on dire un arc serein ?

CASIMIR. — On ne le dirait pas d'une arme ; mais de la lune...

ADRIENNE. — Dès que la lune est appelée un arc, on ne peut plus lui joindre une épithète qui serait déplacée à la suite de ce mot pris dans son vrai sens. Je crois que tu fais un contre-sens, et qu'il doit y avoir :

> Si son front est serein, si son arc est brillant, etc.

CASIMIR. — C'est-à-dire que tu veux faire rimer *brillant* avec *certain.*

ADRIENNE. — Pourquoi ne pas transposer ainsi les deux hémistiches ?

CASIMIR. — Mais vraiment je crois que tu as raison ; c'est moi qui me trompais. Voyons la suite.

> Durant le mois entier que ce beau jour amène,
> L'aquilon est sans eaux et le ciel sans haleine.

ADRIENNE. — Il y a encore du Casimir dans ce dernier vers-là. N'est-il pas plus naturel de dire que le ciel est sans eau et l'aquilon sans haleine.

CASIMIR. — Oh ! pour cette fois, j'ai raison ; car il n'est pas possible de mettre le mot ciel à la place d'aquilon. La mesure n'y serait pas.

— Cela est vrai, reprit Adrienne en rêvant.

> Le ciel est sans eaux, l'aquilon sans haleine.

Le dernier hémistiche est bien, mais il manque quelque chose au premier.

CASIMIR. — Que trouves-tu donc de si choquant dans ces vers? L'aquilon, c'est le vent ; n'amène-t-il pas la pluie ou la sécheresse? On peut donc dire de lui qu'il est sans eau. Ce même vent ne règne-t-il pas dans le ciel? De là l'expression du ciel qui sera sans haleine.

ADRIENNE. — Qui *sera...* bon ! voilà justement les deux syllabes que je cherchais ; je gagerais maintenant que tu as cité tout de travers, et pour l'honneur de ton poète il est bon de nous en assurer. Le dernier vers est probablement ainsi :

Le ciel sera sans eau, l'aquilon sans haleine.

CASIMIR. — En effet, le voilà tel que je l'ai lu mille fois. Où avais-je donc l'esprit ?

ADRIENNE. — Mon pauvre Casimir, puisque tu as la fureur de citer, tu devrais au moins t'habituer à citer juste. Je plains les auteurs que tu favorises de ton souvenir ; tu as le secret de rendre détestable ce qui est plein de grâce.

CASIMIR. — Je conviens que ma mémoire n'est pas toujours fidèle ; cependant, Hippolyte te dira que j'ai récité l'autre jour tout le commencement de la fable du *Charretier embourbé*, sans me tromper d'un seul mot.

ADRIENNE. — J'admire aussi ta belle définition des eaux de l'aquilon et de l'haleine du ciel. On dit quelquefois bien des impertinences pour soutenir une mauvaise thèse.

CASIMIR. — Quoi qu'il en soit, remarque toujours que la lune est fort claire ; souviens-toi que le temps sera beau, et que nous irons certainement bientôt dans la vallée de Campan.

ADRIENNE. — Dieu veuille que ta prophétie ne ressemble pas à celle d'Hippolyte, et que le latin t'apprenne à mieux connaître le beau temps que les bons vers !

Casimir, qui entendait fort bien la plaisanterie, ne se fâcha point de celle de sa sœur. Il se coucha plein de confiance dans son Virgile, et fut tout glorieux, le matin en s'éveillant, de voir le soleil radieux, le ciel sans nuage, et l'*aquilon sans haleine*. Il courut par toute la maison pour chercher Adrienne, afin qu'elle lui rendît témoignage qu'il avait prédit cet heureux changement. Tous les signes s'accordant à promettre une longue suite de beaux jours, le départ fut fixé au lendemain. Charlotte et Alexis, trop jeunes pour entreprendre une route aussi pénible, ne devaient pas en être, et madame Albert s'en privait pour rester avec eux. En les voyant écouter tristement les joyeux projets de leurs frères, elle leur promit, pour dédommagement, de leur raconter quelque histoire pendant l'absence du reste de la famille. Rien n'égalait aux yeux de Charlotte le plaisir d'entendre une histoire, et cette promesse lui rendit toute sa gaîté. Cependant la bonté de son cœur lui suggéra bientôt une réflexion qui fit évanouir sa joie. Elle pensa que madame Albert se privait, pour Alexis et pour elle, du plaisir d'aller à Campan.

— Ma chère maman, lui dit-elle, j'aime beaucoup les histoires : j'aime bien aussi que vous soyez près de nous ; mais je vous supplie de ne point vous priver d'aller chez M. Sylvère. Bibiane aura soin de nous pendant votre absence. Vous savez qu'elle est bonne et attentive : de mon côté, je veillerai sur Alexis. Nous ferons ensemble notre prière, nous lirons tous les jours, et nous ne nous éloignerons pas du jardin.

— Je te loue, ma fille, d'une si aimable attention, répondit madame Albert avec tendresse. Je ne doute ni du zèle de Bibiane ni de la sagesse de ta conduite; mais, loin de me priver en restant ici, je trouve mes plus doux loisirs dans la société de mes enfants. Mon père et mon mari accompagneront tes frères et tes sœurs. Tranquille sur leur compte, je n'aurai pas auprès de vous un instant de regret.

Vers les quatre heures après midi, une femme demanda à parler à M. Léopold. Elle avait l'air triste.

— C'est vous, ma chère Germaine, dit M. Léopold en l'apercevant; qu'y a-t-il pour votre service?

Germaine se mit à pleurer.

— Vous avez quelque sujet d'affliction, reprit M. Léopold. Allons, mon enfant, un peu de courage! le mal n'est peut-être pas sans remède. Votre voisin vous tourmente-t-il encore pour cette petite somme que vous lui devez?

— Non, Monsieur, répondit Germaine; depuis que vous avez eu la bonté de lui parler en ma faveur, il m'accorde du répit et se contente du peu que je lui donne de temps à autre.

— Vous faites bien de ne point abuser de sa complaisance, Germaine. Quelque modiques que soient les sommes qu'il reçoit de vous, elles suffisent pour lui faire connaître votre bonne volonté. Je vous disais bien qu'il n'était pas méchant, et que la crainte de perdre son argent était le seul motif qu'il avait de vous inquiéter. Si le créancier a des devoirs à remplir envers un pauvre débiteur, de son côté celui-ci doit être fidèle et exact à son égard. Mais puisque ce n'est point cela qui vous afflige, quel est donc le sujet de vos pleurs?

— Ah! Monsieur, c'est mon fils aîné qui veut me faire mourir de chagrin!

— Que me dites-vous là? répliqua M. Léopold. J'ai vu que Léonard était un honnête garçon, actif, laborieux. N'est-il plus chez Tiburce le cultivateur?

— Hélas! non, Monsieur, et voilà justement ce qui me désespère. Il a été battu; il ne veut plus y retourner. Son temps de service ne finissant qu'à Noël, Tiburce refuse de le payer s'il ne l'achève pas. Et moi, Monsieur, je comptais sur cet argent pour satisfaire mon voisin. Vous savez que j'ai une grande famille dont je suis le seul appui, et que, depuis la mort de mon mari, je n'ai pas pris un moment de repos. Léonard faisait toute mon espérance. Je me disais : Dieu a pris pitié de mes peines; mon fils marche dans le bon chemin; il m'aidera à élever ses frères; mais à présent voilà qu'il s'obstine à demeurer chez nous. J'ai eu beau dire, il me répond toujours qu'ayant été maltraité injustement, il ne veut pas s'y exposer de nouveau. Dans mon affliction j'ai recours à vous, mon cher Monsieur; vous m'avez déjà consolée dans d'autres temps, vous m'aiderez encore de vos conseils.

— De tout mon cœur, ma pauvre Germaine. Mais voilà dans Léonard une étrange obstination. Il faut que Tiburce ait tort, assurément.

— Je le pense aussi, Monsieur. Toutefois, comme je le dis à mon fils, il ne faut pas se raidir ainsi quand on est pauvre. Il vaux mieux souffrir mal à propos un mouvement de colère que de mourir de faim ou de priver toute une famille de ce qui lui est si nécessaire. Le Seigneur ne nous ordonne-t-il pas de supporter patiemment les injures? Et d'ailleurs Tiburce a un si bon cœur! Il nous a toujours témoigné tant d'amitié, qu'il mérite bien qu'on lui passe une petite injustice.

— C'est fort bien dit, Germaine; prenez une chaise, et racontez-moi comment votre fils est retourné chez vous.

— Je vais tout vous dire, mon cher Monsieur, reprit Germaine en s'asseyant. Je revenais du lavoir des Grands-Ormeaux, où j'avais travaillé tout le jour pour la vieille Gertrude; il était presque nuit. En approchant de la maison, je vis quelqu'un se glisser le long de la haie du jardin, et passer par-dessus un endroit peu élevé. Croyant d'abord que c'était Armand, le second de mes fils, je l'appelai. On ne me répondit point. Je vous avoue, Monsieur, que la peur me saisit en ce moment; et, quoique les pauvres gens ne doivent rien appréhender des voleurs, je me mis à trembler de toutes mes forces, moins pour moi que pour mes pauvres enfants, qui étaient dans la maison. J'entrai tout effarée chez mon voisin, qui eut la complaisance de venir jusque chez nous. Nous visitâmes le jardin sans y trouver personne. Mes enfants n'avaient rien entendu, ils jouaient paisiblement. Le voisin s'en retourna en riant de ma frayeur. Aussitôt qu'il fut sorti, j'allai chercher du bois sous un petit hangar où je mets mes fagots. J'y vis distinctement un homme. La peur me reprit encore plus fort; ma lumière s'échappa d'entre mes doigts, et je m'écriai : Pour l'amour de Dieu, ne faites pas de mal à mes enfants!

— Avez-vous peur de votre fils? me répondit une voix que je n'eus pas de peine à reconnaître. Rassurez-vous, ma mère, je suis Léonard.

— Ah! mon enfant, repris-je, tu m'as causé une terrible frayeur! Mais aussi pourquoi te tenir caché sous ce hangar au lieu d'entrer dans la maison? C'est toi sans doute qui as traversé la haie du jardin; pourquoi choisir cet étrange chemin, et ne pas me répondre lorsque je t'appelle?

— Je ne vous ai pas entendu, me répliqua Léonard; et si j'ai passé par-dessus la haie, c'est que je voulais être sûr qu'il n'y avait personne avec vous dans la maison. Comme j'étais sur le point d'y entrer, j'ai entendu la voix du voisin.

— Mais, repris-je encore, quelle raison as-tu de craindre la présence de quelqu'un?

— C'est que je ne suis pas d'humeur à jaser. Je me sens un peu malade; je viens me reposer ici quelques jours.

Je crus ce qu'il me disait, mon cher Monsieur, et je lui fis prendre du bouillon. Le lendemain, Tiburce vint chercher mon fils. J'en fus fort étonnée, pensant qu'il avait consenti à l'absence momentanée de Léonard. Tiburce m'assura que ce dernier était parti sans lui rien dire, après une petite correction qu'il avait cru devoir lui infliger. Léonard, présent à cet entretien, ne prononça pas un mot. Je priai son maître de lui accorder deux ou trois jours de repos, puisqu'il se trouvait malade. Tiburce y consentit avec peine, l'ouvrage pressant toujours dans cette saison. Les trois jours écoulés, je voulus faire retourner mon fils à son devoir. Jugez de ma consternation quand il m'assura positivement qu'il ne remettrait jamais les pieds dans la maison de Tiburce; que son maître était un brutal, et qu'il l'avait battu injustement.

Je lui répondis qu'on était toujours un mauvais juge dans sa propre cause; qu'on ne voulait jamais reconnaître ses torts, et que le plus coupable se trouvait toujours puni injustement.

— Ma mère, me répondit-il, je m'en rapporte à vous. Je conduisais une charrette de foin, depuis le grand pré de Coaraze jusque chez mon maître. Vous savez qu'auprès de ce ruisseau qui se jette dans le Gave, le chemin est mauvais en toute saison. Une des roues s'est enfoncée dans une ornière; après avoir fait des efforts inutiles pour la tirer delà, j'ai été obligé d'aller chercher de l'aide à Coaraze. Pendant ce temps, deux petits Messieurs se sont divertis à monter sur ma charrette, et à se rouler sur le foin d'une si belle manière, qu'il était tout éparpillé sur la route et jusque dans le ruisseau, quand je suis arrivé. Ils m'ont aidé à le ramasser, il est vrai, mais il en est resté beaucoup dans la boue et sur le bord du ruisseau, sans compter que celui que nous avons pu recueillir est fort malpropre. Je n'étais pas encore rendu au logis, lorsque Tiburce, qui me suivait par derrière sans que je m'en doutasse, s'est jeté sur moi tout furieux, et, me prenant par le bras, il m'a conduit à l'endroit où ma charrette s'était embourbée, et m'a fait voir tout le foin qui s'y était perdu. J'avais beau lui dire que ce n'était pas ma faute, il me battait toujours. Je vous demande, ma mère, si ce n'est pas là une injustice, et s'il m'était possible d'empêcher ces petits Messieurs d'éparpiller mon foin pendant mon absence.

— Hélas! dit Casimir, qui avait écouté attentivement ce récit, c'est Hippolyte et moi qui sommes la cause de tout ce mal : c'est nous qui avons éparpillé le foin. En nous amusant ainsi, nous étions loin de prévoir ce qui en résulterait, et nous voudrions de tout notre cœur réparer le tort que nous avons fait à ce pauvre Léonard.

—Il est vrai, monsieur Casimir, reprit Germaine, que c'était vous et votre frère : mon fils me l'avait dit. Je ne voulais pas vous nommer, dans la crainte de vous causer quelque peine.

— Je vous assure que j'en ai beaucoup maintenant, continua Casimir, et j'en aurai toujours jusqu'à ce que je vous sache consolée.

— Retournez chez vous, ma pauvre Germaine, poursuivit M. Léopold ; dites à votre fils qu'il vienne me parler ce soir, ou demain avant le lever du soleil ; car je dois me mettre en route de bonne heure. J'espère que je parviendrai à lui faire entendre raison.

Germaine partit avec moins de chagrin qu'elle n'était arrivée ; les paroles de M. Léopold lui donnaient de l'espérance. Casimir alla promptement raconter à Hippolyte ce qui venait de se passer.

— On a bien raison de dire, s'écria-t-il,

« Qu'en toute chose il faut considérer la fin ! »

Pensions-nous, en nous roulant sur ce foin, à tout ce qui allait en arriver? Un botte de foin perdue pour le propriétaire, un valet battu injustement, une mère désolée!... Ah ! mon Dieu ! que de choses !

— Et tout cela, reprit Hippolyte, pour une demi-heure de plaisir ; et quel plaisir encore, à le bien considérer! C'est l'histoire des cerises d'Alexis ; il ne vaut pas la peine qu'il coûte.

— Léonard ne vient pas, continuait Casimir avec inquiétude ; je ne serai point content que je n'aie vu tout cela réparé.

Les deux frères se promenèrent tout le soir sur la route

par où devait arriver le fils de Germaine ; ils ne rentrèrent que lorsqu'il fut tout-à-fait nuit. Casimir était fort affligé d'avoir attendu en vain. Hippolyte, moins vif et moins sensible, calculait froidement toutes les raisons qui avaient pu empêcher Léonard de se rendre auprès de M. Léopold ; et celui-ci disait qu'il viendrait sans doute le lendemain matin. Casimir n'en fut pas moins triste toute la soirée. Il ne parlait plus du voyage, quoiqu'on se trouvât à la veille de l'entreprendre ; et ses sœurs même s'en occupaient autour de lui sans qu'il parût y prendre garde.

Adrienne et Isabelle revenaient de visiter la basse-cour et le colombier quand le soleil parut sur l'horizon. Les soins du ménage remplis, elles retournèrent dans leur chambre pour préparer les objets qu'elles devaient emporter avec elles. Peu recherchée dans sa toilette, et se trouvant toujours bien lorsqu'elle se sentait à son aise, Isabelle eut achevé en peu de temps. Adrienne avait déjà rassemblé de quoi remplir deux cartons de plumes, de rubans et de dentelles, lorsque madame Albert, apercevant tout cet étalage, lui demanda en riant si elle partait pour le bal.

Adrienne répondit, en rougissant, qu'une première visite exigeait ordinairement quelque recherche dans les habits.

—Il est vrai que cela est d'usage en ville, répliqua madame Albert ; mais penses-tu qu'on y tienne beaucoup dans la vallée de Campan? M. Sylvère qui, comme tu sais, ne prend pas garde à la sienne, ne remarquerait pas à coup sûr la toilette que tu ferais en son honneur. Elle ne servirait donc qu'à te gêner ; le soin d'éviter les ronces t'empêcherait de jouir de la promenade. Il y a jusque dans les plus petites choses certaine harmonie de situation que le goût ne doit point faire négliger. La toilette que tu veux emporter serait charmante à Bordeaux ; je t'assure qu'à Campan elle serait fort déplacée.

5

— C'est bien dommage! répliqua Adrienne en soupirant et en jetant les yeux sur ses cartons.

— Cela paraît te chagriner, Adrienne?

— Il est vrai, maman; je ne vous cacherai point ma faiblesse; j'aime beaucoup la parure.

— Quand ce goût n'est point porté à l'excès, reprit madame Albert, ce n'est point un mal absolument, et rien ne t'empêche de le satisfaire. Le vêtement le plus simple est susceptible d'élégance : il est mille petits riens qu'une jeune fille invente pour se parer, lorsqu'elle a de l'adresse et du goût. Pour toi, Isabelle, il me semble que ta garde-robe de voyage n'est pas considérable.

— Je vous assure, maman, qu'elle me le paraît encore trop, et je trouve mes frères bien heureux de pouvoir se passer de toutes les bagatelles qui nous sont nécessaires.

— J'ai beau regarder où sont ces bagatelles dont tu te plains, je ne vois que des objets de première nécessité. La robe que tu prends sur toi n'est-elle pas des plus simples?

— A la bonne heure, maman, mais cette robe est lacée.

— Oui, et même de travers; pourquoi cela?

— Je passe des œillets pour en être plus tôt quitte.

— Je vois qu'il faut que je te reprenne du défaut contraire à celui de ta sœur; car il est aussi ridicule de se négliger que de se parer à l'excès. Mes enfants, il y a une route à suivre dans la vie; tout ce qui se trouve en-deçà ou au-delà n'est pas le bon chemin. Isabelle, fais-moi le plaisir de lacer mieux ta robe, sois agréable aux yeux de tes parents, qui ont placé toute leur gloire dans leur famille; et toi, mon Adrienne, mets de côté ces jolies bagatelles, et prends une toilette qui n'apporte aucun obstacle à tes plaisirs.

Casimir arriva en ce moment d'un air fort empressé.

— Maman, dit-il à madame Albert, mes sœurs vont partir avec mon père; Hippolyte et moi nous restons avec notre

grand-papa ; et si l'affaire de Léonard se termine aujour-
d'hui, demain nous irons les rejoindre.

— D'où vient, mon fils, ce nouvel arrangement ? demanda
madame Albert.

— Léonard ne s'étant point rendu ici ce matin, comme
sa mère l'avait promis, continua Casimir, j'ai prié mon
grand-papa de me laisser aller chez Germaine pour en apprendre la raison. Mon grand-papa m'ayant fait observer
qu'il serait trop tard ensuite pour nous mettre en route, je
ne vous cacherai pas que le désir d'aller à Campan m'a fait
rester un moment indécis ; mais lorsque je me suis représenté le chagrin que cette pauvre Germaine éprouve à cause
de nous, j'ai senti que je ne pourrais prendre plaisir à rien,
ant que cette idée me poursuivrait.

— Permettez-moi de rester, ai-je dit à mon grand-père·
Je renonce de grand cœur aux agréments du voyage, puisqu'il est impossible de les accorder avec un devoir plus
pressant. J'irai trouver Léonard, je lui donnerai les meilleures raisons que je pourrai pour l'engager à retourner chez
Tiburce. Peut-être n'aura-t-il pas beaucoup de confiance en
moi, parce que je ne suis qu'un enfant ; mais enfin je ferai
de mon mieux, et il me semble qu'après cela je serai plus
tranquille.

— Et toi, Hippolyte, a dit mon grand-père, que feras-tu ?

Hippolyte a paru embarrassé. J'ai connu sur son visage
qu'il cherchait quelque accommodement raisonnable entre
les deux choses qui nous occupaient ; mais, n'en pouvant
trouver, il s'est décidé tout-à-coup à venir avec moi. Alors
mon grand-père nous a embrassés.

— Fort bien, mes amis ! s'est-il écrié ; votre requête est
trop juste et trop louable pour que je ne vous l'accorde pas.
Pour mieux seconder votre intention, je reste avec vous ;
nous irons ensemble chez Léonard. Mais comme il n'est pas

juste que vos sœurs, qui sont étrangères à ce débat, en éprouvent du retard dans leurs plaisirs, nous les laisserons partir avec votre père, nous les rejoindrons quand nous pourrons.

Voilà, ma chère maman, comment la chose s'est arrangée.

— Il faut que je t'embrasse à mon tour, reprit madame Albert. Cette petite aventure me cause une joie extrême ; elle me fait espérer que mes fils sauront toujours sacrifier leurs plaisirs à leurs devoirs.

Hippolyte vint avertir son frère que M. Léopold les attendait. Madame Albert le loua aussi de sa généreuse résolution, quoiqu'elle eût été moins prompte que celle de Casimir. Qu'on fasse une bonne action par réflexion ou par le simple élan d'une vive sensibilité, cette action est toujours méritoire. Peut-être même l'est-elle davantage dans le premier cas, comme appartenant plus à la volonté qu'à la nature. Quoi qu'il en soit, Hippolyte méritait aussi les éloges de sa mère. Les deux frères souhaitèrent à leurs sœurs un heureux voyage, et rejoignirent M. Léopold, qui avait déjà sa canne à la main et son chapeau sur la tête.

Adrienne et Isabelle, se trouvant seules, demeurèrent en silence, et, au lieu de se hâter dans leurs préparatifs, elles réfléchissaient, chacune de son côté.

— Tu ne fermes pas ton porte-manteau, Adrienne! dit Isabelle en regardant sa sœur.

— Ni toi non plus, Isabelle, répondit la jeune fille en souriant.

Isabelle. — Il est vrai ; et je ne sais trop ce que je dois faire.

Adrienne. — Sommes-nous donc si pressées de nous mettre en route, que nous n'attendions pas nos frères?

Isabelle. — Le plus grand plaisir, c'est d'être ensemble.

Aussitôt, et d'un commun accord, elles allèrent prier M. Albert de différer l'instant du départ. Il y consentit avec joie, et chacun put s'applaudir dans cette journée, d'avoir fait un petit sacrifice, les uns à leur devoir et les autres à l'amitié.

VI. — Les petits Oiseaux. — Les deux Chênes. — La Ruche. — Le Marchand.

Monsieur Léopold, Casimir et Hippolyte se rendaient chez la mère de Léonard, par une route charmante, à travers les bois et les collines. La nature se montrait à leurs yeux parée de toutes les grâces d'une belle matinée. Chaque buisson recélait une famille, chaque brin d'herbe portait une goutte de rosée. Une lumière vive et pure, en éclairant le sommet des montagnes, achevait de dissiper le brouillard dont leur base était encore enveloppée.

Hippolyte, qui précédait les autres de quelques pas, s'écria tout-à-coup :

— Oh ! mon père, voyez, je vous prie, ces pauvres alouettes qui sont prises dans les lacets. Quelle cruauté de s'amuser ainsi ! j'ai bien envie de leur rendre la liberté.

— Oui, oui, dit Casimir, coupons ces maudits lacets qui les retiennent ; nous les baiserons et nous les laisserons aller.

— Un moment, reprit M. Léopold, n'allez point faire ici la même faute que pour le foin, c'est-à-dire agir sans réflexion. En faisant du bien à ces alouettes, pourquoi faire du mal au mîatre de ces lacets en les rompant ?

— Quel qu'il soit, ce maître est un méchant, répliqua Casimir ; et si nous ne détruisons pas ces piéges, il s'en servira une autre fois au même usage.

— Mais, reprit M. Léopold, qui vous a chargés de redres-

ser ainsi les torts des autres et d'administrer la justice? Il
ne suffit pas d'écouter un bon mouvement, il faut encore être
certain qu'il est bien légitime. Je vois là-bas une petite fille
cachée derrière ce pied de genêt. J'imagine que c'est elle
qui a tendu les lacets. Tâchez d'obtenir d'elle la liberté des
alouettes ; cela vaudra beaucoup mieux qu'un acte arbi-
traire.

Casimir et Hippolyte suivirent ce conseil. La petite fille
rougit en les voyant ; une grande douceur était répandue
sur ses traits.

— Est-ce à toi qu'appartiennent les lacets que nous venons de rencontrer? lui demandèrent les deux frères.

La petite paysanne répondit qu'ils lui appartenaient.

— Il y a au moins six alouettes de prises, continua Hippolyte. Cette nouvelle paraît te faire grand plaisir? Mais
dis-nous un peu pourquoi tu t'amuses à troubler ainsi la
liberté de ces pauvres oiseaux?

La paysanne étonnée et troublée baissa les yeux.

— Tu n'as point l'air méchant, poursuivit Casimir ; à
voir la douceur de ton visage, on te croirait bonne et sensible, et toutefois c'est ne l'être guère que de traiter ainsi des
alouettes qui ne t'ont point fait de mal. Veux-tu que nous
leur donnions la volée?

— Vous en êtes les maîtres, répondit tristement la petite
fille ; mais cela me rendra plus chagrine que les alouettes ne
le sont à présent.

— Qu'en veux-tu donc faire, mon enfant? demanda M. Léopold.

— Je les ferai vendre au marché de Lourdes, répliqua la
jeune paysanne, et de l'argent que j'en aurai j'achèterai de
quoi faire du bouillon à ma marraine, qui est bien malade.

M. Léopold, Casimir et Hippolyte se regardèrent avec une
douce surprise.

— Ma fille, continua le premier, combien vends-tu six alouettes ?

La petite paysanne répondit qu'elle espérait en avoir une vingtaine de sous.

— En voilà quarante, poursuivit M. Léopold ; permets à mes fils d'aller délivrer les alouettes.

— De tout mon cœur ! s'écria la jeune paysanne ; je veux même les aider à défaire les lacets. Si ce n'était pour avoir du bouillon à ma marraine, je ne ferais jamais de mal aux petits oiseaux, car je les aime beaucoup. Mais il vaut mieux que les alouettes meurent que ma marraine.

Elle se leva d'un air joyeux, fit une petite révérence à M. Léopold, et suivit Hippolyte et Casimir jusqu'à l'endroit où les lacets étaient tendus. Les pauvres captifs s'y débattaient tristement, et faisaient de vains efforts pour s'échapper.

— Celle-ci doit être une mère, dit Casimir en prenant une des alouettes dans sa main ; elle paraît plus inquiète que les autres. Va, pauvre petite, va retrouver ton mari et tes enfants, qui se désolent en ton absence.

— Celle que je tiens est encore un enfant, reprenait Hippolyte ; regarde, Casimir, ses ailes ne sont pas aussi longues que celles de ses compagnes. C'est peut-être la première fois qu'elle s'est hasardée à sortir du nid. Retournez-y, petite imprudente, vous avez encore besoin de l'expérience de vos parents.

La jeune paysanne à son tour les baisait, les caressait, et, ouvrant sa petite main, les regardait en riant s'envoler dans les sillons. Les six alouettes rachetées de l'esclavage, elle serra les lacets dans son tablier.

— Tu t'en serviras encore ? lui dit Hippolyte.

— Oh ! non, répondit la jeune fille. N'ai-je pas de quoi acheter du bouillon à ma marraine ?

— Et quand ton argent sera fini ?

— Quand il sera fini, si ma marraine est encore malade, la laisserai-je souffrir plutôt que de prendre des alouettes?

— Cela est juste, reprit M. Léopold. N'as-tu ni père ni mère, mon enfant?

— Non, répliqua la jeune paysanne ; je ne les ai jamais connus. Ma marraine a pris soin de moi pendant que j'étais trop petite pour pouvoir marcher. C'est pour cela que je l'aime, et que je voudrais de tout mon cœur la soulager dans ses souffrances.

— C'est penser comme il faut, ma chère enfant, continua M. Léopold. Tant que ta marraine aura besoin de quelque chose, viens me trouver à Coaraze ; je te donnerai ce qui lui sera nécessaire, et tu n'auras plus besoin de tendre des piéges aux oiseaux.

La petite paysanne parut fort satisfaite de la bonté de M. Léopold. Elle mit les lacets en pièces pour lui prouver qu'elle ne voulait plus s'en servir ; et, ayant fait de nouveau une petite révérence, elle monta lestement jusqu'à une pauvre chaumière qu'on apercevait au sommet d'une colline couverte d'un bois d'amandiers.

— Eh bien ! mes amis, dit M. Léopold, n'avais-je pas raison de vous engager à modérer l'ardeur qui vous portait à délivrer les alouettes? Ce méchant qui avait tendu les lacets, ce cruel qu'il ne fallait pas ménager, était une pauvre petite fille douce et sensible, qui ne s'en prenait à d'innocents oiseaux que pour soulager sa bienfaitrice. Si, sans la voir, sans lui parler, vous eussiez rompu les lacets et dispersé les alouettes, cette même bienfaitrice aurait été privée d'un soulagement qui lui conservera peut-être la vie.

— Ce que vous dites là, mon père, répliqua Casimir, je l'ai pensé en écoutant les paroles de cette jeune paysanne. Mais qui pouvait imaginer que ces lacets avaient été tendus dans une si bonne intention?

— Pour moi, continua Hippolyte, je croyais certainement faire une action louable en les brisant. Toutefois, la vie d'une bienfaitrice vaut mieux que des milliers d'alouettes.

— Le bien et le mal se touchent quelquefois de si près, que l'expérience ne suffit pas toujours pour les discerner, poursuivit M. Léopold ; c'est pourquoi il ne faut jamais se presser d'agir, sans avoir pesé auparavant la valeur des raisons qui nous déterminent.

En ce moment ils aperçurent deux paysans qui se disputaient vivement à l'ombre de deux chênes. Ils paraissaien. si animés, que M. Léopold arriva assez près d'eux pour les entendre sans en avoir été remarqué.

— Oui, s'écria l'un, si tu avais le moindre respect pour lui, tu chasserais à jamais cette indigne pensée.

— Tu es un sot, répliqua l'autre, d'attacher tant d'importance à un objet inanimé qui n'a été mis là que pour nous être utile.

Comme la dispute s'échauffait insensiblement, M. Léopold s'avança pour mettre la paix entre les deux paysans, qu'il avait reconnus pour deux frères. Il leur demanda le sujet de leur querelle. L'un d'eux avait le visage tout baigné de larmes. Celui qui ne pleurait point se mit à satisfaire ainsi M. Léopold.

— Ces deux chênes que vous voyez, lui dit-il, sont la seule cause de notre désunion. En partageant l'héritage que nous a laissé notre père, nous avons eu chacun un de ces arbres. Mon frère ne veut point abattre le sien, je ne l'en blâme aucunement ; mais il ne veut pas que je dispose du mien lorsque j'en trouve un prix fort avantageux, et c'est ce qui me met en colère.

— Mais en effet, dit M. Léopold au paysan affligé, il y a de l'injustice de votre part de contrarier ainsi votre frère.

Que vous importe ce qu'il fera de son héritage? Cet arbre n'est-il pas à lui?

— Hélas! Monsieur, répondit le paysan, il n'est que trop vrai que ce chêne lui appartient; mais je ne le verrai jamais couper sans une douleur mortelle, et si je n'avais pas d'enfants, je vendrais tout ce que j'ai pour l'acquérir et le conserver. Notre aïeul avait planté ces arbres, que mon père respectait à cause de cela. Jamais ce dernier n'a voulu les vendre. Son bonheur était de venir s'asseoir à leur pied. Il nous disait quelquefois qu'il lui semblait entendre la voix de son père dans leur feuillage agité par le vent. Et moi, depuis que je l'ai perdu, je me figure aussi entendre la sienne. Deux fois, en passant ici la nuit, je ne sais quel prestige me fascinait les yeux, mais il m'apparaissait comme la ressemblance de mon père qui était assis à la fraîcheur de ces arbres. Au lieu d'avoir peur, je me réjouissais et je me disais : Si c'est mon père qui se promène ainsi sur la terre, il verra que nous avons respecté un lieu qu'il chérissait. Mais voilà que cet ingrat, ajouta le paysan en montrant son frère, sans avoir égard à ma douleur, veut séparer ces arbres qui ont été plantés ensemble. Une misérable somme, dont il peut se passer, l'emporte dans son cœur...

Les pleurs étouffèrent sa voix.

— Calmez-vous, mon ami, reprit M. Léopold; l'ombre de votre père ne revient point; mais le respect que vous avez pour sa mémoire n'en est pas moins touchant. La misère seule, ajouta-t-il en se retournant vers l'autre paysan, dont l'œil sec annonçait la dureté de cœur, la misère seule pourrait excuser l'insensibilité de votre action.

Le paysan voulut assurer qu'il avait grand besoin d'argent; son frère le démentit avec chaleur.

— Et moi je veux le croire, répliqua M. Léopold. Pour vous accommoder tous deux, je vais proposer un échange à celui qui veut vendre. J'ai des bois assez beaux, choisissez parmi les chênes qui s'y trouvent celui qui vous paraîtra d'un meilleur prix. A votre tour, vous me céderez celui-ci, dont je veux faire présent à votre frère. Si ce n'est pas assez d'un arbre, je vous en accorde deux.

L'avare, enchanté de cet avantage, se confondit en excuses et en remercîments. Le bon fils, oubliant de rendre grâce à son bienfaiteur, se mit à embrasser le chêne qu'il venait d'acquérir, comme on fait d'un ami dont on a été longtemps séparé; et M. Léopold était déjà loin, lorsque ce bon paysan accourut tout essoufflé pour lui témoigner sa reconnaissance.

— Que ce respect pour la mémoire d'un père est touchant! dit M. Léopold en le regardant aller.

— Oh! oui, reprit Hippolyte, il rend bien plus odieuse encore l'avarice et la dureté de l'autre paysan.

— Dans toute autre occasion, ajouta Casimir, j'aurais ri de la superstition de celui-ci, qui s'imagine avoir vu sous ces chênes la ressemblance de son père; mais, en écoutant ses plaintes naïves, je me sentais prêt à pleurer comme lui.

— C'est que la piété filiale, ce sentiment si noble et si doux, purifie jusqu'aux erreurs qu'il consacre, reprit M. Léopold.

En conversant ainsi, ils arrivèrent à la maison de Germaine. Elle faisait faire la prière au plus jeune de ses enfants. La présence de M. Léopold ayant interrompu cet acte de piété, il voulut absolument qu'elle l'achevât comme à son ordinaire. Germaine reprit donc entre les siennes les mains de son petit enfant, et lui dicta des actions de grâces à Dieu, qu'il répétait sans les comprendre, comme les petits oiseaux louent le Seigneur au milieu des bois, par la seule inspiration de la nature.

Lorsque la prière fut achevée, Germaine fit ses excuses à M. Léopold de ce que son fils ne s'était pas rendu chez lui.

Il ne s'en était pas senti le courage, craignant d'avoir déplu à M. Léopold en accusant ses enfants.

— Dieu me préserve d'une tendresse si mal entendue ! s'écria ce bon père. Celle que j'ai pour mes fils ne prévaudra jamais contre la justice que je dois rendre à chacun. Ils ont eu tort assurément ; et, loin d'en vouloir à Léonard, ils se privent eux-mêmes d'une partie de plaisir, pour venir ici lui apporter de bons conseils. Où est-il maintenant ?

Germaine se leva pour le chercher. M. Léopold la suivit. Les deux jeunes gens étaient déjà auprès de Léonard, caché derrière un gros pied de lilas. M. Léopold fit signe à la mère d'écouter un moment les discours qu'ils lui tenaient.

— Il est vrai, disait gravement Hippolyte, pendant que Léonard, pensif, les yeux baissés et la main appuyée sur sa bêche, lui accordait une modeste attention, il est vrai que c'est à tort que Tiburce vous a maltraité ; mais vous mériteriez enfin ce malheur en chagrinant plus longtemps votre mère. Vous est-il donc plus aisé de supporter ses pleurs qu'une injustice ? Il me semble que moins vous êtes coupable, plus vous devez avoir de hardiesse à retourner chez votre maître. C'est lui qui rougira de vous avoir battu, tandis que, fier de votre innocence, vous pourrez vous féliciter au fond du cœur de lui avoir pardonné.

M. Léopold admirait comment cet enfant, fidèle à son caractère orgueilleux, puisait tous ces motifs dans l'amour-propre, et avec quelle adresse il avait évité de parler de sa propre faute. Casimir s'exprimait bien différemment.

— Mon cher Léonard, lui disait-il, plus je vois la peine que vous avez à vous rendre à nos raisons, plus je me repens du tort que nous vous avons fait ; car il faut que votre cœur ait été bien blessé pour s'obstiner à ce point. Mais je ne vous quitterai pas que je ne vous aie vu prendre une bonne résolution. Vous viendrez avec nous chez Tiburce : je suis sûr

qu'il vous aime. N'avez-vous pas été avec lui dès votre enfance ? Ne vous a-t-il pas nourri, entretenu lorsque vous
n'aviez pas encore la force de lui rendre de grands services ?
Et faut-il qu'un moment d'injustice l'emporte dans votre
cœur sur plusieurs années de bienfaits ? Non, il n'en sera pas
ainsi, ou je croirai que vous nous haïssez aussi au fond du
cœur, nous qui sommes la cause de votre chagrin.

— Oh ! ne croyez pas que je vous haïsse ! s'écria Léonard
attendri ; je sais bien que vous ne pensiez pas à me faire
du mal.

— Nous vous en avons fait cependant, reprit Casimir ; et
si vous êtes assez généreux pour n'en pas tenir compte, à
nous que vous ne connaissez pas, combien plus devez-vous
être disposé à oublier la rigueur de Tiburce ! Peut-être n'a-
viez-vous point d'amitié pour lui ?

— C'est parce que je l'aimais, repartit Léonard en laissant
échapper une larme, que je suis plus sensible à son mauvais
traitement. Je le regardais plutôt comme mon père que comme
mon maître.

— Oh ! pour le coup, vous êtes vaincu, mon cher Léonard,
s'écria Casimir plein de joie, car il n'est rien qu'on ne pardonne à un père. Le nôtre est là qui vous attend ; venez
consoler cette pauvre Germaine, et nous irons tous chez Tiburce.

Léonard, moitié de gré, moitié de force, se laissa entraîner
jusqu'à M. Léopold, qui avait quitté le pied de lilas. Il n'osa
désavouer Casimir, qui s'applaudissait de sa victoire. L'ap-
probation de M. Léopold et les caresses de Germaine achevèrent de gagner son esprit. Il quitta sa veste de travail, et,
prenant un habit mieux conservé, il suivit chez Tiburce
M. Léopold et ses enfants. Le cultivateur raccommodait
l'une de ses charrettes dans sa cour lorsqu'ils y entrèrent
tous trois ; car Léonard était resté en-dehors pour que

M. Léopold eût le temps de préparer son maître à le recevoir.

— Je suis bien aise de vous rencontrer, Tiburce, dit
M. Léopold en entrant. Mes fils vous ont fait quelque tort au
sujet d'une charretée de foin ; mon intention est de vous en
dédommager.

Tiburce assura que cela n'en valait pas la peine, et qu'il
n'y pensait plus.

— Cette aventure vous a cependant privé de votre valet,
continua M. Léopold ; et dans la saison où nous sommes
l'ouvrage doit en souffrir.

— Que voulez-vous, Monsieur! répondit Tiburce en prenant un air soucieux : les enfants sont des ingrats. Léonard
avait toujours été dans ma maison comme mon fils. Il me
connaissait pour être vif; mais savent-ils nous passer quelque chose?

— Je vous amène un bon serviteur, moi, mon cher Tiburce; il est resté en-dehors de la cour, et vous n'avez qu'à
dire un mot...

— Je vous remercie, Monsieur; j'ai résolu de m'en passer.

— Vous en passer! cela n'est pas possible. Qui conduira
votre bétail au pâturage?

— Moi-même.

— Qui recueillera votre moisson? qui labourera vos
champs?

— Moi-même.

— Allons donc, Tiburce, vous voulez rire. Auriez-vous
déjà un autre valet?

— Je n'en ai point, je vous assure.

— Oh! vous prendrez donc le mien, continua M. Léopold
en allant chercher Léonard.

Tiburce l'arrêta.

— Mon cher Monsieur, lui dit-il, puisque vous ne voulez

pas m'en croire, il faut que je vous avoue ma faiblesse. Je suis si attaché à cet ingrat Léonard, que j'ai pour ainsi dire élevé, que je ne puis me décider à choisir un autre valet avant d'avoir encore essayé de le ramener ici. C'est une honte à moi, je le sais bien, quoique j'aie vraiment eu tort à son égard ; mais je ne puis triompher de ma faiblesse.

— Il n'y a point de faiblesse qui tienne, repartit M. Léopold : plus vous vous défendez, plus je suis certain que mon valet est ce qu'il vous faut. Laissez-moi seulement l'appeler.

Tiburce se désespérait. Casimir et Hippolyte, que cette scène divertissait infiniment, autorisés par un signe de M. Léopold, coururent avertir Léonard. Tiburce, en le voyant, voulut faire succéder un air de sévérité à celui de la surprise. Il n'était plus temps ; Léonard avait tout entendu. Il se jeta dans les bras de son maître, et la paix se fit sans aucune explication.

Tiburce, tout en riant de la tromperie que M. Léopold lui avait faite, invita ses hôtes à déjeuner. On s'assit en dehors de la métairie, sous des arbres plantés au bord d'un ruisseau. Une douzaine de ruches étaient rangées au pied d'un rocher voisin. Casimir et Hippolyte coururent aussitôt à l'entour, examinant avec curiosité les abeilles qui y apportaient sans cesse le butin qu'elles avaient pris sur les fleurs. Tiburce les avertit de ne point s'en approcher de trop près, parce que ces abeilles étaient farouches. Hippolyte écouta prudemment cet avis ; mais Casimir, avec son étourderie ordinaire, n'en tint aucun compte, et se mit à passer et à repasser si souvent devant les intéressantes colonies, qu'une des abeilles le piqua. On accourut à ses cris. M. Léopold voulut ôter de la blessure l'aiguillon de l'abeille qui y était resté. Casimir n'eut point le courage de consentir à cette petite opération, il refusa même de se frotter avec du vinaigre,

comme Tiburce et Léonard le lui conseillaient, dans la
crainte que ce remède ne le fît souffrir davantage. Sourd à
toutes les remontrances, il pleurait, il criait avec une impatience inexcusable. M. Léopold, voyant qu'il ne voulait
rien écouter, l'abandonna à sa propre folie, et se mit à déjeuner avec Hippolyte.

Tiburce leur apporta un gâteau de miel. Hippolyte, qui
n'en avait jamais vu, le miel étant toujours séparé de la cire
lorsqu'on lui en avait présenté, regarda avec beaucoup de
surprise et d'admiration ces petites cellules si régulières, ouvrage de l'industrieuse abeille. Ce gâteau donna occasion à
M. Léopold de lui expliquer quelques-unes des merveilles de
ces petits royaumes.

Après ces instructions, que Casimir, retiré à l'écart, n'a-
vait point entendues, le déjeuner se trouva fini ; M. Léopold
prit congé de Tiburce et de Léonard. Chemin faisant, il reprocha à Casimir, dont la douleur commençait à se calmer,
le peu de courage qu'il avait fait voir. Il lui assura que la
petite opération qu'il lui proposait aurait abrégé beaucoup
ses souffrances.

— Exposé à tant de sortes de misères, continua le sage
vieillard, que deviendrions-nous sans un peu de courage ? Et
si la moindre douleur nous abat, que feront les plus grandes
lorsqu'elles seront arrivées ? Le manque de courage nous rend
insensés. Par exemple, si tu avais à choisir de deux maux,
nécessairement tu te résignerais au moindre. Cependant,
parce que tu t'es trouvé poussé avec violence à ce choix, tu
as préféré le plus long, non point par raisonnement, mais
par faiblesse.

— J'aurais cru, répondit Casimir, qu'il y avait plus de
courage à souffrir longtemps qu'à se débarrasser promptement de ses maux.

— Lorsqu'on peut s'en délivrer d'une manière légitime et

raisonnable, reprit M. Léopold, ce n'est pas courage, c'est folie de les conserver. La langueur du corps rend l'homme à charge à lui-même et aux autres. Elle influe sur ses facultés morales ; elle rend son humeur insupportable, elle l'empêche de remplir ses devoirs, et c'en est un pour lui de faire tout son possible pour sortir d'un état aussi fâcheux. Tout vient de Dieu ; si d'une main il nous envoie les souffrances, de l'autre il nous en indique la guérison. Il est cependant des maux que rien ne peut guérir, et c'est à les supporter patiemment qu'une personne sage et religieuse doit faire consister son courage.

En arrivant à Coaraze, Casimir et Hippolyte furent agréablement surpris de voir que leurs sœurs n'avaient pas voulu partir sans eux. Ils les trouvèrent autour d'un marchand colporteur qui leur vendait de la mousseline ; mais elles avaient cessé de regarder la marchandise pour s'occuper d'un petit singe que le marchand conduisait avec lui. Pendant que madame Albert concluait le marché de la mousseline, les jeunes gens donnaient au petit singe des amandes et des noix, et s'amusaient à les lui voir casser et éplucher fort adroitement. Le marchand, ayant fini avec madame Albert, et voyant que son singe divertissait singulièrement la petite famille, voulut augmenter son plaisir. Il jeta à son singe quelques morceaux de mousseline, en lui commandant de les plier, tandis qu'il en ferait autant de son côté ; ce que le singe exécuta, après avoir regardé attentivement la manière dont s'y prenait son maître.

— Il faut que vous ayez eu beaucoup de patience pour instruire aussi bien cet animal ? dit Adrienne au marchand.

— Cela ne m'a pas été difficile, répliqua ce dernier ; la nature a tout fait. Les singes naissent avec un esprit d'imitation qui leur est propre ; et il leur raconta l'histoire du marchand de bonnets et des singes.

6

Cette histoire amuṣa les enfants de madame Albert. Hippolyte alla chercher un bonnet qu'il mit sur la tête du singe pour avoir une idée de la figure de ceux de la forêt. M. Léopold fit dîner le marchand, qui paraissait un honnête garçon. Quand il eut achevé son repas, il rechargea sa boîte sur ses épaules, mit son petit singe par-dessus, et souhaita le bonjour à toute la compagnie.

VII. — Le Départ. — Le Papillon. — Histoire de l'Envieuse.

Enfin le jour irrévocablement fixé pour le départ arriva. Enveloppé d'un léger brouillard, le soleil retardait de se montrer jusqu'à ce qu'il se fût revêtu de toute sa pompe. Quatre belles mules attendaient les voyageurs dans la cour. Ces animaux, moins vifs, moins élégants que les chevaux, sont d'un usage bien plus sûr dans les montagnes. Madame Albert accompagna les voyageurs jusqu'à une certaine distance, en tenant par la main Charlotte et Alexis, qui devaient rester avec elle. Lorsqu'il fallut se séparer, elle recommanda à chacun de songer à sa conservation pour l'amour d'elle. M. Léopold et M. Albert, qui lisaient dans ses yeux bien plus d'inquiétude encore qu'elle n'osait en laisser voir, se hâtèrent de la rassurer par leurs promesses. Madame Albert sourit avec douceur et voulut paraître tranquille ; mais le cœur d'une mère ne saurait jamais l'être entièrement loin d'une partie de sa famille.

M. Léopold et M. Albert portaient chacun en croupe une des deux jeunes filles. Casimir et Hippolyte, assez bons cavaliers pour leur âge, conduisaient seuls leurs montures, ce qui les rendait fiers et satisfaits. Ces six personnes, après avoir embrassé tendrement madame Albert et les deux enfants, s'éloignèrent suivies d'un seul domestique.

Lorsqu'elle eut perdu de vue ces objets si chers, madame

Albert leva les yeux et les mains au ciel, et dit tout haut d'une voix émue, et sans penser aux deux enfants qui l'accompagnaient :

— Seigneur, sois avec eux ; garde-les dans le voyage qu'ils entreprennent. Exauce ma prière.

A ces paroles Charlotte et Alexis se mirent à pleurer. Madame Albert surprise voulut en connaître la raison.

— Maman, répondit Charlotte, ce que vous demandez à Dieu nous fait imaginer que nos parents vont faire un voyage bien long, pendant lequel ils rencontreront peut-être de grands dangers.

— Vous avez tort d'expliquer ainsi le sens de mes paroles, mes chers amis, répliqua madame Albert ; le voyage durera tout au plus quelques semaines, et j'espère qu'il sera sans danger. On n'a pas besoin au reste de sortir de sa maison pour être exposé à des accidents inévitables ; c'est pourquoi, quelque sécurité que l'on ait lieu d'avoir, il est toujours bon de mettre sous la garde de Dieu les personnes qui nous sont chères ; cela rassure le cœur.

— Maman, je veux aussi prier Dieu qu'il les conserve, dit Alexis. Pensez-vous que tout petit que je suis il fera attention à ma prière ?

— Et moi, je te demanderai à mon tour si, tout petit que tu es, tu ne jouis pas pendant la nuit d'un bon sommeil ? si tu ne vois pas aussi bien le soleil qu'Adrienne, qui est l'aînée ? si tu n'as pas autant de plaisir qu'elle à manger de bons fruits, ou à faire une jolie promenade ?

— Il n'y a pas de doute, maman, que je ne jouisse de tout cela aussi bien que ma sœur.

— Eh bien ! mon ami, ces avantages venant de Dieu, s'il les répand sur ton enfance, pourquoi n'écouterait-il pas aussi tes prières ? C'est un bon père, qui aime tous ses enfants avec une égale tendresse, quels que soient leur âge et leur condition. Il n'y a que leur bonne ou leur mauvaise conduite qui mette entre eux de la différence.

— Maman, reprit Charlotte, si aucun de nous ne priait pour ceux qui sont absents, leur en arriverait-il quelque mal ?

— Comment veux-tu que je te réponde ? répliqua madame Albert. Puis-je connaître les desseins de Dieu ? c'est précisément à cause de mon ignorance que je le prie. Lorsque vous désirez quelque chose qui se trouve en mon pouvoir, vous me la demandez sans être sûrs toutefois que je céderai à vos instances. Je fais la même chose à l'égard de l'Éternel.

— Et quand il ne vous écoute pas, maman, reprit Alexis, n'êtes-vous pas un peu fâchée contre lui?

— Au contraire, repartit madame Albert en souriant de la question d'Alexis, je le remercie encore, en pensant qu'il m'eût été sans doute nuisible d'obtenir l'objet de ma prière. Pour être toujours content, il ne faut qu'avoir une ferme confiance dans la bonté de Dieu.

La présence d'un papillon vint troubler ce grave entretien; et les enfants, avec la légèreté ordinaire à leur âge, ne songèrent plus qu'à le poursuivre. Après plusieurs vaines tentatives, ils le virent enfin se poser sur une branche de troëne. Alexis en était le plus près ; Charlotte, qui se précipitait pour l'atteindre, voyant que son frère allait le saisir, donna avec colère un grand coup de pied dans le troëne, et fit envoler le papillon. Alexis pleura. Madame Albert regardant sévèrement sa fille :

— Charlotte, lui dit-elle, il y a dans ce mouvement de colère un sentiment d'envie qui m'afflige extrêmement. Vous aimez mieux perdre le papillon que de le voir entre les mains de votre frère ! Prenez-y garde, ma fille, rien n'est si affreux que ce vice. Il rend celui qui s'y abandonne imposteur, méchant et bassement méprisable.

Charlotte, repentante et désolée, embrassa les genoux de
sa mère.

— Ma chère enfant, reprit madame Albert, si tu ne veux
pas me faire mourir de chagrin, que cette première étincelle
de l'envie ne se rallume jamais dans ton cœur. Je ne doute
pas que ce péché odieux ne te fasse réfléchir avec fruit sur
toi-même.

VIII. — L'Hôtellerie de Bénac. — Les Pèlerins de Saint-Pé. — Le roi arabe.

Le lendemain M. Albert, M. Léopold et leurs enfants
poursuivaient gaiement leur route au milieu de plaines et de
collines couvertes de blés et de vignobles. Ils suivirent quelque temps le ruisseau de l'Ousse, qui, après avoir coulé au
pied d'une chaîne de coteaux qui ont retenu son nom, va se
joindre au Gave sous les murs de Pau. Les habitants de cette
contrée avaient un air d'aisance et de contentement qui char-
mait les yeux de nos voyageurs. Les jeunes gens et les
hommes d'un âge mûr étaient répandus dans les champs qu'ils
cultivaient en chantant. Les jeunes filles, vêtues de toile
blanche, leur apportaient le repas du matin, tandis que les
vieillards, entourés des petits enfants, s'occupaient dans le
voisinage des chaumières, soit à greffer de jeunes arbres,
soit à rattacher les branches vagabondes d'une vieille treille.

On s'arrêta à Bénac pour dîner. Une villageoise qui tenait
là une espèce d'hôtellerie vint au-devant des voyageurs.
Après avoir fait beaucoup de révérences à M. Léopold, qu'elle
connaissait, elle appela une servante pour l'aider à faire descendre les jeunes demoiselles. En entrant dans la maison, les
habitants de Coaraze y virent un vieillard vêtu d'une longue
robe, couché à demi sur une espèce de sofa fort peu élevé de
terre, et occupé à fumer dans une pipe dont le tuyau était

extrêmement long. Un autre personnage, vêtu à peu près de la même façon et accroupi aux pieds du vieillard, soutenait une cassolette d'argent remplie de feu, qui servait à entretenir le tabac allumé dans la pipe. Deux autres, les bras croisés sur la poitrine, se tenaient debout et en silence derrière le sofa. Toutes ces personnes avaient un air grave et triste ; mais le vieillard ajoutait à ces deux expressions quelque chose de majestueux et de touchant qu'on ne pouvait remarquer sans intérêt.

Lorsque M. Léopold et sa famille entrèrent dans l'hôtellerie, ces étrangers ne se dérangèrent point, ni ne répondirent au salut que les nouveaux venus leur adressèrent, ce qui scandalisa beaucoup Hippolyte. Comme il n'y avait point d'autre chambre commode dans cette chaumière, la famille fut contrainte d'y prendre place. Adrienne, ses frères et M. Albert étant sortis pour se promener en attendant que le repas fût prêt, aperçurent en dehors plusieurs nègres qu'ils supposèrent de la suite du vieillard ; ce qui leur donna à penser que c'était quelque grand personnage. La maîtresse de l'hôtellerie, qui mourait d'envie de parler, s'approcha d'Adrienne, et commença par s'informer de son nom, de son âge, du nombre de ses frères et de ses sœurs, du but et de la durée de leur voyage ; questions auxquelles Adrienne, quoiqu'elles lui semblassent au moins indiscrètes, répondit par timidité. Après que cette femme eut satisfait sa curiosité, elle apprit mystérieusement à la jeune personne qu'elle venait de voir chez elle un homme de la plus haute importance.

— Ce n'est pas un seigneur, lui dit-elle d'un air dédaigneux ; ce n'est pas un duc ; ce n'est pas un gouverneur ; ce n'est pas même un prince...

— Si ce n'est pas un prince, répliqua Adrienne avec un

peu d'impatience, comment peut-il être au-dessus de ceux que vous dites?

— Non, Mademoiselle, ce n'est pas un prince; c'est un roi, mais un véritable roi, qui a porté la couronne en tête.

Adrienne sourit d'un air d'incrédulité.

— Il ne faut pas en rire, Mademoiselle, reprit l'hôtesse, je ne vous dis que la vérité.

Pour mieux en convaincre Adrienne, l'hôtesse appela un jeune Basque qui servait de guide à ces étrangers. Le Basque assura que le vieillard était un roi arabe, et qu'il en tenait la nouvelle d'un Espagnol qui avait servi l'Arabe pendant le séjour qu'il avait fait à Madrid. Il ajouta que les nègres, quoiqu'ils ne parlassent point français, le lui avaient assez fait connaître par leurs signes. Adrienne courut aussitôt vers M. Albert, qui se promenait avec ses fils. Il faisait entendre à Hippolyte, qui avait encore sur le cœur la prétendue impolitesse des étrangers qui ne s'étaient point dérangés à leur approche, que la politesse et l'urbanité ne sont pas les mêmes dans tous les pays; que l'ignorance d'un étranger sur ces matières ne doit point lui être imputée à mal, et qu'on peut être un fort honnête homme, quoiqu'on ne sache pas tirer son chapeau et répondre à une révérence. M. Albert eut d'abord quelque peine à croire que le vieillard fût un roi arabe, en le voyant si éloigné de son pays; mais, comme il connaissait toute la singularité des vicissitudes humaines, il ne trouva rien d'impossible à cette supposition et attendit pour l'admettre ou la rejeter entièrement qu'il fût mieux informé de cette aventure. Les enfants, qui adoptent plus facilement ce qui leur paraît extraordinaire, rentrèrent dans la maison, fort impatients de raconter à Isabelle la nouvelle qu'on venait de leur apprendre. Ils trouvèrent M. Léopold et le vieillard engagés dans une conversation sur les curiosités que renferme la France : car le vieillard parlait

assez bien français, quoiqu'il ne fît que mettre le pied sur
notre territoire. La nouvelle de sa qualité circula bientôt à
l'oreille des jeunes voyageurs, et le respect qu'inspirent naturellement les personnes revêtues d'une si haute dignité
se mêla à la curiosité que l'Arabe excitait dans leur esprit.

— Quoique je sois né, disait le vieillard, dans un pays
fort éloigné de l'Europe, il y a longtemps que j'ai entendu
parler des Français comme d'une nation digne de la curiosité des étrangers. Un de vos compatriotes, que le hasard a
conduit près de moi, m'a appris le peu que je sais de votre
langue, et m'a inspiré une haute idée de sa patrie. Quoiqu'en
l'écoutant je fusse loin d'imaginer qu'un jour j'aurais la
malheureuse occasion d'y venir, je ne laissais pas de le souhaiter. J'ignorais alors que la destinée fait aborder l'homme
sur tous les rivages, comme le vent du désert emporte jusqu'au sommet des montagnes les semences des plantes qui
ne fleurissent que dans la plaine.

Le vieillard soupira en achevant ces paroles. Il reprit sa
pipe des mains d'une personne de sa suite à qui il l'avait
confiée, et se mit à écouter M. Léopold, qui lui répliqua
ainsi :

— Un sentiment naturel attache tous les hommes au pays
qui les a vus naître ; quelques-uns vont jusqu'à penser que
rien ne l'égale dans l'univers. Sans imiter cet excès, je vous
avouerai que la France est une des contrées les plus heureuses de l'Europe. Sa température est supportable au nord
dans les temps les plus rigoureux, et délicieuse presque en
tout temps dans ses provinces méridionales. Une quantité
d'arbres étrangers se sont si bien naturalisés sur notre terre,
qu'elle ne les distingue plus de ses propres enfants. L'Océan,
furieux et inégal, voit expirer ses vagues effrayantes sur nos
côtes occidentales, tandis qu'au sud la Méditerranée plus
paisible caresse de ses flots les rivages de la fertile Provence.

Si vous aimez les sensations douces, et que la vue d'un peuple heureux réjouisse votre esprit, le Puy-de-Dôme vous offre sa cime verdoyante. De là, assis au milieu de gras pâturages, vous promènerez vos regards sur la plus fertile des contrées. De toutes parts ils rencontreront l'abondance, la grâce et l'étendue; la fraîcheur et la limpidité des eaux vous charment. L'art a-t-il pour vous plus d'attraits? Parcourez nos cités innombrables; chacune d'elles vous paraîtra la capitale du royaume, et vous semblera digne de servir de demeure au souverain. Mais quand vous aurez vu celle qu'il s'est choisie, votre admiration vous fera oublier facilement les autres. Vous resterez émerveillé à l'aspect de cette foule de palais que tous les arts ensemble ont pris soin d'embellir. Vous verrez un fleuve majestueux rouler orgueilleusement ses ondes au milieu de cette vaste cité, et baigner pour ainsi dire les murs de ces mêmes palais qu'il réfléchirait s'il était plus tranquille. En vain vous vous éloigneriez de ses rives magnifiques, le fleuve vous suit encore par des routes secrètes, et, reparaissant tout-à-coup à vos regards étonnés, tantôt, sous la forme d'une triple cascade, il remplit avec bruit le bassin de marbre destiné à le recevoir, et tantôt, réduit à un simple jet, il ne semble couler que pour désaltérer le pauvre.

M. Léopold se tut. Le vieil étranger l'écoutait encore, tant il était charmé de ces descriptions. Il se leva, et tendant la main à M. Léopold :

— Bon vieillard, lui dit-il, vos paroles m'enchantent comme une musique délicieuse. Je sais que la langue de l'homme est rarement sincère, et qu'on ne doit point se fier à sa douceur. Plus la surface de l'eau est paisible, plus l'abîme et profond ; mais, quand je devrais être encore une fois la victime de ma confiance, je ne puis me défendre de vous aimer. Votre complaisance à satisfaire la curiosité d'un

inconnu me donne une heureuse opinion de votre caractère.
Quelque ingratitude que j'aie éprouvée, je n'ai pu devenir
insensible. Comment ne suivrais-je pas aujourd'hui les impressions de mon cœur? Ne pouvant plus rien pour le
malheur ou la félicité des hommes, pourquoi craindrais-je
d'en être trompé?

Il prononça ces derniers mots en regardant celui qui tenait
la cassolette, et ses yeux se remplirent de larmes. L'autre
étranger, s'étant prosterné devant le vieillard, lui répondit
quelques paroles en arabe, et parut aussi livré à une vive
émotion. M. Léopold, qui s'était levé lorsque l'étranger
s'était avancé vers lui, repartit de cette manière aux paroles
affectueuses qu'il venait de lui adresser :

— Je ne vous demande point le sujet de vos peines, quoiqu'il me paraisse que vous en avez; mais je voudrais qu'il
fût en mon pouvoir de les adoucir. Je crois être digne de
votre estime, et je suis prêt à vous accorder toute la mienne.

Le vieillard ne répliqua rien à ce discours. Comme il avait
dîné, il ne voulut point partager le repas de la famille.
Lorsque les voyageurs furent prêts à remonter sur leurs
mules, ils désirèrent prendre congé de l'Arabe; mais ils le
trouvèrent endormi. Deux noirs à genoux près de lui s'occupaient à chasser les mouches qui s'approchaient. M. Léopold partit très-fâché de n'avoir pu lui faire ses adieux, et les
jeunes gens regrettèrent encore davantage de le quitter sans
savoir s'il était roi, et pourquoi il se trouvait si loin de sa
patrie.

La famille, en partant de Bénac, s'engagea dans les forêts
qui s'étendent du pays de Rivière-Ousse jusqu'à Lourdes.
Des milliers d'oiseaux y chantaient dans le feuillage qui
formait une voûte sombre au-dessus de la tête des voyageurs. En approchant de Saint-Pé, ils furent frappés des
sons discordants et pourtant agréables d'une musique cham-

pêtre. Ces sons partaient du village de l'Estelle. Ils aperçurent entre les arbres le clocher d'une petite chapelle con-
sacrée à la Vierge, et dans laquelle une foule de pèlerins
étaient accourus à cette époque. M. Léopold se rappela alors
qu'il y avait une foire en cet endroit, et qu'on y vendait
toutes sortes d'instruments de musique en usage à la campagne. Chaque acheteur essayait le sien ; c'est pourquoi on
entendait résonner de toutes parts, et dans des tons différents,
les flûtes, les musettes, les guimbardes.

On voyait des troupes de pèlerins descendre, en chantant,
le long des sentiers pratiqués sur le penchant des montagnes, les épaules couvertes d'un ample collet et un bâton
d'épine à la main. Ils redisaient sans cesse sur le même air
une multitude de couplets terminés par le même refrain,
sans se presser ni se ralentir jamais. Leurs accents uniformes,
en parvenant à l'oreille à travers les bois et les chemins
agrestes, avaient quelque chose de touchant. Des familles
entières, qui étaient parties de bon matin, en retournant
dans leurs maisons, passaient auprès des voyageurs. Les uns
emportaient des chapelets bénits, les autres de petites images
de la Vierge qu'ils venaient d'implorer, les autres des béni-
tiers, des bouquets de coquillages. Plusieurs jouaient sur
leurs musettes les airs des cantiques qu'ils entendaient chanter au loin par les pèlerins. Cette petite chapelle au milieu
des bois, ce marché rustique, ces chants monotones et religieux, la simplicité de ces montagnards, la beauté de ces
forêts arrosées par le Gave et le ruisseau du Génie, formaient
un tableau plein de charme et d'intérêt, qui émut vivement
la famille de Coaraze.

Arrivés de bonne heure à Lourdes, où ils devaient coucher,
les voyageurs allèrent se promener par la ville pendant
qu'on apprêtait le souper. Lourdes n'offre d'autre intérêt que
celui de son ancienneté et de sa situation. Avant que d'être

fortifiée elle portait le nom de Mirambel ou Belle-Vue. Ses maisons sont mal bâties, sombres et ornées de jalousies à la moresque. Une grande tour carrée et des débris de fortifications rappellent qu'elle soutint avec succès les efforts du duc d'Anjou et de la noblesse française, qui voulaient la reprendre sur les Anglais. Elle fut la dernière place que ceux-ci conservèrent dans l'Aquitaine.

Après être montés sur les ruines de ces fortifications, d'où l'on découvre le cours du Gave de Pau jusqu'à une grande distance, les plaines fertiles du Béarn et le lac de Lourdes, mais que l'obscurité qui commençait à croître empêcha les voyageurs d'apercevoir, ils retournèrent à leur hôtellerie. Une demi-douzaine de mulets couverts de riches étoffes, et que des noirs s'occupaient à décharger, étaient arrêtés devant la porte. On soupçonna que le roi arabe venait d'arriver à Lourdes ; les jeunes gens, enchantés de cette aventure, doublèrent le pas pour s'en assurer. En effet, c'était lui-même. M. Léopold fut ravi de cette double rencontre, qui parut faire aussi un grand plaisir au vieil étranger. Il pria toute la famille à souper avec lui, ce que M. Léopold ne crut pas devoir lui refuser. Les domestiques de l'Arabe préparèrent eux-mêmes les viandes. Ces personnes étaient de la religion musulmane, qui, comme la loi de Moïse, défend l'usage de certains animaux et celui des bêtes étouffées. Des trois Arabes qui accompgnaient le vieillard, un seul se mit à table avec lui ; les autres s'occupèrent à le servir, et ne prirent leur repas que lorsqu'il eut achevé le sien. Les jeunes gens remarquèrent avec surprise que ces étrangers, au lieu de se servir de cuillers et de fourchettes, mangeaient avec les doigts, selon l'habitude de leur pays. Le vieillard ne parla point pendant tout le temps qu'il fut à table, et ne but que de l'eau. A la fin du souper, on lui apporta du vin de Béarn, dont il vanta l'excellence. Au sortir de table, deux Arabes lui présentèrent un bassin dans lequel il se lava les mains, après quoi il alla s'asseoir sur le petit sofa dont j'ai déjà parlé, et la conversation s'engagea d'une manière intéressante. M. Léopold l'instruisit des particularités de la petite ville de Lourdes. Cela lui donna lieu de remarquer quels étonnants changements le temps opère dans sa course. Une ville qui avait vu rassemblées sous ses murailles toutes les forces d'un puissant royaume, et qui avait osé lui résister, était maintenant à peine comptée au rang des cités. Les remparts en ruine la laissent ouverte de tous les côtés, et elle n'a plus pour se défendre de l'oubli que le secours des traditions, toujours altérées et incertaines : l'Arabe, frappé de ces réflexions, s'écria :

— S'il faut la main du temps pour réduire ainsi l'ouvrage des hommes, que dirons-nous en voyant qu'un jour suffit pour nous rendre méconnaissables, nous qui sommes les ouvrages de Dieu ? Comme cette cité, j'ai été plein de gloire, et maintenant on ne se souvient plus de moi. Celui qui était assis sur un trône, celui que le peuple avait surnommé le *Sage*, le *Clément*, est errant et presque seul sur une terre étrangère.

M. Léopold s'inclina respectueusement à ces paroles de l'Arabe

— Seigneur, lui dit-il, je ne vous cacherai point que ce que vous venez de dire excite vivement notre curiosité. Si ce n'était point un récit trop pénible pour vous, je vous supplierais de vouloir bien nous faire part des événements qui vous ont amené parmi nous.

L'Arabe soupira.

— Le récit d'un malheur, répliqua-t-il, est toujours une leçon salutaire à celui qui l'écoute, et il n'ajoute que bien peu d'amertume au cœur de qui l'a éprouvé. Ces jeunes gens apprendront par mon histoire qu'il n'est point de traverses auxquelles on ne doive s'attendre dans la vie, qu'il n'est point de rang à l'abri des revers ; et le souvenir de mes infortunes ranimera leur courage pour supporter les caprices du sort, dont tous les hommes indistinctement sont le jouet sur la terre.

A la fin de ce récit, M. Albert disait à son beau-père :

— Les récits instructifs, quels qu'ils soient, ne se trouvent jamais perdus pour la jeunesse. Ce sont des biens mis en réserve pour l'avenir. Ces bagatelles, qui les frappent aujourd'hui, ressemblent à des signaux placés sur une route pour la faire reconnaître. Ils serviront de guide à leur mémoire. Quand leur raison sera entièrement développée, ils ne pourront jamais rencontrer sur une carte le petit royaume de l'Yémen, sans se rappeler aussitôt qu'il n'est aucune condition à l'abri de l'infortune.

IX. — Les Ruines du vallon. — La fin du Voyage.

Le soleil levant, dont les rayons passaient à travers les vieilles jalousies de sa chambre, et le bruit qui se faisait déjà dans l'hôtellerie, réveillèrent de bon matin M. Léopold. Casimir et Hippolyte dormaient profondément à côté de son lit, en dépit du bruit et de la lumière. Le bon vieillard se leva et se mit à considérer, en souriant, ces deux enfants endormis, sur la même couche, les bras paisiblement entrelacés, le visage riant et coloré de cet aimable incarnat qui annonce l'innocence et la santé. L'agréable lumière du soleil levant ajoutait un charme de plus à ce petit tableau. M. Léopold, après l'avoir contemplé un instant, se mit à songer à l'avenir de ces jeunes créatures. Une tendre inquiétude l'agita, et des vœux s'échappèrent de son cœur paternel.

— Chers enfants, dit-il, puissent toutes vos nuits se passer dans un sommeil aussi doux que celui dans lequel je

vous vois! Puissiez-vous du moins ne jamais connaître les
veilles pénibles d'un cœur coupable! La paix et l'innocence
remplissent aujourd'hui votre âme. Si Dieu, dans sa profonde sagesse, doit vous ravir l'un de ces biens, je le prie
avec ardeur de vous laisser votre innocence. Rien ne vaut
cet état qui fait que l'homme ne craint pas le regard de son
Créateur. Il n'est point de malheur qu'on ne supporte courageusement avec un cœur pur; il n'est point de plaisir que
n'empoisonne un cœur corrompu.

M. Léopold baisa doucement les deux enfants pour les réveiller. Ils répondirent par un sourire aux caresses de leur
respectable aïeul. A peine furent-ils habillés, qu'ils voulurent aller réveiller à leur tour Adrienne et Isabelle, qui
avaient partagé la chambre de M. Albert. Ils les trouvèrent
qui en sortaient dans le même dessein. On se réunit pour
faire la prière du matin, qu'Isabelle récita d'une voix douce
et religieuse. Le roi arabe avait déjà fait la sienne avec les
gens de sa suite. Il monta sur sa mule au moment où la famille quittait aussi l'hôtellerie. On se fit de part et d'autre
de tendres adieux. L'Arabe prit le chemin de Bagnères, et
nos voyageurs s'enfoncèrent dans les Pyrénées.

Ce n'étaient plus ces images riantes, ces hameaux nombreux, ces champs cultivés et féconds qui, la veille, réjouissaient leurs yeux de toutes parts. A mesure qu'ils
s'avançaient dans les montagnes, les sites devenaient graves
et austères. Tantôt ils se trouvaient enfoncés dans des vallées profondes enceintes de tous côtés par des rochers menaçants, et dans lesquelles une infinité de petits ruisseaux,
descendus du haut des montagnes, semblaient s'être donné
rendez-vous. Tantôt une pente raide, en les conduisant à la
crête de quelques monts isolés, les faisait paraître comme
suspendus au-dessus des précipices. Quelquefois, engagés
dans des gorges affreuses, où la mousse, dernier présent de

la nature expirante, couvrait à peine les lieux les plus profonds, ils se croyaient dans un désert où nulle créature n'avait abordé avant eux ; mais tout-à-coup la vaste échancrure d'une chaîne de rochers leur laissait apercevoir des ombrages délicieux et des hameaux bâtis sous ces ombrages. Ici, leur oreille était assourdie par le fracas des torrents et des cascades écumantes ; là, un profond silence n'était interrompu que par le chalumeau d'un jeune pâtre, retiré à la fraîcheur de quelque antre solitaire, pendant que ses chèvres paissaient, suspendues à la pointe des rochers.

Les enfants de M. Albert, pour qui ce spectacle était entièrement nouveau, passaient à chaque instant d'une émotion à une autre, selon ce qui frappait leurs regards. En parcourant des sites austères, en côtoyant le bord des précipices, leur âme était frappée de terreur, et aucune parole ne sortait de leur bouche. Ils ne songeaient qu'à guider attentivement les pas de leurs montures. Le paysage venait-il à s'éclaircir, les arbres et les villages à se montrer, une conversation animée reprenait la place du silence, et la gaieté reparaissait à son tour.

Au bout de quelques heures on s'arrêta pour déjeuner avec du pain et des fruits, dont on avait fait provision à Lourdes. Le lieu du repas était un petit vallon bien frais, bien vert, bien solitaire, situé au bas d'une énorme montagne. Une fontaine limpide y laissait couler ses flots purs sur un lit de cailloux. Le bocage qui avait crû sur l'une de ses rives se prolongeait en amphithéâtre jusqu'au bord de sa source, comme s'il eût voulu la cacher dès son berceau. Des joncs et des narcisses bordaient l'autre rivage. A quelques pas de cette eau se trouvait un tas de pierres, semblable à une maison ruinée. Le lierre couvrait un pan de muraille encore debout ; la ronce avait enveloppé les pierres épaisses dans ses longues branches comme dans un réseau épineux,

et des sédums réunis en petits massifs s'élevaient du creux
de quelques débris de toit, ainsi que d'une corbeille. On dé-
brida les mules, qu'on laissa librement autour de la fontaine.
Les voyageurs allèrent prendre place sous les arbres du bocage. Adrienne, invitée à remplacer sa mère, qui était dans
l'usage de servir à table, distribua le pain et les fruits avec
une grâce modeste, en commençant par son aïeul et son
père. Lorsqu'elle voulut servir Isabelle, elle s'aperçut qu'elle
n'était plus avec eux. Déjà inquiète, elle appelle sa sœur,
qui, en riant, accourt du milieu des ruines. Son imagination,
avide d'objets extraordinaires, avait été d'abord frappée de
ces débris, et plus occupée d'eux que du déjeuner, elle s'é-
tait mise à les parcourir.

— Eh bien! lui demanda M. Léopold en souriant, as-tu
découvert parmi ces pierres quelque chose de remarquable?

— Je n'ai rien découvert, répondit Isabelle ; mais je me
suis assise sur une pièce de bois toute vermoulue, tapissée
de mousse de diverses couleurs, et des pensées fort agréables m'ont occupée. Je me suis représenté ces pierres réunies, et formant une salle gothique, des tours et des ponts-
levis.

Les voyageurs aperçurent en ce moment un vieux soldat
et un petit enfant assis sur ces mêmes ruines. Occupés du
récit d'Isabelle, ils ne les avaient point vus arriver. Le soldat,
qui avait le dos tourné du côté des voyageurs, s'appuyait
d'une main contre la partie du mur restée debout, pendant
que le jeune enfant essayait en riant d'attraper les grappes
de lierre qui pendaient au-dessus de sa tête.

— Voici, dit M. Albert, un vieux soldat qui habite probablement dans le voisinage ; il nous apprendra peut-être ce
qu'étaient ces ruines.

— J'avoue que c'est une curiosité que je n'ai jamais eue,
répliqua M. Léopold ; j'aurais pu vous en instruire si je

7

l'eusse demandé, ayant passé mille fois dans ce vallon. Il est
vrai que je ne m'y suis jamais arrêté.

Au bruit que faisait la famille en s'approchant, le vieux
soldat détourna la tête, et laissa voir un visage vénérable et
triste. A peine eut-il rendu le salut qu'on lui adressa, et entendu la question de M. Albert au sujet des ruines, qu'il
porta subitement ses deux mains sur ses yeux en branlant
la tête, comme un homme que sa grande affliction empêche
de répondre. Le petit enfant était venu se réfugier entre ses
jambes, d'où il regardait timidement les voyageurs. Le soldat
répondit après un moment de silence :

— Messieurs, vous excuserez mon impolitesse, quand vous
saurez que ces pierres formaient la chaumière qui m'a vu
naître, et qu'elles ont écrasé mon propre père dans leur
chute. Voilà trente ans que ce cruel événement est arrivé;
je ne puis encore y penser sans frémir, ni regarder ces tristes
débris sans de mortelles angoisses.

Ce peu de mots affecta péniblement l'âme sensible des
voyageurs. Tout en désirant de connaître la cause d'un accident si épouvantable, ils n'osaient interroger de nouveau le
vieux guerrier, dans la crainte d'augmenter ses chagrins.
Touché de leur délicatesse, il reprit de lui-même : — Vous
êtes étrangers, Messieurs? Peut-être, heureux habitants
des plaines, ignorez-vous les horribles catastrophes auxquelles le montagnard est continuellement exposé! Hélas !
en nous voyant au bord des précipices, sous des rochers menaçants, élever de frêles cabanes battues sans cesse des pluies
et des vents; à l'aspect de notre sécurité, de nos travaux
pénibles, peut-on nous soupçonner si près de notre ruine? A
peine les eaux ont-elles emporté les débris d'une chaumière,
qu'un imprudent vient bâtir sa demeure sur cette même
place! Qui sait combien d'autres cabanes ont précédé la ruine
de celle-ci? Le vallon est agréable et fertile; il invite à s'y

reposer. J'y vivais heureux avec mon père, ma mère et une
sœur au printemps de sa vie. Comme la plupart des pasteurs
de ce canton, nous avions un troupeau de chèvres que je
menais paître sur les hauteurs. Tous les soirs, mes parents
accouraient au-devant de moi. Je posais sur la tête de ma
sœur une guirlande de pervenches que je m'étais amusé à
cueillir pour elle; nous menions ensemble le troupeau à l'a-
breuvoir, et lorsqu'il était rentré dans l'étable, nous venions
nous réunir au bord de la fontaine pour prendre ensemble
notre repas. Le dimanche et les jours de fête, au retour de
l'église, de jeunes filles et de jeunes garçons venaient danser
au pied de ces grands rochers qui répandent une ombre
continuelle. Assis sur un tronc d'arbre entre mon père et ma
mère, je leur jouais de la flûte, ou, me mettant en danse
avec eux, je leur chantais des chansons qui excitaient notre
gaieté. Ainsi se passa une partie de ma jeunesse. Ma sœur
fut aimée d'un jeune homme, à qui nos parents la promirent
pour épouse. Ils devaient être unis aux fêtes de Pâques, dont
nous approchions. L'hiver avait été extrêmement rigoureux,
d'énormes montagnes de neige s'élevaient au-dessus des
montagnes. Il s'en écroulait fréquemment, et le moindre
vent nous faisait frissonner. Les voyageurs alarmés paraissaient en silence dans les gorges étroites, arrêtant jusqu'aux
sonnettes de leurs mulets, dans la crainte d'ébranler l'atmosphère. On n'entendait plus le son des musettes; le pâtre, en
parcourant les hauteurs avec ses chèvres, ne marchait qu'a-
vec lenteur et précaution, de peur d'exposer sa cabane, qu'il
voyait sous ses pieds.

Le jeune homme que ma sœur aimait ayant passé quelques jours sans venir parmi nous, je vis la tristesse s'emparer
d'elle. Elle était inquiète et n'osait en convenir. Je devinai
ses chagrins, et je voulus les dissiper en allant lui chercher
des nouvelles de celui dont l'absence l'affligeait. Mon père

et ma mère approuvèrent mon dessein ; ma sœur m'en remercia avec tendresse. Ma famille m'accompagna jusqu'à la sortie du vallon, et ils me baisèrent avec tendresse. Ma sœur vint un peu plus loin. J'arrachai une branche de lierre dont j'entourai sa tête, et je lui dis en souriant :

— J'amènerai avec moi celui que tu aimes ; c'est pourquoi je prends soin de te parer.

Elle me serra doucement la main, et me laissa poursuivre seul ma route. Après avoir monté quelque temps, occupé seulement de la joie que mon retour allait causer à ma sœur, je m'assis pour reprendre haleine. Je revis alors ma cabane, qui ne paraissait pas à plus de deux pieds de terre, et au-dessus d'elle des rochers chargés d'une neige qui se perdait dans les nues. En ce moment j'aperçus ma famille qui rentrait... Ainsi, tout ce que j'aimais était maintenant sous ce petit toit si frêle, si peu capable de résister aux avalanches qui le menaçaient ! Un douloureux effroi s'empara de mon cœur. Je fus tenté de retourner sur mes pas, de me renfermer avec mes parents dans ce misérable asile, pour partager au moins leur danger ; la crainte d'affliger ma sœur me retint. Je me mis à réfléchir que, depuis tant d'années que la cabane était bâtie, Dieu l'avait préservée de sa ruine ; je m'efforçai d'espérer qu'il la couvrirait encore de sa main bienfaisante. Mais, au milieu de cet espoir, j'éprouvais un serrement de cœur affreux ; mes yeux se remplissaient de larmes... Je me levai enfin, et, poursuivant ma route, j'arrivai chez notre jeune ami. J'appris que le motif de son absence était un voyage qu'il venait de faire pour obliger un de ses voisins. Ses parents et lui, enchantés de me revoir, m'invitèrent à me mettre à table avec eux. A peine étais-je assis qu'un coup de vent terrible fit tomber à nos yeux plusieurs monceaux de neige. Je jetai un cri, et me levai tout tremblant... On se mit à rire de ma frayeur ; alors j'expliquai à mes hôtes

la position dans laquelle se trouvait ma famille ; je leur peignis ces masses de neige qui pouvaient à chaque instant se
détacher des hauteurs, et l'ensevelir sous les ruines de notre
cabane. On chercha à me rassurer ; on me fit remarquer que
la direction du vent était opposée à ma cabane ; on me pria
avec instance de me rasseoir, car je voulais repartir sur-le-
champ, et de manger quelque chose avant de reprendre ma
route. J'obéis ; mais, quelque violence que j'essayasse de me
faire, je ne pouvais ni manger ni arrêter mes pleurs. Le
jeune homme me dit alors :

— Mon ami, je vois que tu ne peux surmonter ton inquiétude ; partons ensemble. Tu prendras ton repas avec plus
de tranquillité quand tu seras dans ta chaumière.

Durant tout le chemin, je me sentais d'une tristesse mortelle ; je n'avais pas le courage de dire un mot. Arrivé à la
vue de ma demeure, je la cherche avec empressement... Une
montagne de neige avait comblé tout le vallon... Ma famille
était engloutie sous cette montagne ! A cet affreux spectacle,
je tombai sans force sur le rocher. Mon ami, presque aussi
troublé que moi, me supplia en pleurant de ne pas me laisser
mourir.

— Nous pourrons peut-être les sauver, me dit-il ; allons
demander du secours, et travaillons avec courage.

— Tu as raison, lui répondis-je. Va chercher de l'aide ;
pendant ce temps-là, je me traînerai jusqu'à ce lieu funeste.

Il court aussitôt vers les villages voisins, et je continue à
descendre d'un pas mal assuré, au risque de me précipiter
vingt fois du haut des rochers. Tantôt je m'arrêtais avec
désespoir à considérer cette neige élevée de plus de trente
pieds au-dessus du sol, tantôt je poussais de douloureux sanglots, et j'appelais de toutes mes forces mon père, ma mère
et ma sœur.

Le jeune homme arriva, amenant avec lui douze autres personnes. Armés de pioches, nous nous mîmes au travail avec beaucoup d'ardeur. Au milieu de la neige, la sueur nous dégouttait du front ; la mienne se mêlait de larmes. L'obscurité nous surprit que nous étions encore bien loin du but de nos efforts. Il fallut m'arracher ma pioche et m'entraîner dans la cabane la plus voisine : je voulais passer la nuit dans ce vallon. Nous y revînmes à la pointe du jour. La neige s'était convertie en une glace épaisse contre laquelle nos outils se brisaient. Ceux qui nous aidaient se retirèrent. Je les vis nous abandonner avec un sombre désespoir. Resté seul avec mon ami, nous continuâmes en silence notre pénible travail, jusqu'à ce que, épuisés de fatigue, et découragés par l'inutilité de nos efforts, nous nous précipitâmes en pleurant dans les bras l'un de l'autre. Que vous dirai-je encore, ô étrangers ! poursuivit le vieux soldat ; ce sont des douleurs inexprimables. J'errais sans cesse avec mon ami autour de cette neige funeste, que la chaleur qui vint tout-à-coup diminuait sensiblement. Nous l'entr'ouvrions pour y jeter de la terre, afin de la faire fondre plus vite. Enfin, le dixième jour de cet horrible événement, après m'être ouvert dans la neige un étroit sentier, je découvris quelques décombres... A cette vue, je me représentai ma chaumière renversée, et ma famille écrasée sous ses débris. Pâle et saisi d'horreur, je m'élance vers mon ami.

— Grand Dieu ! m'écriai-je, nous ne trouverons au bout de nos peines que des cadavres défigurés !... Je ne rencontre que des décombres ; la chaumière s'est écroulée sur eux !...

— Une partie peut avoir résisté, me répondit le jeune homme ; au nom de Dieu, reprends un peu de courage.

Je m'enfonçai de nouveau dans la neige, et de temps en temps j'appelais mes infortunés parents. Le silence le plus

désespérant continuant de régner, j'étais prêt à m'éloigner
une seconde fois, lorsqu'un gémissement sourd m'arrêta
tout-à-coup... Il était si faible que je craignais de me tromper; mais, la répétition du même bruit ne me permettant
plus d'en douter, j'appelle à moi mon ami; nous réunissons
nos efforts; nous parvenons enfin dans la cabane... Ma mère
seule était encore vivante, si l'on peut appeler ainsi un
souffle qui s'éteignit dès le lendemain. Nous la trouvâmes
assise sur la terre, toute trempée par l'eau de neige qui s'é-
coulait de toutes parts. Mon infortunée sœur, morte depuis
deux jours, était à côté d'elle, la tête appuyée sur les genoux
de cette tendre mère. Ses cheveux humides étaient encore
parés de la branche de lierre que je lui avais donnée avant
mon départ. Hélas! je ne savais pas que je l'embellissais
pour la tombe! Mon père avait été la première victime de
cette effroyable avalanche; nous tirâmes avec peine son
corps de dessous les décombres qui l'avaient écrasé dans leur
chute.

Un peu de pain qui se trouvait par hasard dans le lieu où
elles étaient presque ensevelies, avait soutenu pendant quelques jours l'existence de ma mère et de ma sœur. Bientôt
elles s'en privèrent mutuellement, pour se le réserver l'une
à l'autre. La douleur et le froid se joignirent aux rigueurs de
ce jeûne volontaire; la jeune fille expira. Ma mère, ainsi que
je vous l'ai dit, ne lui survécut que peu de temps : elle ne
sembla différer de quitter la vie que pour me donner les
détails de leurs souffrances, afin que cet événement se gravât
dans mon souvenir avec toutes ses circonstances déplo-
rables.

Ne sachant plus que faire de ma malheureuse existence,
las de me traîner sans cesse de tombeau en tombeau, j'allai
chercher le mien au milieu des combats. J'abandonnai celui
qui avait dû devenir l'époux de ma sœur, et dont la tendre

amitié s'efforçait de me tenir lieu de tout ce que j'avais perdu. J'entrai au service du roi. Je fis plusieurs campagnes; mais je ne trouvai point la mort que je cherchais. Après une longue absence, j'éprouvai le besoin du retour; je revins. Je me vis encore plus solitaire qu'auparavant. Mon ami n'était plus; il venait de suivre au tombeau une épouse qu'il avait prise dans sa vieillesse. Un jeune et pauvre orphelin restait seul après leur départ de cette vallée de larmes. Je le pris avec moi; j'associai les douleurs de ma vieillesse à celles de son enfance. Ce jeune compagnon de mes infortunes, c'est celui que vous voyez près de moi. Tandis qu'assis sur ces ruines, je pleure mes maux et les siens, il joue innocemment sans s'apercevoir de mes larmes.

Ainsi parla le vieux montagnard. Une pitié profonde était peinte sur le visage de ceux qui l'écoutaient, et plusieurs répandaient des larmes ainsi que lui. Adrienne, tout émue, serra le petit enfant dans ses bras; Isabelle alla lui chercher les fruits qui restaient de leur déjeuner. Ces ruines, qui avaient servi de tombeau à toute une famille, et sur lesquelles on voyait un fils la pleurer, prirent un aspect imposant et religieux aux regards des voyageurs. Ils saluèrent affectueusement le vieux soldat, et remontèrent sur leurs mules pour continuer leur voyage.

Ils arrivèrent sur les bords agréables de l'Adour, qu'ils côtoyèrent jusqu'à la maison de M. Sylvère, située un peu au-delà du bourg de Campan. M. Sylvère était alors à la prière du soir, à l'église du bourg. Sa vieille gouvernante reçut les voyageurs; elle leur parla beaucoup de la joie qu'aurait son maître en les voyant. Tout en causant, elle allait et venait dans la maison, appelant à son aide les autres domestiques; elle ordonnait à l'un d'augmenter le souper, à l'autre de préparer des chambres, à celui-ci de descendre à la cave, à celui-là de prendre soin des mules. Le bruit con-

tinuel du paquet de clés attaché à sa ceinture et les cris des
poulets qu'on attrapait pour traiter les hôtes formaient un
tintamarre vraiment comique, et dont Casimir s'amusait
beaucoup. Pendant ce temps, M. Albert regardait d'une croi-
sée les environs charmants de cette demeure ; Isabelle et
Hippolyte considéraient autour de la salle une collection de
paysages peints par M. Sylvère ; Adrienne, fatiguée du
voyage, se reposait en causant, avec son grand-père, du roi
des Arabes et des ruines du petit vallon.

La nuit s'avançait, M. Sylvère n'arrivait point. Le domestique, envoyé à Campan, revint en assurant qu'on lui avait
vu reprendre la route de sa maison. L'inquiétude commençait à naître. Il était tout-à-fait nuit depuis une demi-
heure, lorsqu'on le trouva enfin assis dans un bois, au pied
d'un arbre. Il avait passé devant sa porte sans s'en apercevoir, et remarqua avec beaucoup de surprise que les étoiles
étaient levées. En apprenant l'arrivée de ses hôtes, il se hâta
de se rendre près d'eux.

— Pardon ! mes chers amis, leur dit-il, sans un maudit
Egyptien, il y a au moins deux heures que je vous aurais
embrassés, et je n'aurais pas la honte de convenir qu'on m'a
trouvé à cette heure dans le bois, où il fait plus noir que
dans un four.

On rit, et on lui demanda ce qu'il voulait dire avec son
Egyptien. C'était le héros d'une petite histoire que le bon
M. Sylvère s'amusait à composer. En sortant de la prière, il
s'était mis à y rêver si profondément, que la nuit avait remplacé le jour sans qu'il s'en fût aperçu.

La soirée se passa en conversations moitié gaies, moitié
sérieuses. L'instruction s'y mêlait au plaisir, et la bonne amitié à tout. On se sépara en sortant de table, parce que les
voyageurs avaient besoin de repos, et chacun s'endormit en
formant des projets agréables pour le lendemain.

X. — Le Bocage historique. — La Ronce.

La maison de M. Sylvère s'élevait sur le penchant d'une colline, à la tête d'une prairie baignée par les eaux de l'Adour. Un long rideau de peupliers suivait le cours de l'eau jusqu'à une grande distance. Un bois de hêtres, à travers lequel on apercevait une partie du bourg de Campan, et qui s'élevait en amphithéâtre autour de la maison, lui procurait un ombrage plein de fraîcheur. Les montagnes les plus voisines, au lieu d'être nues et déchiquetées, comme la plupart de celles que nos voyageurs avaient rencontrées dans leur route, se montraient couronnées de bocages, dont la riante verdure reposait agréablement les yeux. On découvrait dans le lointain les neiges du Mont-Perdu, celles du Pic-du-Midi, et d'une infinité d'autres montagnes.

Hippolyte et son père avaient déjà parcouru tous les environs de la maison, lorsqu'ils rencontrèrent M. Sylvère et le reste de la famille, qui se disposaient à faire aussi une promenade avant déjeuner. M. Sylvère conduisit ses hôtes dans une petite plantation fort agréablement distribuée, et qu'il appelait ses annales, parce que la plupart des arbres et des arbustes qui la composaient lui rappelaient un souvenir historique.

Assis dans ce lieu, sous un cèdre du Liban, il y pensait au peuple de Dieu. Là, le souvenir de Moïse, ce législateur que l'Écriture nous apprend avoir été *le plus doux des hommes*, et qui parlait avec l'Éternel comme *un ami avec son ami*, se mêlait à celui de la création du monde. La voix des prophètes de Jérusalem semblait retentir encore dans les branches de cet arbre vénérable, toutes les fois que le vent l'agitait. Le saule pleureur avec ses branches pendantes et son aspect désolé, redisait les douleurs de ce même peuple, exilé

dans la superbe Babylone, où cet arbre croît naturellement.
Sur les branches à demi dépouillées d'un vieux chêne, le gui
attendait la serpe d'or des druides. Le souvenir de leurs
dieux sanguinaires, et des sacrifices affreux qu'on leur faisait, entourait le pied de cette vieille colonne de la nature.
Athènes avec ses beaux-arts, ses orateurs et ses grands hommes, se montrait encore dans un olivier naissant, symbole de
la paix, qu'elle avait eu la sagesse de préférer à celui de la
gloire. Le platane s'élevait majestueusement, fier d'avoir
arrêté, par les charmes de son ombrage, Xerxès, qui traversait les plaines de la Lydie à la tête de son armée. Le
peuplier d'Hercule, le laurier d'Apollon, et une foule d'autres
arbres auxquels se rattachaient d'intéressants souvenirs, les
uns réunis en bosquets, les autres solitaires ou alignés, formaient une promenade charmante. On remarqua avec étonnement une ronce entourée d'une petite palissade. Interrogé
à ce sujet, M. Sylvère rougit et soupira.

— Cette ronce, qui n'a de rapport qu'avec moi, dit-il, me
rappelle un trait de mon enfance. Vous voudriez connaître
ce trait? mais il me fait si peu d'honneur, que je n'ai guère
envie de vous le raconter. Toutefois, comme il peut être utile
à ces jeunes gens, je prétends surmonter cette sotte honte
que j'éprouve encore à mon âge. On a bien raison de dire
que la jeunesse va semant pour une saison plus reculée.
Suivant ce qu'elle a répandu, on fait une bonne ou une mauvaise récolte. C'est quand ce temps est arrivé qu'on se réjouit
de ses bonnes actions; mais c'est alors aussi qu'on s'afflige
et qu'on se sent humilié de ses fautes.

A l'âge de treize ans, j'étais au collége à Toulouse. Je tour-
nais assez bien les vers pour m'attirer les éloges de mes pro-
fesseurs. Je chantais les plaisirs de l'étude et la reconnaissance qu'on doit à ceux qui dirigent notre éducation. Jusque-
là tout était innocent. Un jour que je m'avisai de faire une

satire contre la paresse, je recueillis de vifs applaudissements. Toujours plus encouragé, j'attaquai l'ignorance,
quoique je ne fusse qu'un ignorant moi-même, et, dans
cette dernière pièce, je désignai, sans les nommer, plusieurs
de mes camarades avec tant de précision, qu'on les reconnut
aussitôt. Tous ceux qui ne furent point blessés admirèrent
mon esprit. Un seul professeur eut la sagesse de me blâmer.
Il m'assura que je perdrais le cœur de tous mes camarades,
et qu'enfin je me trouverais absolument sans amis, si je ne
changeais pas de conduite. Quand tout le monde me com-
blait d'éloges, je n'avais garde d'écouter un si bon avis;
mais la prédiction de ce sage professeur ne tarda point à
s'accomplir. Je fus craint et détesté. Un seul de mes camarades me chérissait encore. Ce jeune écolier, nommé Marcel, était né de parents fort riches. L'argent ne lui manquait
pas; il le partageait généreusement avec moi, dont la bourse
n'était pas à beaucoup près aussi bien entretenue que la
sienne. Sa libéralité et son bon cœur lui donnaient une sécurité estimable; il ne craignait point ma malice, quoiqu'il
fût un des moins habiles du collège, et que ses devoirs ne
fussent que des lambeaux des nôtres. Eh bien! mes amis,
croiriez-vous que j'osai devenir assez ingrat pour le livrer
au ridicule! Je sentais que cela était si odieux, que je ne
signai point les vers que je fis contre lui, espérant qu'il ne
me soupçonnerait pas d'en être l'auteur, mais comptant bien
en même temps qu'il serait le seul à l'ignorer. Je composai
une fable dans laquelle je le peignais sous la figure d'une
ronce qui accroche la laine de toutes les brebis qui passent
auprès, faisant ainsi allusion aux nombreux emprunts dont
il composait son travail. Cette fable, où un seul se trouvait
déchiré en l'honneur de tous les autres, eut un succès prodi-
gieux; mais elle accabla de douleur le pauvre Marcel. Bien
loin de s'imaginer que j'en fusse l'auteur, il me défendit avec

chaleur auprès de quelques écoliers qui cherchaient à l'éclairer, et me fit part de ses peines. Vous vous imaginez facilement ce que je dus sentir en regardant couler ses larmes, en voyant avec quelle candeur et quelle bonne foi il soutenait que j'étais incapable d'avoir commis une action aussi indigne. Confondu, désespéré, ne pouvant résister aux reproches de ma conscience, j'avouai tout à Marcel.

— O mon Dieu! s'écria-t-il tout ému, si l'esprit ne peut briller qu'aux dépens du cœur, je te remercie de ne m'en avoir point donné.

Cette réflexion me frappa. Je renonçai à ce dangereux talent qui gâte le cœur, à ces éloges qui coûtent des larmes, et ne nous laissent pas un ami pour notre vieillesse.

J'ai dit, mes enfants; profitez de ma confession, et ne faites pas comme ces voyageurs imprudents qui, sans écouter les sages avis qu'on leur donne, vont périr au même abîme où les autres se sont précipités.

— J'espère, Monsieur, répondit Casimir, que nous profiterons mieux de votre complaisance. Dès à présent, je reconnais que le plaisir d'être admiré pour un bon mot, ou de se livrer à un gaieté malicieuse, est une action fort condamnable, lorsqu'une personne simple en est la victime.

— Il y a même de la lâcheté dans ces sortes de jeux, reprit M. Léopold; car on s'attaque rarement à forces égales. La multitude, encline à la malice, se range presque toujours du côté de celui qui porte les coups, tandis que l'objet de sa méchanceté dévore en secret son humiliation et ses larmes.

— Je ne crois pas être méchante, continua Isabelle : cependant rien ne me fait tant de plaisir à lire qu'une épigramme.

— Autre chose est d'en composer ou d'en lire, reprit M. Sylvère. Dans le premier cas, le désir de nuire nous anime ; dans le second, on rit innocemment d'un trait spirituel, dont on ignore d'ailleurs la force et la portée. N'avons-nous pas tous les jours entre les mains les satires de Despréaux?

— Voilà justement où j'en voulais venir, dit Adrienne. Ce poète si renommé devait être un méchant homme, puisqu'il n'a pas craint de livrer au mépris une foule d'auteurs, ses contemporains.

— Si l'on doit s'en rapporter à ceux qui nous ont donné l'histoire de sa vie, il s'en faut bien que ses actions lui aient mérité ce reproche. Il secourait, nous dit-on, de sa propre bourse ceux qu'il attaquait comme écrivains. Toutefois, j'ai peine à croire qu'avec un cœur sensible, il eût pu consentir à faire couler tant de larmes. Le mépris et le ridicule sont plus cruels à supporter que l'indigence ; et toutes les libéralités du monde ne sont pas capables d'en consoler. Despréaux s'est fait une gloire immortelle dans la carrière qu'il a parcourue; mais loin d'ambitionner sa couronne, tout homme généreux doit être tenté de s'écrier comme Marcel : Mon Dieu ! si l'esprit ne peut briller qu'aux dépens du cœur, je te remercie de ne m'en avoir point donné.

En arrivant à la maison, on trouva que Vénérande, la gouvernante de M. Sylvère, avait servi le déjeuner sous un berceau de jasmin, au bord de la terrasse. On lui sut gré d'avoir choisi cet endroit, d'où l'on voyait l'Adour promener ses flots entre les peupliers et les saules. Les jeunes gens n'avaient point oublié l'histoire de l'Egyptien; M. Sylvère ne cherchait point à s'en dédire. Aussitôt après le déjeuner, il alla donner des ordres pour qu'on invitât à dîner quelques personnes de son voisinage qu'il était bien aise de faire connaître à ses amis ; ensuite, s'apercevant que la chaleur du jour commençait à se faire sentir sur la terrasse, il les fit entrer dans son cabinet de travail Il y régnait le plus beau désordre du monde. Là se trouvait un pupitre chargé de musique, ici un tableau sur le chevalet. Les chaises étaient couvertes de livres, de cartons, d'instruments de musique ; de sorte qu'il n'y avait pas un siége à offrir à la compagnie. M. Sylvère appela sa gouvernante pour qu'elle vînt les débarrasser. Dame Vénérande entra en murmurant.

— Voyez, disait-elle, pour qui l'on passe, à l'aspect d'un endroit aussi bien rangé. On croira que je ne fais rien ici, que je ne sais ce que c'est que la conduite d'un ménage ; et, Dieu merci, c'est la faute de Monsieur, qui ne veut pas qu'on approche de ce cabinet.

Après avoir rôdé et murmuré quelques moments, sans que M. Sylvère parût seulement s'en apercevoir, Vénérande se retira.

XI. — La nouvelle Amie. — Le Cabinet d'Histoire naturelle.

Après le bonheur d'être en paix avec sa conscience, il n'en est point de plus désirable que celui de l'être aussi avec tous ceux qui nous entourent. De quelque côté qu'on arrête ses regards, on ne voit que des visages amis et satisfaits. Qu'on descende dans son cœur, on est heureux ; qu'on interroge son âme, elle répond par des tressaillements de joie : Dieu et le monde paraissent nous sourire. Voilà ce que pensait Adrienne, en brodant son mouchoir à côté de sa sœur, lorsque deux dames, conduites par M. Sylvère, entrèrent dans l'appartement. C'était madame Clémence et Félicie sa fille, voisines de M. Sylvère, et que ce dernier avait invitées à dîner. Les deux sœurs se levèrent avec modestie. Une simplicité noble se faisait remarquer dans le maintien de la mère ; la candeur et l'ingénuité étaient répandues sur le visage de Félicie, âgée de quatorze ans. Toutes deux vêtues d'une étoffe très-commune, ne devaient qu'à l'ordre et à la propreté les frais de leur toilette. Madame Clémence, veuve d'un officier, demeurait autrefois à Bayonne; mais, depuis la mort de son mari, réduite à une petite pension qu'elle tenait de la bonté du roi, elle s'était retirée à la campagne avec Félicie et deux autres enfants plus jeunes. Sortie de la ville depuis plusieurs années, obligée, par la médiocrité de leur fortune, à vivre très-sédentaire, Félicie n'avait d'autre usage du monde que celui que sa mère avait pu lui enseigner; leçons toujours imparfaites, lorsque la pratique ne s'y joint pour ainsi dire jamais. Avec de l'esprit naturel, Félicie, timide à l'excès, ressemblait quelquefois à une personne dépourvue d'intelligence; mais, à la moindre prévenance, son âme simple et aimante se livrait à son penchant naturel. Alors elle était gaie, franche, ingénue. Ses reparties naïves avaient un agrément d'autant plus remarquable, qu'on ne s'y attendait point. Les filles de M. Albert, touchées de sa timidité, s'efforcèrent d'abord de la mettre à son aise. Elles y réussirent; et Félicie se montra si aimable, qu'elles conçurent pour elle, en peu d'instants, une véritable amitié. Au moment du dîner, elles accoururent toutes trois en se tenant par la main. Le pasteur de Campan vanta la modestie de ces jeunes personnes.

On allait se mettre à table lorsqu'il arriva de nouveaux hôtes à M. Sylvère. M. Léon, qui demeurait à Bordeaux, étant venu prendre les eaux à Bagnères, n'avait point voulu s'en retourner sans venir voir à Campan son ancien ami. Lié aussi avec MM. Albert et Léopold, il fut ravi de les rencontrer dans ce même lieu. M. Léon était accompagné de sa nièce, ancienne connaissance d'Adrienne et d'Isabelle. C'était cette demoiselle Aspasie, dont Casimir a déjà dit deux mots au commencement de cet ouvrage, fille hardie, décidée, se croyant un génie extraordinaire, et ne pouvant supporter qu'on réduisît son sexe à des vertus douces et modestes.

Quoique les deux sœurs n'eussent jamais beaucoup aimé Aspasie, cette réunion inattendue leur causa cependant la joie qu'on éprouve presque toujours en se retrouvant avec d'anciennes connaissances. Félicie seule sentit s'évanouir toute sa gaieté ; elle redevint timide et silencieuse. Quelques regards dédaigneux, quelques informations assez peu discrètes, dont elle se vit l'objet, achevèrent de la troubler. Les deux sœurs essayèrent en vain de rendre la conversation générale ; Aspasie, placée entre elles, ne parlait que de Bordeaux, de ses fêtes et de ses spectacles, conversation à laquelle Félicie n'aurait pu prendre part, quand elle en eût trouvé la hardiesse.

Voyant que la conversation s'engageait mal, M. Sylvère proposa à ses hôtes de visiter son cabinet d'histoire naturelle.

— Que pensez-vous, ma chère, dit Aspasie en se penchant à l'oreille d'Adrienne, d'un cabinet d'histoire naturelle à Campan ? cela doit être fort curieux pour des montagnards ; mais pour nous qui avons vu celui de Bordeaux, je crois que nous allons bien rire.

— Quelque petit qu'il soit, répondit Adrienne, je suis certaine de m'y trouver fort ignorante. La mesure de mes connaissances est si bornée !

— Voilà une modestie extrême, reprit Aspasie ; j'aurais quelque envie de la révoquer en doute. Pour moi, je suis plus franche ; et je jurerais bien de savoir par cœur tout le cabinet de M. Sylvère.

On entra dans une petite galerie qui donnait sur la terrasse. M. Sylvère, en ayant ouvert les croisées, découvrit à ses hôtes une foule d'armoires vitrées dans lesquelles les curiosités se trouvaient rangées méthodiquement avec un ordre et une propreté admirables.

Le plomb, si nécessaire dans les arts ; l'étain, le plus léger

8

des métaux ; le fer, qui, sous des formes différentes, procure
la subsistance et la mort ; le cuivre, rival de l'or et plus
perfide que lui ; l'argent, que la nature nous offre dans les
mines sous des figures si variées, et l'or, le plus parfait des
minéraux, qu'on ne peut voir sans s'affliger des crimes qu'il
a produits, étaient rangés parmi d'autres substances infé-
rieures. Une riche collection de pierres curieuses et d'un
grand prix se trouvait à leur suite. Là se voyaient des dia-
mants encore bruts, que l'ignorance eût dédaignés comme
elle méprise tout ce qui n'éblouit point ses regards. Image
du savant pauvre et inconnu, ils cachaient sous un aspect
peu recommandable et leur éclat et leur valeur. Entre beaucoup d'objets de ce genre, qu'il serait trop long de décrire,
on remarquait différentes agates sur lesquelles la nature
avait dessiné de petits paysages d'un grande délicatesse.
M. Sylvère en atteignit une qui se trouvait plus grande et
plus élevée que les autres. L'art avait su profiter, dans cette
agate, des irrégularités et des défauts même de la nature.
En éclairant par des feuilles d'or certaines parties, on avait
représenté un sacrifice antique. Une femme, tenant l'urne
qui renfermait les cendres de son époux, invoquait, avant
de mettre cette urne dans la tombe, la puissance des dieux.

Dans un tableau de marbre de Florence, paraissaient
également diverses figures formées par les jeux de la nature,
tels que le lever de l'aurore, des châteaux ruinés, des obélis-
ques et des nuages. D'autres pierres portaient l'empreinte
de véritables végétaux que le temps avait gravés sur leur
surface. Une d'entre elles, monument du déluge universel,
trouvée à la profondeur de plus de sept cents pieds dans une
mine de charbon de terre en Bretagne, avait conservé l'empreinte d'une fougère qu'on ne rencontre qu'à la Chine et
en Amérique.

M. Sylvère désirait faire admirer tour à tour et méthodi-

quement les productions de la nature; mais la plupart de
ses hôtes, jeunes, impatients et éblouis de tant de richesses,
couraient d'armoire en armoire, ne sachant à laquelle se
fixer. Entraîné par eux, il résolut de satisfaire au hasard
leur curiosité, sans l'assujétir à aucune règle. Ce qu'ils
connaissaient le mieux était ce qui les intéressait davantage.
Aussi s'arrêtèrent-ils avec joie devant une foule de papillons
dont les noms et les couleurs rivalisaient de grâces.

Le daphnis, le céphale, le mélibée, l'amiral avec ses bandes couleur de feu, le papillon belle-dame, que la nature
s'est plu à parer, jusque dans l'état de chenille et de chrysa-
lide, des plus riches nuances : tous ces papillons, légers enfants de la lumière, après avoir fait peu de jours l'ornement
des campagnes, formaient un assortiment des plus magnifiques couleurs que la nature emploie pour peindre ses différents ouvrages. Les papillons de nuit, plus timides et non
moins admirables, montraient au jour des broderies qu'il ne
devait pas connaître. On trouvait parmi eux le gamma doré,
qui porte sur ses ailes la lettre grecque dont il a pris le nom;
le sphinx, dont la chenille affecte l'attitude de cet animal
fabuleux, et cet autre papillon sur lequel la nature semble
avoir imprimé le cachet de la mort, en peignant sur son
corps une tête humaine décharnée. Ce dernier, le plus grand
de tous, a été quelquefois l'objet d'une frayeur superstitieuse,
non-seulement par la sinistre imitation qu'il représente, mais
encore par un cri assez fort qu'il fait entendre ; particularité
qui ne se trouve dans aucun autre papillon.

Après eux s'offraient les fourmis républicaines ; les abeilles, si remplies d'amour et de fidélité envers leur souveraine;
la cigale, qui, en ne paraissant songer qu'à se réjouir, prépare cependant par un travail pénible le berceau de sa famille. A l'aide d'une scie que la nature lui a donnée, elle
perce jusqu'à la moelle les branches sèches qui se trouvent

sur les arbres. Pendant ce temps, le mâle, qui n'a point de scie, fait résonner un petit instrument de musique parfaitement semblable aux timbales militaires, et avec lequel il produit ce qu'on appelle le chant de la cigale.

Là se voyaient encore les insectes appelés *demoiselles*, avec leurs ailes de gaze, leur corps svelte et leur couleur d'émeraude. L'un d'eux, avant que d'être revêtu d'une parure si élégante, était un obscur chasseur plein de ruse et de patience. Caché au fond d'une fosse de sable qu'il construit avec une adresse surprenante, il attend quelquefois des mois entiers que le sort lui amène sa proie. Cette fosse, qui a la forme d'un entonnoir, est toujours composée d'un sable mouvant. L'insecte imprudent qui se hasarde au bord de ce précipice y roule avec les grains qui s'en détachent. Des ailes ne suffisent même pas pour le sauver du danger. A peine veut-il prendre l'essor, que le chasseur, du fond de son embuscade, fait voler sur lui une pluie de sable qui l'accable, et le fait retomber en son pouvoir. Cet habile chasseur est le *formica-leo* ou fourmi-lion, non qu'il soit fourmi lui-même, mais parce qu'il détruit particulièrement cet insecte. La nature ne lui a donné que de l'adresse pour soutenir son existence; il ne peut s'avancer vers sa proie, sa marche n'étant qu'une espèce de petite secousse qu'il fait à reculons.

Les jeunes gens remarquèrent avec plaisir le scarabée-tortue, fort petit insecte dont ils s'amusaient dans leur première enfance, et à qui son innocente beauté a valu la dénomination de *bête à Dieu*. Ils écoutèrent ce qu'on disait du grand scarabée aquatique, moins remarquable par sa couleur olivâtre que par ce qu'il est à sa naissance. Il porte alors le nom de ver assassin, que lui a mérité sa voracité. Toujours au milieu de l'eau, armé de deux dents meurtrières, guidé par douze yeux noirs immobiles et rangés sur sa tête, il s'élance sur sa proie et la dévore. Il ne respire que pour le

sang et le carnage jusqu'au moment où, parvenu à l'époque
déterminée par la nature, il se retire dans la terre, s'y
change en nymphe, et de là s'échappe en scarabée. Il retourne sur l'eau, file pour sa famille un berceau de soie
qui flotte légèrement, et d'où sort le ver dont on vient de
parler.

Les jeunes curieux passèrent assez rapidement devant
de monstrueux reptiles qui semblaient encore menaçants,
quoiqu'ils fussent sans vie; et ils s'arrêtèrent un instant
auprès des lézards gris et verts qu'ils rencontraient tous les
jours en se promenant. Ces animaux, si communs dans nos
provinces méridionales, sont innocents et craintifs. Au moindre bruit, ils fuient entre les broussailles ou dans les fentes
des pierres; mais avant de disparaître tout-à-fait, on les
voit longtemps immobiles et les yeux fixés sur l'homme,
dont ils aiment, dit-on, la présence.

La collection des quadrupèdes était moins complète que
les autres, surtout parmi les animaux étrangers. On y admirait cependant un tigre qui n'eût point déparé le cabinet
d'un souverain; plusieurs tatous que les jeunes gens regardèrent avec d'autant plus de curiosité, que M. Léopold en
avait fait mention dans l'histoire d'Azuma; un jeune lion,
mais qui n'avait point encore de crinière; plus d'une douzaine de singes; quelques hermines, dont la fourrure est si
précieuse; des brebis étrangères; un chien d'Irlande, race
d'une antique origine et la plus grande de tous, et un chien
de berger, qu'on regarde comme la souche de tous les autres, et qui se montre toujours conducteur intelligent, senti-
nelle vigilante, serviteur soumis et fidèle; le lièvre craintif
et malheureux, puisqu'il est toujours poursuivi; le lapin
aussi timide, mais plus habile à se soustraire au danger :
l'un triste et solitaire, l'autre gai et sociable, se trouvaient
entre le renard si fertile en expédients, et l'écureuil, qui a
presque la légèreté des oiseaux.

LES PETITS BÉARNAIS.

Ceux-ci formaient la plus belle branche de ce cabinet d'histoire naturelle. On y voyait, entre le colibri, qui ressemble, lorsqu'il vole, à une étincelle de diamant, et le condor, le plus grand et le plus terrible des oiseaux, une foule d'habitants de l'air, différents de mœurs et de plumage. Les uns avaient vécu sur les arbres les plus élevés; les autres cachaient leurs nids dans des buissons. Ceux-ci se plaisaient seuls dans les rochers; ceux-là volaient par troupe au milieu des campagnes; d'autres effleuraient les vagues du bout de leurs ailes; un grand nombre évitait la lumière qu'un plus grand nombre encore saluait dès le matin par des chants d'allégresse. Plusieurs oiseaux du nord, parés d'une blancheur éblouissante, semblaient encore couverts des neiges de leur pays. Après avoir admiré à la fois cette réunion magnifique, un doux penchant ramena nos jeunes curieux aux oiseaux de la patrie, à ceux dont les nids se trouvent cachés autour de nous, et dont les agréables chansons nous divertissent dans nos promenades.

Le rossignol, si indigent dans sa parure, si riche et si fécond dans ses chants, reçut les premiers honneurs. Doué d'un grand talent, il n'a pu se défendre d'un peu d'orgueil. Il dédaigne la société, et se plaît à l'emporter sur le chant des autres animaux. Il élève sa voix au-dessus de tous ceux qui osent se faire entendre; il pousse l'ambition jusqu'à vouloir effacer celle de l'homme, jusqu'à vouloir couvrir le son des instruments. On l'a vu périr dans cette lutte, vaincu par ses propres efforts. Le rossignol arrive au printemps dans nos bois, qu'il abandonne aux approches de l'hiver, sans qu'on sache le lieu où il se retire; mais, soit qu'il voyage pour trouver le lieu qui lui convient, soit qu'il établisse son domicile dans les endroits inhabités, il ne cesse d'être seul que dans la saison des amours. Alors il est sensible, il est fidèle. Ses chants deviennent ou de tendres discours qu'il

adresse à sa compagne, ou de douces leçons qu'il donne à
ses enfants.

Les voyageuses hirondelles, avec leur gazouillement timide, n'ont pas besoin de l'influence des saisons pour re-
chercher leurs semblables. Elles fuient ensemble les rigueurs
de l'hiver ; ensemble elles reviennent jouir des douceurs du
printemps. Elles connaissent le doux sentiment qui s'attache
au berceau, et visitent tous les ans celui qui les a vues
naître. Elles s'aident mutuellement dans la construction de
leurs nids, et la place même qu'elles choisissent pour le
bâtir dans notre voisinage, annonce leur penchant pour la
société. Malheur à celui qui troublerait ces innocentes familles élevées pour ainsi dire sous notre protection ! Comme
ces voyageurs de l'antiquité qui venaient s'asseoir dans le
foyer en invoquant les dieux de la maison, quelques hirondelles prennent aussi ce même foyer pour leur asile, quand
elles arrivent de leur long voyage.

Les moineaux, qui aiment aussi à fréquenter nos habitations, ne nous quittent point, ainsi que l'hirondelle ; mais il
ne faut point leur en savoir gré. C'est plutôt le goût du pillage que l'amour de la société qui les fixe auprès de nous.
Ces brigands, dont la tête a été quelquefois mise à prix, se
réunissent par bandes pour dévaster nos greniers, et, comme
il arrive toujours dans les sociétés corrompues, au lieu de
jouir en paix du fruit de leurs rapines, ils se battent fréquemment avec fureur. Défiants et familiers, on dirait que
la connaissance qu'ils ont des hommes les leur fait craindre
et mépriser tout à la fois.

La linotte, le bouvreuil, le pinson, le merle, passent avec
nous la triste saison de l'hiver ; mais ils ne font point entendre, pendant ce temps, leurs chants agréables et variés.
Les linottes volent par troupes en poussant un petit cri d'appel. Le merle solitaire voltige de buisson en buisson. On

l'aperçoit de loin à travers les routes dépouillées ; la défiance le tient à une grande distance de l'homme.

La pie pétulante et le geai bruyant ne peuvent garder le silence dans aucune saison. Placés sur les grands arbres des forêts, ils découvrent dans les sentiers le lièvre timide qui se hasarde loin de son gîte, et en avertissent aussitôt le chasseur par des cris éclatants et répétés.

A la suite de ces oiseaux venaient le coucou, qui va déposer sa famille dans un berceau qui ne lui était pas destiné; le gros bec, dont les forêts solitaires n'ont jamais entendu la voix; la corneille, amie des ruines, et le corbeau, qui compte les générations des hommes.

Comme il était impossible de voir tout en détail dans l'espace de quelques heures, et que plusieurs d'entre ceux qui visitaient ce cabinet se proposaient d'y revenir une autre fois, on quitta les oiseaux pour admirer les coquillages. M. Sylvère fit remarquer à ses hôtes de charmantes porcelaines qui servent de monnaies dans plusieurs contrées de l'Afrique, et dont les Canadiens composent leurs colliers de paix, ainsi nommés parce que les deux partis opposés s'offrent cet ornement dans les traités. Il leur fit voir un *lambis* couleur de rose, en forme de cylindre, et qui sert de cor de chasse à quelques nations sauvages ; les coquillages nommés *cauris*, qui garnissent les harnais des chevaux du Levant, et les nattes de jonc dont les habitants de l'île Sainte-Marthe ont coutume de revêtir les murailles de leurs maisons. D'ingénieux ouvriers retirent du *burgan* une belle nacre qu'on incruste d'or, et qui sert à former des ouvrages charmants. Le *buccin* conduisait à la guerre les phalanges romaines, qui s'en servaient comme d'une trompette. Quelques peuplades sauvages réunissent et exposent à un courant d'air des tonnes, des casques, des buccins, des porcelaines, et dansent aux sons que rendent ces coquillages animés par le vent.

Le *nautile*, qui le premier montra, dit-on, à l'homme le
modèle d'un vaisseau, habite, avec la plupart de ces coquillages, le vaste fond des mers. Lorsqu'il veut en gagner la
surface, il renverse l'embouchure de sa coquille, présente
la pointe et monte avec rapidité. Arrivé sur les eaux, il retourne adroitement son petit navire, n'y laissant que la
quantité d'eau nécessaire pour le lester. Il élève deux de ses
bras auxquels se trouve attachée une membrane mince et
légère qui lui sert de voile; deux autres bras qu'il plonge
dans la mer deviennent avirons; un cinquième forme le
gouvernail. On rencontre quelquefois par un temps calme
de petites flottes de nautiles, ainsi appareillées. La tempête
ou quelque autre danger menacent-ils ces navigateurs, habiles pilotes, ils retirent les avirons et les voiles, remplissent
d'eau leur navire, et se précipitent au fond de la mer.

Les coraux, les madrépores, les cornalines et autres ouvrages des polypes ne présentèrent pas moins de merveilles.
Ces charmantes habitations de créatures presque invisibles,
ressemblent tantôt à des plantes, comme le corail, dont les
branches rouges et blanches imitent un arbre dépouillé de
ses feuilles, tantôt à un nid d'oiseaux, à une grappe de raisins, à une ruche d'abeilles. Les éponges, qui sont aussi des
polypiers, affectent également une multitude de formes différentes dont elles portent le nom. On trouve parmi elles la
flûte de Pan, composée de sept tuyaux d'inégale longueur,
l'*éventail*, le *turban*, le *cierge*, qui s'élève en colonne pyra-
midale, le *gobelet de Neptune*, l'*agaric de mer*, la *corne de
daim*.

Tous ces polypiers sont habités par des vers marins si
extraordinaires, qu'on a douté de leur existence. Non-seulement ils sont fort petits, mais en les voyant on croit ne regarder que des fleurs. Une multitude de petits bras, attachés
à un centre commun, n'offrent en s'épanouissant que l'ap-

parence d'une fleur dont les pétales sont disposés en rayons. Quelques-uns même, du nombre de ceux qui ne se bâtissent point de palais, passent encore pour de véritables fleurs sous le nom d'*anémones de mer*. On les voit, quand la mer est tranquille, tapisser la surface des rochers. Leurs formes et leurs couleurs présentent un parterre à l'œil étonné. Fixés au bout d'une tige, ils s'enfoncent lorsqu'on veut les saisir, se contractent, et d'une fleur épanouie deviennent une fleur en bouton. La main qui voudrait la cueillir ne peut la toucher sans éprouver une cuisson qui dure assez longtemps. Ces *anémones* attirent et dévorent leur nourriture, se plongent dans l'eau et reparaissent à volonté. Si, d'un côté, de semblables caractères permettent de les ranger dans la classe des animaux, de l'autre, la bizarrerie de leur forme, si bien d'accord avec celle des plantes, force le naturaliste à rester comme indécis dans ce grand mystère de la nature. Arrivé sur la limite d'un de ses règnes, il ne sait plus quelle place assigner à l'objet de ses profondes méditations.

L'heure s'avançait. Madame Clémence, désirant retourner chez elle, termina la visite du cabinet, en faisant ses adieux à M. Sylvère. Ce dernier proposa d'accompagner les dames une partie du chemin; on sortit en donnant à sa collection les justes éloges qu'elle méritait.

— Eh bien! dit tout bas Adrienne à Aspasie, n'êtes-vous pas satisfaite de ce que nous venons de voir?

— Mon Dieu! ma chère, répondit Aspasie d'un air dédaigneux, cela n'est bon tout au plus que pour un écolier. Que de choses communes pour quelques raretés! Des moineaux! des hirondelles!

— Je vous assure que j'ignorais presque tout ce qu'on en a dit, répliqua Adrienne, et que le peu que j'ai retenu de leurs mœurs me les rendra à l'avenir beaucoup plus intéressants. Que m'importe de savoir l'histoire d'un animal que je ne vois jamais qu'en gravure ou empaillé? Il faut que je m'en rapporte à ceux qui l'ont étudiée, et je suis privée moi-même de ce plaisir.

— Il est vrai, continua ironiquement Aspasie, qu'il est fort curieux de savoir que le rossignol est glorieux, que les moineaux aiment le pillage, et que le gros-bec ne chante jamais; mais il me semble que l'on verrait avec tout autant de plaisir l'oiseau de paradis, dont les plumes longues, brillantes et soyeuses lui donnent une telle légèreté, qu'on a cru longtemps qu'il ne se reposait jamais. J'aurais voulu rencontrer, dans le nombre des serpents, le naja, que les Indiens trouvent l'art d'apprivoiser et de montrer publiquement dans les rues, comme on fait parmi nous des ours et des singes, malgré les dangers de sa morsure, qui donne la mort en peu d'instants. Enfin, j'ai cherché inutilement le zèbre, la panthère, le rhinocéros, l'autruche, et même le lion, car celui de M. Sylvère n'est qu'un lionceau. A la vérité, le tigre est assez beau; mais ce n'est encore là qu'un tigre de Guinée; il ne paraîtrait rien à côté de ceux du Nouveau-Monde.

Aspasie, fort satisfaite d'elle-même, crut avoir donné à Adrienne une haute opinion de ses études. Malheureusement elle avait achevé sa critique par un trait d'ignorance qui n'échappa point à la fille de M. Albert. Adrienne savait que les animaux de l'Afrique sont les plus forts et les plus terribles de la terre, tandis que ceux de l'Amérique en sont les plus petits. Au lieu de relever l'erreur d'Aspasie, elle garda le silence de peur de l'humilier, et se contenta de mépriser au fond de son cœur les ridicules prétentions que cette jeune fille montrait, et qu'elle soutenait si mal.

XII. — Les Talents et la Bonté. — Le jeune Poète. — L'Ours

Casimir, toujours malin, s'était longtemps amusé d'Aspasie dans le cabinet de M. Sylvère. Il se plaisait à lui proposer mille questions touchant les objets qu'ils avaient sous les yeux, jouissant à chaque minute de son embarras, et la trouvant toujours plus ignorante sur les connaissances le plus à sa portée. Pendant qu'il racontait ses malices à Hippolyte, Félicie et sa mère, presque arrivées là à vue de leur maison, prenaient congé' de la compagnie. La première, après avoir embrassé tendrement ses nouvelles amies, et les avoir priées tout bas de venir la voir à leur tour, salua Aspasie avec une froideur timide ; mais elle n'eut garde de l'inviter comme elle avait invité ses compagnes. Quoiqu'elle ne connût guère plus les unes que les autres, elle emportait à leur égard des sentiments bien différents. C'est ainsi que dans l'espace de quelques heures, avec une bonne ou une mauvaise conduite, on peut se faire chérir ou mépriser.

En retournant chez M. Sylvère, Aspasie, qui donnait le bras aux deux sœurs, les félicita d'être enfin débarrassées de cette petite villageoise.

— Ne vous pressez pas de nous en faire compliment, lui lui répliqua Isabelle un peu piquée ; car bien loin d'être de votre avis, nous pourrions en avoir un tout contraire.

ADRIENNE. — Il est vrai que, toute nouvelle qu'est pour nous la connaissance de Félicie, je sens que je ne la quitterai point sans regrets.

— Qu'entends-je ? s'écria Aspasie ; est-il possible que ces paroles sortent de la bouche des filles de M. Albert ? Quelles ressources peut vous offrir une fille sans éducation ?

ADRIENNE. — Lorsqu'une jeune personne a de la décence

dans le maintien, de la pureté dans son langage, de la réserve dans ses discours, ne peut-on pas en conclure qu'elle est fort bien élevée? Félicie ne manque d'aucun de ces avantages.

ASPASIE. — La première paysanne, au langage près, vous apportera le même mérite. Cette décence et cette réserve que vous vantez si fort ne sont bien souvent que le manteau de l'ineptie. On garde le silence parce qu'on n'a rien à dire.

ISABELLE. — C'est toujours un mérite de savoir le garder; et celui qui craint de dire une sottise montre bien plus d'esprit que celui qui s'en croit incapable. Félicie d'ailleurs ne se tait pas toujours. Avant votre arrivée, nous causions toutes trois fort agréablement.

ASPASIE. — Mais enfin que sait-elle?

ISABELLE. — Beaucoup plus de choses que nous, peut-être. Une journée ne suffit pas pour juger du mérite d'une personne modeste. Félicie ne se vante point; sa mère ne cherche point à la faire remarquer. Comment voulez-vous qu'on devine au juste tout ce qu'elle vaut?

ADRIENNE. — Les talents ne sont que les accessoires d'une bonne éducation. On peut être fort estimable sans en posséder aucun.

ISABELLE. — Je trouve que Félicie a la voix fort belle.

ASPASIE. — C'est la beauté de celle d'une paysanne qui jette des sons au hasard, sans goût et sans méthode. N'avez-vous pas aussi admiré le choix de cette vieille romance?

ADRIENNE. — Je ne m'attendais pas qu'une jeune fille cachée dans les montagnes nous chantât des ariettes apportées en poste de Paris. Au reste, vous savez que j'aime beaucoup les chants simples et touchants; je les préfère, quelque vieux qu'ils soient, à des paroles insignifiantes, dont tout le mérite est dans la note qui les fait valoir. Félicie a commencé par nous dire que sa mère aimait cette romance ; un choix déterminé par un semblable motif devait être à l'abri du ridicule.

ASPASIE. — Vous parlez là comme une pastorale, ma chère Adrienne. Rien n'est plus langoureux et plus féminin que ce que vous dites. Toutes ces belles raisons n'empêche-ront pas votre Félicie d'être une fille fort ignorante ; car enfin où aurait-elle appris le dessin, la physique expé-rimentale, les mathématiques, les langues mortes, les vi-vantes ?

— Je suis votre servante, reprit en riant Isabelle ; mais s'il faut connaître tout cela, sous peine de passer pour une personne sans éducation, je vous assure que j'en manque autant que Félicie.

ASPASIE. — Mais au moins vous savez la musique, vous dansez fort bien, et vous avez du goût dans votre parure. Cette jeune fille est vêtue comme une gouvernante.

ADRIENNE. — Vous ignorez sans doute que madame Clé-mence est sans fortune ; qu'elle a deux autres enfants, et qu'il lui est impossible de leur donner de beaux habits.

ASPASIE. — Ne peut-on pas conserver une robe pour les visites extraordinaires ?

ADRIENNE. — Pourquoi affecter un jour plus de luxe qu'on n'en peut soutenir ? La pauvreté est-elle un vice pour cher-cher à la dissimuler ! Et n'est-il pas bien plus sage de se conformer à sa fortune ? Félicie, avec son habit de gros co-ton, sa douceur et sa jolie figure, est mille fois plus intéres-sante. Elle est aujourd'hui ce qu'elle sera demain, c'est-à-dire la fille de la veuve d'un pauvre officier.

— Ainsi tout est bien dans cette demoiselle ! répliqua Aspasie avec dépit. Pour plaire désormais, il ne faudra plus passer des années devant un piano, ni payer fort cher un dessinateur pour qu'il nous instruise dans son art. Sans

frais et sans peine, couverte d'une étoffe commune, on n'a
qu'à imiter mademoiselle Félicie.

— Vous ne me comprenez pas, reprit Adrienne avec douceur : bien loin de jeter une telle défaveur sur les arts d'a-
grément, j'en prends tous les jours des leçons de ma mère.
Ils ne dépareraient pas Félicie ; mais Félicie est aimable
sans eux, parce qu'il n'a pas dépendu d'elle de les acquérir.

ISABELLE. — Les talents sont fort bons pour ceux qui les
possèdent, parce qu'ils les préservent de l'ennui ; mais que
m'importe à moi, qui désire une compagne agréable, une
amie de cœur, qu'elle sache la musique comme Pergolèse,
et le dessin comme l'Albane ? M'en aimera-t-elle mieux
pour cela ?

— Au contraire, reprit Casimir en se mêlant à la conversation, elle aura beaucoup moins de complaisances pour toi
qu'une fille qui ne sait rien. Si tu lui parles d'un ajustement
de bal, elle sourira de pitié. Si tu l'engages à faire une promenade du soir ou du matin, elle te représentera que la
fraîcheur n'est propre qu'à lui gâter la voix. Vos plus doux
entretiens seront des dissertations sur la physique, des traités
de peinture ou des règles de mathématiques.

Aspasie allait se fâcher tout-à-fait, lorsqu'Adrienne, re-
prenant la parole, lui dit avec beaucoup de grâce :

— Heureuses celles qui, comme vous, ma chère Aspasie,
ont aimé l'étude dès leur enfance et ont pu s'abandonner à
leur goût ! Je vous félicite de tout mon cœur, et je ne doute
pas que les charmes que vous y trouvez ne soient la seule
raison qui vous fasse y mettre tant d'importance : mais
combien de personnes se trouvent privées, soit par la fortune,
soit par le séjour qu'elles habitent, de ces mêmes avantages
qui vous sont si chers ! Il faut bien alors leur pardonner leur
ignorance à cet égard, et cela ne doit pas empêcher de leur
savoir gré des bonnes qualités de leur cœur. On ne s'informe

plus de ce qu'elles savent; on demande seulement si elles se font chérir et estimer dans leur famille, et si elles ont dans le caractère de la franchise et de la complaisance.

Aspasie, ne sachant plus que répondre, fut obligée de convenir, bon gré mal gré, qu'Adrienne pouvait avoir raison. Au reste, persuadée qu'on n'avait pas pour elle chez M. Sylvère toute la préférence qu'elle s'imaginait mériter, elle engagea son oncle, qu'elle conduisait à sa volonté, à n'y faire qu'un très-court séjour. Ils partirent sans être regrettés de personne. M. Léon, quoique bon, se faisait peu estimer à cause de sa faiblesse et de son aveuglement; Aspasie, à force d'orgueil et de prétentions, se couvrait partout de ridicule.

Le lendemain même de son départ, les deux sœurs effectuèrent le projet qu'elles avaient formé d'aller voir Félicie. M. Sylvère voulut les faire accompagner; mais elles lui assurèrent qu'elles reconnaîtraient parfaitement le chemin, et qu'elles se faisaient un plaisir de se hasarder toutes deux dans cette petite promenade. Elles prirent une corbeille pleine de superbes prunes, que M. Sylvère envoyait à madame Clémence, et s'enfoncèrent dans les bois en chantant ensemble une romance à deux parties. La romance était longue; les deux sœurs prenaient tant de plaisir à s'écouter, qu'elles ne s'aperçurent qu'assez tard qu'elles s'étaient égarées dans leur route. Une campagne sauvage avait remplacé les riants bocages de Campan; un torrent bouillonnait au milieu du chemin hérissé de toutes parts de rochers noirs et stériles.

—Où sommes-nous? s'écria Adrienne en pâlissant d'effroi.

— Je n'en sais rien, répliqua en riant Isabelle; mais nous ne pouvons pas être fort éloignées du point de notre départ. Avant de chercher notre chemin, laisse-moi, je te prie, contempler ce paysage agreste. Comme le bruit de ce torrent

plaît à mon oreille! Regarde avec quelle hardiesse il se jette
du haut de ce ravin! comme il bouillonne ensuite, comme
il fait jaillir de tous côtés une écume blanche et légère!...
Mais tu ne regardes point, tu es inquiète.

— Il est vrai, nous voilà dans une solitude affreuse, à la
merci de tous les dangers.

Adrienne avait les larmes aux yeux en achevant ces paroles. Isabelle reprit avec un peu de vivacité :

— En vérité, Adrienne, il y a des moments où tu perds
toute ta raison. La frayeur te rend tellement différente de
toi-même, qu'on ne te reconnaît plus, et il faut que je te
moralise, moi qui suis la plus jeune. Songe donc qu'il n'y a
pas une heure que nous sommes en route, et que nous avons
marché doucement. Peut-être allons-nous nous trouver tout
près de la maison de madame Clémence ou de Campan;
peut-être n'y a-t-il qu'un arbre, qu'un rocher qui nous cache.
Je ne te demande que cinq minutes de repos, après quoi nous
retournerons sur nos pas.

Adrienne n'osa refuser à sa sœur. Elles s'assirent sur un
tronc d'arbre que le torrent avait tout récemment déraciné.
Attaché encore à la terre par une faible partie de ses racines,
il continuait de végéter, ainsi renversé avec ses branches et
son feuillage. Le courage et la peur se communiquent également. La tranquillité d'Isabelle ayant rassuré insensiblement l'esprit craintif d'Adrienne, elle se mit à rire de sa
propre frayeur, et regardant l'arbre sur lequel elles étaient
assises :

— Voici, dit-elle à sa sœur, de quoi inspirer une jolie églo-
gue. Cet arbre qui, après avoir résisté aux efforts de ce torrent impétueux, vient enfin de céder à sa violence, est
l'image d'un sage dont la vertu succombe. Comme cet arbre,
il est renversé sans être mort, il se survit pour ainsi dire à

9

lui-même. La vertu lui donnait tout son éclat; privé de ce don sacré, il ne fait plus que végéter dans la poussière.

— Cette idée me plaît, s'écria Isabelle, et je me sens tout-à-coup comme inspirée... Cependant je n'ai jamais essayé de faire des vers ; cela est-il donc si difficile ?

— Il est au moins difficile de les bien faire.

— Je sais les mesurer, je connais à peu près les mots qui riment ensemble.

— Ce n'est pas tout. Le choix des expressions, la justesse de la pensée, l'harmonie, la clarté doivent se réunir dans les bons vers.

— Je pense que le désir qu'on éprouve de s'essayer dans cet art pourrait être l'indice d'une certaine disposition naturelle.

— Il serait peut-être indiscret de trop s'y fier, on courrait risque de se jeter dans la mésaventure qui arriva à ce pauvre Lucien.

— De quelle mésaventure et de quel Lucien veux-tu parler ?

— De l'ami de Casimir, du fils aîné de M. Valère. Ne sais-tu pas l'histoire de sa pièce de vers ?

— Non, sans doute ; raconte-la-moi.

LE JEUNE POÈTE.

Lucien était en pension depuis quatre ans, et quoiqu'il en eût déjà douze, M. Valère n'apercevait en lui aucun progrès. Le maître, qui était un homme sévère et juste, ne savait point flatter les parents de ses élèves, en feignant une satisfaction qu'il ne recevait point de ces derniers. Tous les ans il distribuait des prix dans son collége, et jamais Lucien n'en avait obtenu; il ne manquait pourtant ni d'esprit ni de mémoire; de sorte qu'on regardait son ignorance comme une espèce de problème difficile à expliquer. Enfin, on découvrit

que la passion de faire des vers l'empêchait seule d'avancer
dans ses études. Il passait tout son temps à composer des
chansons, des épigrammes, des idylles ; il le faisait secrètement, dans la crainte de son maître, et ne montrait ses
productions qu'à quelques camarades privilégiés. Une chanson assez spirituelle ayant circulé dans le collége, parvint
jusqu'au professeur, qui découvrit ainsi à M. Valère le mystère qui les étonnait depuis si longtemps. La chanson était
du nombre de ces poésies qui ne doivent leur mérite qu'à
quelques vers heureux. Il y en avait plusieurs de mauvais,
et beaucoup de médiocres. M. Valère ne put souffrir qu'une
si frivole occupation consumât le temps précieux de la jeunesse de son fils ; il songea à l'en détourner par quelque
moyen sûr et capable de faire dans son esprit une impression plus forte et plus durable que toutes les remontrances.
M. Valère alla donc un jour le chercher au collége pour le
mener à la campagne, où toute sa famille était rassemblée,
à l'occasion de la fête de son grand-père. Chemin faisant, il
lui reprocha doucement le mystère qu'il lui avait fait de son
goût pour la poésie, et l'engagea à composer quelque chose
en l'honneur de son bon-papa, qui en serait bien agréablement surpris. Lucien le promit avec joie, et de suite sa jeune
imagination se mit à s'exercer. A peine eut-il reçu les premiers embrassements de sa famille, qu'il courut s'enfermer
dans un cabinet, au grand scandale de ses sœurs et de ses
cousines, qui ne savaient point que Lucien fût poète.

Celui qui prépare un discours de réception à l'Académie
ne travaille pas avec plus de courage que ne faisait notre
écolier. Sa famille entière allait être témoin de son début.
Il voulait que ce début eût de l'éclat, et qu'il donnât une
grande idée de son génie. Son héros avait été un homme de
guerre, mais, depuis quelques années, la goutte le retenait
dans son fauteuil. Lucien, profitant de ces deux circonstances,

dit dans ses vers, dont je ne me rappelle que le sens, que le vieillard prévoyant avait cueilli assez de lauriers dans sa jeunesse, pour former le lit sur lequel il se repose dans ses vieux jours. Lucien chargea ces vers de comparaisons pompeuses, de mots ambitieux; il entonna presque la trompette épique pour chanter un bon vieillard infirme, et qui ne trouvait un instant de plaisir que dans la présence de sa nombreuse famille. Il relut plusieurs fois ses vers, corrigea les plus simples, quoiqu'ils fussent les meilleurs, et courut, fort satisfait de lui-même, montrer son ouvrage à M. Valère. L'épouse de ce dernier n'était pas dans le secret; elle survint tout-à-coup, et l'on fut obligé de l'y mettre. Madame Valère connaissait mieux ses devoirs que la versification. Le bouquet de son fils lui parut un chef-d'œuvre; elle eut de la peine à modérer son admiration. Lucien s'en aperçut, et son amour-propre s'en augmenta considérablement. Cependant M. Valère lisait la pièce, sans rien témoigner de son opinion. Les vers étaient précisément tels qu'il les désirait pour son projet. Une ridicule prétention s'y faisait sentir à chaque mot. Lucien, étonné de son silence, lui demanda ce qu'il en pensait.

— Mais toi-même, répondit M. Valère, quel jugement en portes-tu?

— Vous savez bien, mon père, répliqua Lucien avec une certaine confiance, qu'un auteur ne peut pas dire ce qu'il pense de son ouvrage.

— C'est-à-dire, repartit M. Valère, que tu es satisfait du tien, car autrement tu pourrais convenir de ses défauts.

— Oh! je ne pense pas qu'il soit parfait, poursuivit Lucien; mais il me semble que j'en ai fait au collège qu'on trouvait bons, et qui ne valaient pas celui-ci.

— Eh bien! reprit M. Valère, puisque tu en es content, je ferai imprimer ces vers dans le *Mercure*.

— Quoi! tout de bon?

— Oui. Tu sais que le rédacteur de ce journal est un de mes anciens amis : je vais lui écrire, et dans huit jours nous y verrons ta pièce de vers.

— Ah! mon père, quelle joie vous me causez! Quoi! ces vers que voilà, ces vers que je viens de composer seront lus de tous ceux qui reçoivent le *Mercure*. Quel honneur pour moi! Mon père, si vous priiez votre ami d'y mettre une ou deux lignes de réflexions critiques? cela les ferait mieux remarquer.

— A la bonne heure! Mais si ces réflexions allaient se trouver à ton désavantage? car je t'avertis que cet écrivain est juste jusqu'à la sévérité, et d'une probité si exacte, qu'il n'est point de considérations qui le fassent parler contre sa pensée. J'aurai beau lui dire que tu es mon fils, il se taira, ou dira simplement le vérité.

— Mais, mon père, si vous jugez mes vers dignes de l'impression...

— Eh! mon Dieu, mon ami, le jugement de ceux qui nous aiment est toujours fort suspect. Ta mère et moi, ne sommes-nous pas naturellement portés à l'indulgence, lorsqu'il s'agit de nos enfants?

— Je vous assure, mon cher, reprit madame Valère, qui brûlait déjà de voir les vers imprimés, que, même dans l'*Almanach des Muses*, il y a bien des morceaux qui m'ont semblé moins agréables que celui-ci. A la vérité, je ne m'y connais guère; mais songez au jeune âge de Lucien : quand on saura qu'il n'a que douze ans, on ne pourra s'empêcher de trouver cette poésie surprenante.

— Maman a raison, repartit Lucien; une grande jeunesse mérite de l'indulgence.

— Eh bien! soit, dit à son tour M. Valère. Les vers seront donc imprimés. Et il alla écrire au rédacteur du *Mercure*.

Les personnes moins prévenues que Lucien et sa mère auraient facilement deviné la pensée de M. Valère ; mais la présomption d'un côté, de l'autre une aveugle tendresse, les empêchaient de rien apercevoir. Lucien était ivre de joie. Il en contracta un air de suffisance, un mépris pour les divertissements de ses amis, qui firent que M. Valère s'applaudit doublement de ce qu'il avait fait. Ces huit jours d'attente parurent huit siècles à notre jeune poète, et le secret lui pesait tant à garder, qu'il ne l'observa que jusqu'au jour de la fête de son grand-père. Le vieillard, surpris et enchanté, ne crut pas devoir épiloguer des vers composés en son honneur. Le lit de lauriers le flatta. Il donna de grands éloges à l'auteur. On but joyeusement à sa santé ; on lui fit réciter trois fois ses vers, fruits précoces de sa muse naissante ; et la feuille sur laquelle ils étaient écrits passait de main en main autour de la table. C'est dans cette ivresse de l'orgueil que l'heureux Lucien laissa échapper le secret de l'envoi au *Mercure.* Quelques personnes de la famille restèrent exprès pour jouir du triomphe de Lucien. Enfin le jour tant désiré arriva. M. Valère prit le journal ; tout le monde avait les yeux sur lui. Lucien, debout, penché sur l'épaule de son père, suivait des yeux chaque page. Tout-à-coup il s'écria : Ils y sont !

Et un applaudissement général se fit entendre.

— Il y a même des réflexions, ajouta M. Valère. Veux-tu que je les lise ?

— Je le veux bien, répondit Lucien d'une voix émue.

Dans ce moment critique, le cœur lui battait, et il avait cessé de regarder dans le *Mercure.* Appuyé derrière le fauteuil de sa mère, il attendait son jugement avec inquiétude. M. Valère lut à peu près ces paroles :

« Sans la prière d'un ami, qui m'a remis ces vers en me

» recommandant d'en faire mention, je n'occuperais point
» mes lecteurs d'un sujet si pitoyable. »

A ce début, tous les visages marquèrent de la surprise, et
Lucien commença à sentir les épines dont la gloire blesse
quelquefois ses adorateurs. M. Valère poursuivit :

« C'est, me dit-on, l'ouvrage d'un enfant de douze ans;
» on peut augurer, d'après cela, qu'il ne sera jamais un
» grand poète. Je plains son père qui, en cherchant à lui
» procurer une bonne éducation, ne recevra, pour récom-
» pense de ses efforts, qu'une foule de méchants vers à jamais
» ignorés. La profession de poète n'est pardonnable qu'à un
» grand génie. Tout esprit médiocre est destiné à la risée
» publique, lorsqu'il prétend exciter une admiration qu'il
» ne mérite point. Tel mauvais rimeur eût été un bon avo-
» cat ou un médecin estimé, s'il se fût consacré à l'une de
» ces fonctions honorables. Ce n'est pas qu'il ne faille aussi
» de grands talents pour les exercer avec gloire; mais
» comme elles ont un but utile qu'on peut remplir sans cé-
» lébrité, un esprit ordinaire s'en accommode. Au contraire,
» la science frivole du poète ne compose point avec la for-
» tune. Il faut qu'elle marche dans les cieux ou qu'elle rampe
» sur la terre. Elle ne vit que d'admiration et de louanges,
» tributs dont les hommes sont avares, et qu'il faut leur ar-
» racher. La lecture des vers de notre jeune rimeur con-
» vaincra aisément ceux qui prendront la patience de les
» parcourir, que la gloire dont je parle ne lui est pas des-
» tinée. En frappant fort, il a cru frapper juste, ce qui est
» la preuve d'un mauvais goût. J'aurais mieux auguré de
» quelques vers simples et naturels, que de cette espèce
» d'ode boursouflée dont il n'est point d'écoliers qui ne
» soient capables. Je n'ai plus qu'un avis à donner à ceux
» qui l'élèvent, c'est de s'armer de bonne heure contre une
» manie qui lui fait perdre un temps précieux. Au lieu des

» louanges qu'il désire, il serait bon d'accueillir chaque
» pièce par un châtiment sévère, et, quelque robuste que
» soit sa muse naissante, j'ose assurer qu'elle ne résistera
» point à ce régime. »

— Tu t'imagines facilement, continua Adrienne, l'effet
que durent produire ces lignes foudroyantes. Lucien, au
comble de l'humiliation, avait caché son visage dans le sein
de sa mère, et versait un torrent de larmes. Sa mère était
indignée contre le *Mercure*, que le vieillard accusait d'un
peu trop de sévérité. Les autres personnes de la famille se
rangèrent ou feignirent de se ranger à cet avis. M. Valère
seul soutint qu'il était probable que le censeur voyait plus
juste qu'eux, et que, sans leur tendresse pour Lucien, ce
jugement aurait aussi été le leur.

Lucien eut beaucoup de peine à se consoler d'un pareil
revers. Il se repentait cruellement d'avoir demandé des réflexions critiques, et l'idée qu'elles seraient lues de beaucoup
de monde, idée qui lui était d'abord si agréable, le pénétrait
de douleur. Il renonça pour toujours à une carrière dont les
premiers pas lui avaient tant coûté ; il tourna vers des études
plus sérieuses la facilité qu'il avait reçue de la nature, et tu
te rappelles qu'on le regardait déjà, il y a un an, comme
l'écolier le plus instruit de son collège.

— Voilà une aventure que je ne connaissais pas, et qui
m'a tout-à-fait amusée, reprit Isabelle. Je me représente ce
pauvre garçon passant d'une grande joie à une confusion
plus grande, et cela devant des personnes qui étaient restées
exprès pour jouir de son triomphe!

— C'est là justement ce qui l'affligeait davantage. Il
voyait ou croyait voir sur le visage de ses cousines cette pitié maligne et injurieuse qui est si cruelle à l'amour-propre...
Mais nous ne pensons plus à notre route, et pourtant les cinq
minutes sont déjà bien loin.

— Restons encore un moment; nous sommes si bien sur ce rocher! Tu n'as plus de peur, maintenant. Si nous avions avec nous notre déjeuner, nous prendrions un petit repas champêtre, d'autant plus agréable que je meurs de faim.

—Il me semble que je mangerais aussi avec plaisir. J'ai là du pain dans mon sac à ouvrage; mais il est dur et grossier.

— Par quel hasard se trouve-t-il là ?

— Je l'avais pris pour le donner en passant à ce gros chien rouge qui me fait tant de peur.

— J'entends : c'était pour lui faire ta cour. Tout dur qu'il est, veux-tu que nous partagions ce pain?

— Volontiers; l'appétit suppléera à la qualité du mets.

— Et ces belles prunes?

— Oh! Isabelle, nous ne pouvons pas y toucher. C'est un dépôt.

— Ne sommes-nous pas certaines d'en goûter notre part, puisque nous les portons à madame Clémence?

—N'importe. Il me semble que nous ferons mieux de ne pas en manger à présent. Une certaine délicatesse, que je sens mieux que je ne puis l'exprimer, nous y oblige.

— Il est pourtant dur de manger du mauvais pain sec à côté de si beaux fruits.

— Il est louable aussi de répondre à la confiance de celui qui nous les a livrés. Si, dans une si légère circonstance, nous n'étions pas assez fermes pour nous imposer cette loi, qu'eussions-nous fait à la place de cette famille romaine qui, tombée dans la misère la plus affreuse, périssait de faim plutôt que de toucher à un riche dépôt qui lui avait été confié?

— Eh bien! laisse-moi donc cacher ce panier de prunes, afin que je ne souffre pas au moins le supplice de Tantale.

Comme Isabelle se levait pour éloigner le panier, elle aperçut un ours qui passait sur les rochers, de l'autre côté du torrent. Cette vue la rendit un peu sérieuse ; elle fit signe à sa sœur, en lui montrant l'ours, de ne point faire de bruit, dans la crainte d'attirer son attention de leur côté. Au lieu d'écouter cet avis, Adrienne, saisie d'effroi, jeta un grand cri et se mit à fuir de toutes ses forces. Elle ne s'arrêta que lorsque la respiration vint à lui manquer. Et ce fut alors seulement qu'elle s'aperçut qu'Isabelle ne l'avait point suivie. Une vive douleur s'empara d'Adrienne : elle pleura amèrement, en se reprochant d'avoir abandonné sa sœur.

— Isabelle ! ma chère Isabelle ! s'écriait-elle, que seras-tu devenue ? Tu m'as en vain recommandé le silence ; mes cris indiscrets auront attiré l'ours ! Il t'a peut-être dévorée ; et c'est moi qui en suis la cause ! Malheureuse Adrienne ! où t'a conduite ta pusillanimité ! Tu n'as songé qu'à toi, et tu as laissé ta sœur dans le péril ! Oh ! je ne retournerai plus auprès de mes parents ; ils m'auraient en horreur !... Mais où irai-je !... Si ma sœur n'était que blessée !... si elle avait besoin de mes secours ?... Mais quoi ! retourner au torrent !... L'ours y est peut-être encore !... Eh bien ! quand il me tuerait comme Isabelle ! Hélas ! je suis bien malheureuse !

Elle se leva pour retourner sur ses pas, quoique cet effort lui coûtât cruellement. Elle croyait fermement marcher au-devant de la mort. Le cœur lui battait d'une force extraordinaire ; de grosses gouttes de sueur lui tombaient du front, et son angoisse augmentait à mesure qu'elle se rapprochait du torrent. Elle ne vit ni l'ours ni Isabelle ; mais comme elle s'avançait avec précaution, elle entendit quelque chose remuer dans le feuillage. Adrienne, persuadée que c'était l'ours, se laissa tomber sur les genoux en fermant les yeux, pour ne pas voir l'objet de sa terreur. Tout-à-coup elle se sentit presser entre deux bras qui ne cherchaient point à l'étouffer ; c'étaient ceux d'Isabelle. Au son de cette voix si chère, la pauvre Adrienne ouvrit les yeux, et des larmes de joie inondèrent les joues des deux sœurs. Elles se tinrent longtemps embrassées sans pouvoir retrouver la parole. Isabelle se remit pourtant la première; mais à peine eut-elle ouvert la bouche, qu'Adrienne, l'entraînant avec vivacité :

— Allons-nous-en d'ici, lui dit-elle; je croirais toujours voir ou entendre cette effroyable bête.

Isabelle prit le panier de prunes, et suivit Adrienne jusqu'auprès d'une petite maison, où on leur enseigna la demeure de madame Clémence, qui n'était pas fort éloignée.

— Maintenant que nous voici en sûreté, reprit Isabelle, parlons un peu de notre aventure. Elle est triste et plaisante tout à la fois.

— Pour triste, à la bonne heure, répliqua Adrienne; mais pour plaisante, je n'en conviendrai pas. Je n'ai jamais eu tant de frayeur de ma vie, et j'aurai de la peine à en revenir.

— Eh bien ! je t'assure qu'il n'y avait pas de quoi.

— Oh! pour le coup, Isabelle, c'est pousser la hardiesse jusqu'à la témérité. Tu n'ignores pas que l'ours est un animal féroce et carnassier.

— Point du tout. Il n'attaque jamais le premier, et ne blesse que pour se défendre. Il vit de racines et de fruits. Tout le danger était pour nos prunes.

— Ta mémoire ou la mienne est prodigieusement en défaut. Il me semble que j'ai lu, au sujet de l'ours, des détails qui ne s'accordent guère avec ce que tu me dis. Nous demanderons à nos parents ce qu'il en faut croire; en attendant, raconte-moi ce qui t'est arrivé.

— Pas la moindre chose. Je me suis cachée après ta fuite dans ce même feuillage...

— Ah! ah! tu craignais donc aussi, toi?

— Les cris que tu as jetés m'ont donné un peu d'inquiétude. L'ours, sans être méchant, est, dit-on, d'une humeur fort susceptible ; il s'offense de peu de chose. J'ai craint que l'éclat de ta voix ne l'eût un peu scandalisé ; c'est pourquoi je me suis mise hors de sa vue, sans pour cela cesser de le regarder.

— Eh bien ! lui as-tu trouvé un air de bonne humeur ?

— Oui, il m'a semblé fort paisible. Après avoir détourné la tête au bruit que tu as fait, il a continué sa route en se dirigeant vers le sommet de la montagne. Alors je suis sortie de ma cachette, j'ai regardé aux environs, et ne t'apercevant plus, j'allais à ta rencontre, lorsque je t'ai entendue revenir. Je me suis remise dans le feuillage pour m'amuser un peu de ton inquiétude. Tes larmes, ta pâleur, ton effroi, m'ont inspiré tant de compassion, que le jeu n'a pas duré longtemps.

C'est en causant ainsi que les deux sœurs arrivèrent au but de leur petit voyage.

XIII. — La Visite. — La Leçon de Botanique. — La Bohémienne.

Adrienne et Isabelle aperçurent dans une étable dont la porte était entr'ouverte, une jeune paysanne occupée à traire des chèvres. Elles s'avancèrent vers elle, et lui demandèrent la maîtresse de la maison. La jeune paysanne se leva aussitôt, posa à terre la jatte de lait, et, ayant rejeté en arrière une partie de ses cheveux blonds qui lui couvraient le visage, elle vint en souriant embrasser les deux sœurs. Cette jeune paysanne était Félicie. Ses amies furent un peu surprises de la trouver ainsi vêtue, et dans une pareille occupation ; mais elles n'en laissèrent rien paraître, et ne lui en firent pas un moins tendre accueil. Félicie leur demanda la permission d'achever de traire sa dernière chèvre ; elle passa ensuite proprement son lait, ferma l'étable, et conduisit les jeunes filles dans la maison. Madame Clémence, vêtue à peu près comme Félicie, pétrissait de la pâte pour faire du pain, aidée seulement d'une vieille servante qui avait élevé ses enfants dans un temps plus heureux. Madame Clémence, d'un ton noble et affectueux, mais sans confusion, pria les demoiselles de l'excuser si elle ne quittait pas un ouvrage qu'on ne peut interrompre sans inconvénient. Félicie les mena se reposer dans une autre chambre, où se trouvaient ses deux jeunes frères. L'aîné copiait un exemple d'écriture, le plus petit bâtissait un château de cartes que Félicie fut obligée de déranger pour faire asseoir ses amies. L'enfant pleura, Félicie le prit sur ses genoux, et s'empressa de le consoler. Tout en le caressant, elle entretenait Isabelle et sa sœur, et riait de l'aventure de l'ours, que la première lui racontait. Madame Clémence vint bientôt retrouver ses hôtes, et Félicie alla préparer le dîner. La table se trouva dressée dans le lieu même où madame Clémence s'occupait à pétrir; car il n'y avait que deux chambres dans la maison. Le pétrin était fermé et recouvert d'un tapis. Une grande propreté régnait dans toute la pièce, et principalement sur la table, où tout était disposé avec beaucoup de goût. Félicie n'avait ajouté à son habillement qu'un grand tablier de toile d'une blancheur ravissante; ses cheveux, nouvellement tressés, formaient une couronne autour de sa tête. Le dîner fut servi avec bien plus de recherche que les deux sœurs ne s'y attendaient. Une poularde délicatement nourrie, une crème excellente, des fruits conservés avec art, soit dans le sucre, soit dans leur état naturel, une liqueur délicieuse, et les belles prunes de M. Sylvère concoururent à dédommager nos jeunes voyageuses du mauvais déjeuner qu'elles avaient fait.

A l'instant où on sortait de table, trois petites filles se pré-

sentèrent, ayant chacune un livre sous le bras. Félicie s'a-
vança au-devant d'elles, leur fit à chacune une caresse, et
après leur avoir distribué le reste du dessert, elle les renvoya
en leur disant qu'elle n'avait pas le temps ce jour-là de les
recevoir.

— Que vous veulent donc ces enfants? lui demanda
Adrienne.

— Je suis leur maîtresse d'école, lui répondit en riant
Félicie. Tous les jours, à cette heure, je les fais lire et prier
Dieu. Comme vous voyez, je n'ai pas encore beaucoup d'élè-
ves ; mais, avec le temps, on prendra confiance en moi.

— Et vous faites-vous payer bien cher, ma bonne amie ?
reprit Isabelle.

— Je ne leur prends rien, rien du tout, continua Félicie ;
c'est uniquement pour leur rendre service.

— Cela est bien bon de votre part, poursuivit Isabelle ;
car il me semble que ce doit être une fonction fort en-
nuyeuse.

— Il est vrai qu'on a besoin de s'armer d'une grande patience, reprit Félicie ; mais que voulez-vous ? Ma mère est
pauvre, je ne puis rien donner, et il est si doux de faire du
bien ! l'instruction est aussi un bienfait. Nous sommes en-
tourées de pauvres familles qui ne peuvent pas envoyer
leurs enfants à l'école. Je me suis dit : Comme l'apôtre, je
n'ai ni or ni argent ; mais puisque je possède quelque chose
qu'il serait utile à ces pauvres enfants de savoir, donnons-
leur le seul trésor qui soit en ma puissance.

Les yeux d'Adrienne se remplirent de larmes. Oh! combien Félicie lui parut aimable en s'exprimant ainsi! Cette
charmante enfant ne s'aperçut point de l'attendrissement
qu'elle causait. Elle se mit à parler d'autre chose, et vanta
son parterre à ses amies, en les y conduisant.

Elle leur montra un aloès de Saint-Domingue, qu'elle

avait élevé avec beaucoup de peine; car cette plante craint
les climats froids, sous l'influence desquels elle fleurit rarement. Du centre d'un massif de feuilles charnues, épaisses,
pyramidales et armées de piquants sur leurs bords, s'élan-
çait hardiment une tige svelte et terminée par un épi couvert de boutons. Chaque bouton promettait une fleur rouge-
orangé, légèrement inclinée sur sa tige. Lorsque toutes les
fleurs réussissent à s'épanouir, cet épi, élégamment soutenu,
forme un coup d'œil des plus agréables; mais Félicie n'osait
se flatter d'en jouir, quelques précautions qu'elle employât.
Son espoir avait déjà été trompé l'année précédente par les
grands froids qui survinrent tout-à-coup.

Le gingembre des Indes orientales lui donnait moins de
peine, et embellissait mieux son parterre, soit qu'il se mon-
trât sous la forme d'un épi verdâtre garni de quelques fleurs
éphémères, soit que les écailles de ce même épi, colorées de
jaune et bordées d'un rouge éclatant, se fissent voir dans
toute leur parure. Cependant, par un de ces sentiments si
communs dans le cœur des mortels, Félicie l'eût donné avec
toutes ses autres plantes pour voir fleurir une seule fois son
aloès. Plus ce dernier exigeait de soins, plus il lui devenait
précieux.

Quelques jolis arbustes étaient plantés dans les coins du
parterre, où ils offraient chacun un ombrage agréable. Là se
trouvait l'azédarac, surnommé le lilas des Indes. L'Européen
exilé, trompé par son parfum et la couleur délicate de ses
fleurs en panicule, croit, en se reposant à son ombrage, jouir
encore de celui du lilas qu'il a planté de ses mains à la porte
de sa maison.

Félicie fit remarquer aussi à ses compagnes une grenadille
ou fleur de la passion, ainsi nommée parce qu'on croit y
voir les instruments de la passion du Christ. Du centre des
pétales disposés en roses, s'élève le jeune fruit surmonté de

trois styles qui représentent les clous. Une couronne garnie de frange, qui se trouve entre la corolle et le pistil, a semblé à quelques-uns une imitation de la couronne d'épines. Voilà les titres de cette fleur pour mériter de porter une dénomination aussi vénérable. Elle offre d'ailleurs d'autres particularités assez intéressantes. Chacun des pétales, en s'épanouissant, produit un petit bruit semblable au mouvement d'une montre. Cette fleur ne s'ouvre jamais qu'à l'heure de midi, et reste ainsi jusqu'au lendemain dans toute sa beauté. A cette époque, elle prend la forme d'une soucoupe, et se referme précipitamment aussitôt que le soleil la frappe de ses rayons. Dès ce moment son règne est entièrement passé; elle ne s'ouvre plus, et meurt ainsi enveloppée de ses pétales.

Félicie montra encore d'autres plantes à ses amies, leur apprenant, d'un air simple, mille détails qui les étonnaient en les amusant. Elle leur dit que la plupart des plantes curieuses qu'elle possédait lui avaient été données par M. Sylvère, et parla quelque temps avec un tendre intérêt de ce vertueux vièillard, qui servait de consolateur et d'ami à tous les infortunés du canton.

— Ma bonne amie, reprit Isabelle après un moment de réflexion, en nous entretenant de la grenadille, vous vous êtes servie de termes qui ne me sont point très-familiers, mais que je sais appartenir à la botanique. Connaîtriez-vous cette science ?

— Oh ! mon Dieu non, répondit Félicie ; tout mon savoir se borne au peu que je vous en ai dit. M. Sylvère, en voyant ma passion pour les fleurs, a voulu que j'apprisse au moins à distinguer les parties qui les composent.

— Cela doit être fort joli à étudier, répliqua Adrienne ; mais j'imagine que ce travail demande beaucoup de temps.

— Il en faut si peu, continua Félicie, que je puis dans un

quart d'heure vous rendre aussi habiles que moi. Je vais
prendre un lis ; il a été mon rudiment, et je crois que tous
les botanistes en font le leur, à cause de la simplicité de ses
parties, qui sont grandes et bien distinctes. Cependant il
n'est pas complet, comme vous l'apprendrez tout-à-l'heure.
Asseyons-nous d'abord.

Elles allèrent s'asseoir au pied d'un rosier blanc. Félicie
se plaça entre les deux sœurs, et, tenant son lis à la main,
elle leur expliqua de quelles parties cette belle fleur se composait; elle ajouta : Il n'est point de végétal qui ne fleurisse.
N'avez-vous pas observé quelquefois le long des épis une
poussière mobile et blanchâtre? Ce sont les anthères des étamines. S'il arrive de grandes pluies qui emportent cette poussière, les épis demeurent stériles.

ADRIENNE. — Fort bien, Félicie! Je vois que, tout en disant ne rien savoir, vous êtes beaucoup plus instruite que
nous.

FÉLICIE. — Moi, mes bonnes amies? Je ne sais que fort
imparfaitement les choses curieuses dont je vous entretiens.
Il faudrait entendre M. Sylvère! Que de connaissances il
possède! Lorsqu'il nous fait l'amitié de venir ici, je ne me
lasse point de l'écouter. Il vous parlerait de différentes mé-
thodes que les savants ont employées pour classer les plantes
afin de les étudier plus facilement. L'un (Linnæus), embrassant d'un coup d'œil hardi toute la végétation, établit la
sienne sur la seule inspection des étamines, de sorte que le
moindre brin d'herbe et l'arbre le plus élevé se rencontrent
immédiatement dans la même classe. L'autre (Tournefort),
plus fidèle imitateur de la nature, s'efforce de la suivre dans
la chaîne qu'elle a formée, en divisant les plantes par familles, en saisissant ingénieusement le certain air de ressemblance qu'elles conservent entre elles. Ainsi, par exemple, le lis et la rose donnèrent leur nom à deux familles

10

nombreuses, les liliacées et les rosacées. D'autres genres prirent le leur de leur forme naturelle. Telles sont les papilionacées, les crucifères, dont les pétales sont en croix, les radiées, qui affectent la figure du soleil, vers lequel elles s'inclinent plus visiblement que les autres ; car toutes les plantes recherchent plus ou moins sa lumière. Vous apprendrez avec surprise à connaître le sommeil des végétaux.

ISABELLE. — Je vous assure que vous me surprenez autant qu'il est possible. Des plantes qui se marient, qui dorment ! Vous me feriez presque croire aux métamorphoses.

— Ne poussez pas jusque-là votre crédulité, reprit Félicie en riant. Ce sommeil, que vous pouvez vérifier tous les soirs, en regardant les fèves de votre jardin, n'est pas plus extraordinaire que le mouvement de la sensitive. Les deux folioles opposées se relèvent en décrivant un petit cercle, et, s'appliquant l'une contre l'autre, demeurent ainsi jusqu'au matin, où elles reprennent leur position naturelle. Les folioles des casses s'abaissent, au contraire, en se réunissant par la partie inférieure de leurs feuilles. Cela n'arrive à la plupart des plantes que le soir, au lieu que vous savez que la sensitive exécute ce même mouvement autant de fois qu'on la touche.

ADRIENNE. — Je me rappelle fort bien d'en avoir vu une à Bordeaux qui est encore plus étonnante que la sensitive ordinaire ; on la nomme, je crois, l'*acacia pudique*. L'ombre d'une personne ou celle d'un nuage suffit pour l'agiter.

ISABELLE. — Pour moi, je suis ravie de tout ce que j'apprends.

ADRIENNE. — Plus je vous écoute, ma chère Félicie, plus je regrette que vous soyez si loin de nous. Avec quelle joie je suivrais vos leçons ! et que je vous trouve heureuse de cultiver une science si agréable !

FÉLICIE. — Si vous revenez ici l'année prochaine, j'espère

vous divertir par une nouvelle sorte de collection. C'est une horloge de fleurs que M. Sylvère m'a promis de me composer. Il y en a beaucoup qui ont une heure déterminée pour se fermer ou s'ouvrir. Quel plaisir de consulter des fleurs pour régler l'emploi de son temps ! L'asphodèle me donnera en s'ouvrant le signal de la prière du matin ; je viendrai consulter la grenadille pour m'occuper du repas du midi, et dans les grandes chaleurs, j'attendrai que la belle-de-nuit s'éveille pour commencer ma promenade. Mes fleurs me serviront encore à prévoir la pluie et le beau temps. Si le souci du cap de Bonne-Espérance n'est pas épanoui dès le matin, je n'enverrai point mes jeunes chevreaux au pâturage ; car c'est un signe qu'il pleuvra dans la journée. Je les laisserai au contraire errer librement à la suite de leur mère, si le laiteron de Sibérie ne s'est point ouvert après le coucher du soleil. Mais je ne m'aperçois pas que je tiens seule la parole depuis une heure ; cela est fort malhonnête, et je vous prie de m'excuser.

ADRIENNE. — Ah ! ma chère Félicie, n'ayez aucun regret ; nous avons trop de plaisir à vous entendre. Nous admirons comment, à votre âge, vous avez tant de raison et d'agrément dans la conversation. Au sein d'une position triste et pénible, vous avez su vous faire des amusements pleins de charmes.

— Vous ne me trouvez donc pas malheureuse ? demanda Félicie en souriant.

— Eh ! mais... je ne sais trop que vous dire, reprit Adrienne un peu embarrassée. Vous avez été plus heureuse ; la comparaison suffit pour décider du bien ou du mal. Vous êtes obligée de vous livrer à des travaux pour lesquels vous n'étiez pas née.

FÉLICIE. — Quoi ! parce que vous m'avez trouvée à traire mes chèvres !... Oh je vous assure que cela ne m'afflige en aucune façon. Il est vrai que si je fusse demeurée à Bayonne, j'aurais fait toute autre chose. Mais puisque ma mauvaise fortune m'y contraint, je m'en occupe avec plaisir. Ces pauvres animaux me rendent mes soins agréables par l'attachement dont ils les paient. Ils me connaissent, ils répondent à ma voix, et me saluent par leurs bêlements toutes les fois que j'entre dans leur étable. Un sentiment encore plus doux m'allége les occupations du ménage. Notre pauvre servante est si vieille ; elle a élevé mon enfance. N'est-il pas naturel que je la soulage à mon tour ?

L'idée qu'elle en vivra plus longtemps me rend joyeuse. La peine que prend ma mère est la seule chose qui me chagrine. Quand je songe aux privations qu'elle s'impose, je ne me trouve plus heureuse, et c'est sûrement à quoi vous pensiez. Non, je ne devrais pas être contente de mon sort par cette seule raison, et le peu de souci que je vous ai laissé voir est une preuve de mon enfantillage.

Cette dernière réflexion fit venir les larmes aux yeux à la pauvre Félicie. Adrienne l'embrassa tendrement.

— Ne vous faites aucun reproche, mon amie, lui dit-elle : quelle que soit la destinée de votre mère, je gagerais qu'elle ne se trouve point à plaindre avec une si bonne fille.

— Et vous gagneriez votre gageure, ma chère demoiselle, ajouta madame Clémence en s'avançant. Ma Félicie est pour moi une fortune beaucoup plus précieuse que celle que j'ai perdue. Tant qu'elle sera bonne et vertueuse, je rendrai grâce au ciel de ses décrets.

Félicie embrassa sa mère, qui la serra un instant dans ses bras.

— Ah ! Madame, s'écria Adrienne, quel regret nous éprouvons de demeurer si loin de vous ! Nous avons aussi la meilleure des mères ; elle verrait Félicie avec joie. Ce que nous lui dirons de vous et de votre aimable fille lui inspirera un vif désir de vous connaître l'une et l'autre. Si vous me promettiez de venir quelquefois à Coaraze, vous aimeriez aussi notre bonne mère et notre sœur Charlotte, qui a autant de goût que Félicie pour la culture des fleurs, et le petit Alexis, notre plus jeune frère, que nous chérissons si tendrement. Nous sommes beaucoup d'enfants dans la maison de notre père, et néanmoins l'absence d'un seul afflige tous les autres. Notre situation est plus conforme à la vôtre que vous ne le supposez peut-être. Notre père a éprouvé des pertes considérables, et, sans la bonté de notre aïeul, qui partage avec nous le reste de sa fortune, nous serions fort à plaindre. Voilà bien des motifs pour vous engager à former une douce liaison avec notre famille; mais que le plus grand do tous soit l'amitié que nous ressentons pour Félicie.

Enchantée de la franchise d'Adrienne, et touchée déjà de l'intéressant tableau qu'elle lui présentait de sa famille, madame Clémence lui laissa espérer que, malgré la distance qui les séparait, elle pourrait bien un jour conduire sa fille chez M. Léopold.

Quoiqu'il ne fût pas bien tard, Adrienne, encore effrayée des dangers du matin, avertit sa sœur qu'il était temps de se remettre en route. Madame Clémence, ne pouvant sortir de chez elle en ce moment, les fit accompagner par sa vieille servante et Félicie. Pendant que les deux sœurs prenaient congé de cette respectable dame, sa fille, qui s'était éloignée précipitamment, revint avec quelques petits paquets de papier qu'elle remit à Adrienne. C'étaient des graines de ses plus belles fleurs qu'elle la pria de donner à Charlotte, puisque cette dernière les aimait. Les trois jeunes filles s'éloignèrent lentement de la maison, à cause de la vieille servante, qui ne pouvait marcher vite. En passant au pied d'un coteau sur lequel un jeune berger faisait paître ses chèvres, Félicie en fit remarquer à ses compagnes quelques-unes qui lui appartenaient. Ce berger les gardait avec son propre troupeau, moyennant tous les jours quelques fromages que Félicie lui donnait.

Arrivées sur le bord de la route qui conduit à Baréges, les trois jeunes filles rencontrèrent une pauvre femme ayant une mandoline sur le dos. Ses vêtements annonçaient la plus profonde misère. Elle s'approcha des trois amies, et leur demanda si elles voulaient apprendre d'elle ce qui devait leur arriver dans tout le cours de leur vie.

— Et dans quel livre précieux verrez-vous cela? lui demanda Isabelle en souriant.

— Dans votre main, ma belle demoiselle, répliqua la pauvre femme.

— Vous êtes donc une Bohémienne? reprit Félicie.

— Fort à votre service, ma jolie enfant; je vous dirai à toutes les trois quel mari vous aurez par la suite.

— C'est de quoi nous ne sommes guère curieuses, répondit Isabelle; à notre âge, on ne prend point de souci là-dessus.

— Eh bien! ma noble jeune fille, reprit la Bohémienne, je vous annoncerai peut-être quelque héritage.

— Nous n'en voulons point, s'écria Adrienne. On n'hérite point sans perdre quelqu'un de ses parents, et nous les aimons tous beaucoup plus que leur fortune.

— Vous ne refuserez pas au moins de connaître quels sont vos ennemis, poursuivit la Bohémienne, le mal qu'ils ont intention de vous faire, et quel moyen vous devez prendre pour l'éviter.

— Est-ce que nous avons des ennemis? répliqua Félicie en riant.

— Sachez, mon enfant, continua l'étrangère d'un ton emphatique, que personne n'est à l'abri de la méchanceté

des hommes. Il n'y a point d'agneau qui n'ait un loup à
redouter.

— Tenez, madame la Bohémienne, reprit gaiement Isabelle, nous n'avons guère de foi aux prédictions ; et de plus,
quand il serait possible que nous eussions des ennemis, quand
vous auriez la puissance de nous les découvrir, nous refuse-
rions de les connaître.

— Vous ne voulez donc pas me faire gagner quelque
chose, mes bonnes demoiselles? reprit la Bohémienne en
soupirant.

— Oh ! de tout notre cœur! s'écrièrent-elles à la fois;
mais nous sommes sans argent; que pouvons-nous vous
donner?

— Faites-moi l'aumône d'un mouchoir, si vous en avez,
pour que je le mette sur mon cou à la place du mien qui
tombe en lambeaux, et je vous chanterai la chanson du berger d'Anticyre.

Adrienne tira de son sac à ouvrage un petit mouchoir de
soie qu'elle avait pris par précaution et le donna à la Bohémienne.

— Je vous remercie, ma belle demoiselle, reprit la pauvre
femme. Souhaitez-vous d'entendre ma chanson? Je vous
avertis que vous n'en aurez jamais écouté de plus jolie.

Les jeunes filles se consultèrent un moment. Le soleil
était encore sur l'horizon ; on voyait de là le faîte de la maison de M. Sylvère ; la vieille servante aurait le temps de se
reposer. Il fut décidé qu'on écouterait la chanson. On se plaça
sur l'herbe, à quelques pas du grand chemin, et la Bohémienne, ayant accordé sa mandoline, commença la chanson
du berger d'Anticyre, qui voulait être vertueux sans qu'il lui
en coûtât aucun effort.

La chanson finie, les jeunes filles furent très-surprises de
ce qu'une pareille allégorie se trouvât dans la bouche de

cette pauvre femme. Après avoir loué sa chanson, Adrienne lui demanda de qui elle l'avait apprise. La Bohémienne répondit :

— D'un vieux seigneur polonais qui l'avait composée lui-même, ma belle demoiselle. Ma mère, qui faisait le même métier que moi, fut reçue dans le château de ce seigneur, où elle me mit au monde. Il voulut être mon parrain, et m'éleva pendant plusieurs années.

— Pourquoi n'êtes-vous plus avec lui ? demanda Félicie ; aurait-il cessé de vivre ?

La Bohémienne soupira et parut troublée. Au lieu de répondre à la question de Félicie, elle fit remarquer qu'il commençait à se faire tard, et, saluant les trois jeunes filles :

— Je suis bien aise, leur dit-elle, que vous ayez été contentes de ma chanson.

— Nous en sommes si satisfaites, répliqua Isabelle, que voici un petit anneau d'or que je vous prie d'accepter au nom de nous trois.

— Dieu vous bénisse, mes nobles demoiselles ! reprit la Bohémienne ; je vous souhaite toutes sortes de prospérités.

Ayant ainsi parlé, elle passa autour de son cou le vieux ruban qui attachait sa mandoline, et poursuivit son chemin.

— J'imagine que l'histoire de cette Bohémienne doit être bien intéressante, dit Adrienne aussitôt qu'elle fut partie. Avez-vous remarqué le trouble dans lequel l'a jetée la question de Félicie, et comme elle nous a quittées ensuite brusquement ?

— C'est à quoi je pensais, répondit Isabelle.

— Et moi aussi, ajouta Félicie.

Quelqu'un qui les appelait à haute voix ayant fait détourner la tête aux deux sœurs, elles aperçurent Casimir et Hippolyte qui venaient au-devant d'elles. Félicie se sépara alors de ses nouvelles amies, et s'en retourna chez elle avec sa vieille servante.

XIV. — L'Ignorance. — Les Ours. — Le Voyage projeté.

Une de ces belles soirées d'été, dont on ne se lasse point de jouir, avait succédé aux brûlantes ardeurs du jour. Un vent frais qui s'était levé après la disparition du soleil, parcourait les vallons et les gorges des montagnes encore embrasées, et formait, en se jouant dans le feuillage, un murmure doux et agréable. Une mystérieuse obscurité se répandait sur la terre, tandis que le ciel présentait à son tour un spectacle magnifique. Une large zone d'un rouge enflammé, mais dont la teinte s'adoucissait à mesure qu'elle s'éloignait du coucher du soleil, embrasait une moitié de l'horizon, dont la nuit sombre enveloppait déjà l'autre moitié. A l'occident, une multitude de petits nuages, encore frappés des derniers rayons du soleil, présentaient comme des vagues d'or dans un océan de lumière. D'autres, plus obscurs et placés à des distances graduées, imitaient d'énormes rochers bordés de pourpre ou des phares éclairés d'une lampe à leur sommet. Quelques étoiles diligentes perçaient de leur brillante lumière la lumière expirante du jour, et la lune, à peine à la moitié de sa course, essayait déjà de dessiner en fuyant l'ombre des bois et des cabanes.

M. Sylvère et ses hôtes allèrent se promener dans la prairie, pour mieux jouir des charmes de cette belle soirée. Pendant que leurs parents marchaient le long des rives de l'Adour, en s'entretenant de sujets graves, les jeunes gens, assis en cercle sur le gazon, se rendaient compte mutuellement des plaisirs de leur journée. Les deux sœurs avaient déjà parlé, pendant le souper, de l'aimable caractère de

Félicie, de la générosité de son cœur, du charme qu'elle savait mêler à ses occupations ; maintenant elles tâchaient de se ressouvenir de la chanson allégorique de la bohémienne. Casimir, prenant la parole à son tour :

— Je crois, leur dit-il, mes sœurs, que votre temps s'est passé d'une manière fort agréable ; mais je puis vous assurer que j'ai eu pour le moins autant de plaisir que vous. J'ai fait aussi une nouvelle connaissance ; c'est le neveu du curé de Campan, que M. Sylvère nous a menés visiter cet après-dîner. Figurez-vous un garçon plus grand que moi et un peu plus âgé, je pense, l'air étourdi, riant à chaque mot qu'il profère, familier au point de nous avoir tutoyés, quoiqu'il nous ait vus aujourd'hui pour la première fois, et vous aurez une idée assez juste de M. Gordian, le neveu du curé.

— Voilà une peinture à la façon de Casimir, et qui me donne tout-à-fait envie de connaître M. Gordian, dit gaiement Isabelle.

— Oh ! ce n'est là qu'une ébauche, reprit Casimir. Je ne vous parle ni du désordre de sa chevelure, ni de ses bas roulés autour de ses jambes, ni de la manière dont il estropie tous les mots, n'observant entre eux aucune des liaisons usitées, et créant à tout propos des termes que jamais d'autre bouche que la sienne n'a prononcés.

ADRIENNE. — D'après ce que j'entends, il est facile de deviner que la malice a fait tous les frais de ton amusement.

CASIMIR. — Écoute-moi seulement, et tu verras si c'est à tort. Arrivés à Campan sur les deux heures, nous avons trouvé notre docteur assis dans sa cour, au pied d'une treille, qui lui donnait sans doute de l'ombre lorsqu'il s'y était placé, mais dont le soleil s'était emparé, de manière que le curé se trouvait entièrement exposé à ses rayons. Ce bon vieillard feuilletait avec tant d'attention un gros livre écrit en langue syriaque, que la sueur lui couvrait le visage sans qu'il s'en aperçût. Il se leva à notre approche de l'air le plus aimable et nous conduisit dans une petite salle meublée à l'antique, où se trouvait M. Gordian. Celui-ci, moins studieux que son oncle, dormait sur un livre ouvert, la bouche béante, et ronflant comme le cyclope Polyphème. Son oncle lui ayant frappé doucement sur l'épaule pour le réveiller, Gordian a ouvert de grands yeux, et s'est mis sottement à rire. Puis, donnant un grand coup de pied à son livre, il a dit que c'était ce *maudit savant* qui l'avait endormi.

HIPPOLYTE. — Si Casimir continue de la sorte, vous pouvez dire, mes sœurs, être venues à Campan, car il n'omet pas une syllabe.

ISABELLE. — Laisse-le faire, Hippolyte ; ce début promet.

CASIMIR. — Pendant que nous mangions d'excellentes pêches, mon père s'est mis à louer la beauté de ces fruits, ce qui a donné occasion au curé de nous apprendre qu'ils sont originaires de la Perse, et qu'il y en a quinze espèces d'une qualité supérieure. Il a nommé ces quinze espèces dans le plus grand détail, et nous a fait voir un pêcher nain qu'il élève dans un vase pour le servir ainsi sur la table lorsqu'il sera couvert de ses fruits ; non que ces derniers soient jamais d'un goût agréable, mais uniquement pour le plaisir des yeux. De là il a passé aux différentes greffes qu'on emploie, à la taille, à la manière de préserver l'arbre des gelées. Il a dit que le pêcher était sujet à une maladie nommée la *cloque*, dans laquelle les feuilles se crispent et se colorent de jaune et de rouge ; qu'il fallait couper soigneusement les branches qui en sont attaquées ; enfin il s'est étendu à loisir sur tout ce qui concerne le pêcher, et nous l'écoutions avec plaisir, lorsque Gordian s'est penché vers nous, en disant à demi-voix :

— Que faites-vous là, vous autres? Ne voulez-vous pas venir voir mon hibou?

— Comme il vous plaira, lui a répondu Hippolyte.

Nous l'avons suivi dans la cour, où il nous a montré dans un trou le vilain oiseau de nuit qu'il élève. Pendant que nous l'examinions attentivement, Gordian a repris la parole :

— Avouez, nous a-t-il dit, que je vous ai rendu un grand service, en vous donnant l'occasion de sortir de l'appartement.

— Pourquoi cela? lui ai-je demandé.

— Pourquoi? Voilà une belle question! Ne t'ennuyais-tu pas de toutes ces histoires de greffes, de tailles et de cloque, que mon oncle racontait depuis une heure.

— J'y prenais, au contraire, beaucoup de plaisir. J'ignorais ces détails relatifs à un arbre que je vois tous les jours, et dont je mange les fruits avec délices.

— Oh! pour cela, j'en suis. J'aime bien les pêches; mais je ne me soucie point de savoir comment on les fait venir.

— Cependant vous êtes avec un oncle fort instruit. Sa conversation attache, malgré l'idée qu'on en ait; et, sans étudier, vous pourriez, par ce moyen, apprendre beaucoup de choses.

— Mon oncle! Si je voulais l'écouter, je serais plus savant que le roi.

— Le roi est-il un savant? demanda Hippolyte.

— Je n'en sais rien, a répondu Gordian. Le roi ou un autre, cela m'est égal.

— Je vois que vous n'aimez point l'étude, ai-je répliqué en riant.

— Est-ce que vous l'aimez, vous autres? a continué Gordian.

— Eh! mais, pas autant que nous le devrions. Nous lui

préférons souvent les jeux et la promenade. Néanmoins nous prenons plaisir dans la société des hommes instruits, et la lecture nous fait passer des heures agréables.

— La lecture ! ah ! bon Dieu ! qu'est-ce que vous me dites là. Il me semble que je suis mort quand on me met un livre entre les mains. La couverture seulement me fait mal à la tête.

— C'est pousser loin l'aversion, a dit en riant Hippolyte ; mais, si vous ne lisez pas, si vous n'écoutez pas ceux qui savent quelque chose, vous n'apprendrez jamais rien.

— Le beau malheur ! s'est-il écrié ; en vivrai-je moins vieux pour cela ?

— Vous en vivrez peut-être plus mal. On nous fait étudier dans notre jeunesse, pour que nous puissions par la suite embrasser un état qui nous donne les moyens de vivre avec honneur.

— Mon oncle a du bien ; je ne m'inquiète pas de cela.

— Le bien qu'on possède ne répond pas toujours au bien qu'on aura. Est-il quelqu'un à l'abri d'un revers de fortune ? On en voit mille exemples, depuis le citoyen le plus obscur jusqu'à Denis le tyran, qui a été maître d'école à Syracuse.

— Ah ! ah ! tu le connais donc ?

— J'en ai entendu parler comme tout le monde.

— Oh bien ! je t'avertis que tu te trompes. Ce n'est point Syracuse, c'est à Saint-Jean-de-Luz qu'il a été maître d'école.

— Vous vous trompez vous-même : Denis...

— Je le connais mieux que toi, puisque son fils m'a dé niché des merles ce matin.

A ces mots, Adrienne et Isabelle se prirent à rire de si bon cœur, que leurs parents y firent attention.

— Je gage, dit M. Sylvère en passant à côté d'elles, que

vous vous amusez aux dépens de ce pauvre Gordian ? Il faut
convenir que son ignorance volontaire mérite bien cette humiliation ; et j'imagine qu'il l'éprouvera bien souvent, s'il
continue à ne vouloir rien apprendre.

Casimir fut quelque temps sans pouvoir reprendre son récit, parce que ses sœurs recommençaient à rire aussitôt qu'il
ouvrait la bouche. Enfin, profitant d'un moment de calme,
il continua de la sorte :

— Ce quiproquo ne nous a pas paru moins plaisant qu'à
vous, et nous en avons ri d'aussi bon cœur que vous le faites.
Ce qui redoublait notre gaieté, c'est que Gordian riait encore plus fort que nous, sans savoir pourquoi. Ce Denis dont
il nous parlait est un barbier de Campan qui a été maître
d'école à Saint-Jean-de-Luz, d'où, n'ayant pas eu sans doute
beaucoup de succès, il est revenu dans son village. Nous lui
apprîmes de notre côté que le Denis de Syracuse était un roi
qui, ayant abusé de sa puissance, fut détrôné par un général
corinthien nommé Timoléon, et qui ouvrit ensuite une école
où il enseignait publiquement au milieu de sa propre capitale.

— Permets-moi de te dire, mon cher Casimir, interrompit Adrienne, que ta mémoire se trouve un peu en défaut.
C'est à Corinthe, et non pas à Syracuse, que Denis tenait
son école. Si Gordian eût été moins ignorant, il en aurait fait
l'observation ; mais sûrement il ne s'en doutait pas.

CASIMIR. — Non-seulement il n'en savait rien, mais il
ne sait rien encore de tout ce que j'ai pu lui dire. Autant
aurait valu parler à son hibou. Il sifflait et ne nous écoutait
pas. Hippolyte, qui prenait grand plaisir à le faire jaser, lui
a demandé à quoi il passait son temps.

— Moi, dit Gordian, je dors quand mon oncle me donne
quelque chose à étudier ; je joue quand il ne me voit pas, et
je mange aussi souvent que je peux

— Admirable façon de s'occuper, ai-je repris à mon tour ; mais cela vous empêche-t-il de vous ennuyer ?

— Pas toujours. Quelquefois je ne sais que faire ; la journée me semble longue, et tous les jeux insipides.

— Je le crois bien. A quelles sortes de jeux vous livrez-vous ?

— Aux quilles, à la boule, au petit palet. D'autres fois je me divertis à jeter de l'eau sur ceux qui passent, à faire peur aux petites filles qui sortent de l'école, ou à mettre un sabot à la queue d'un chien. D'autres fois encore, je m'étends sur le banc qui est auprès de la porte, et je reste là à regarder ce qui se passe dans la rue.

— Tout cela me paraît fort divertissant ; mais il me semble qu'il doit y avoir quelques inconvénients à ces sortes de plaisirs. J'imagine que les passants que vous arrosez ne manquent pas de vous dire des choses fort désagréables ; que les mères des petites filles viennent se plaindre à votre oncle, et que le pauvre chien que vous tourmentez vous donne, quand il le peut, de bons coups de dents. Si vous aimiez tant soit peu le travail, vous n'auriez pas besoin de vous livrer à ces malices pour abréger le temps.

— Votre serviteur ! je ne l'aime point ni ne veux l'aimer. Il m'en coûte beaucoup moins de répandre un verre d'eau que de lire une page.

— Et que dit votre oncle de cette grande répugnance pour l'étude ?

— Mon oncle espère que le goût m'en viendra ; mais moi je promets bien tout bas le contraire.

— Vous n'aimez donc pas les histoires ?

— Si fait. La servante m'en raconte qui me plaisent infiniment. Les aventures de *Pierre le Sot*, de *la Demoiselle aux pieds d'argent*, de *l'Arbre qui parle et qui voyage*, me tiendraient éveillé toute la nuit.

— Je suis persuadé que votre oncle en sait de bien plus intéressantes.

— Point du tout; il en revient toujours à ses Grecs et à ses Latins. S'il me parle d'une rivière, il faut absolument qu'il m'apprenne où elle *prend son embouchure;* s'il me nomme une ville, c'est la même chose; et je n'entends jamais que de la science qui m'ennuie.

Hippolyte ouvrait la bouche pour lui dire qu'une rivière ne prend point son embouchure, mais qu'elle prend sa source et a son embouchure en tel ou tel endroit. Je lui fis signe de ne pas se donner cette peine, dont l'habile Gordian n'aurait tenu aucun compte. On nous rappela en ce moment. Nous prîmes congé du curé et de son neveu, et nous revînmes au logis tout émerveillés de notre nouvelle connaissance.

Le récit de Casimir amusa infiniment les demoiselles, qui s'entretinrent longtemps de Gordian en répétant ses paroles avec de grands éclats de rire. Pendant ce temps-là, M. Albert racontait à M. Sylvère qu'en voyageant sur la mer de Kamschatka, il avait vu une espèce de phoque, appelé aussi ours marin, et qui offre dans son histoire des particularités fort remarquables. Ces animaux, réunis en société comme les hommes, forment entre eux des familles de plus de cent individus, tous soumis à un chef, et qui ne se mêlent jamais avec les autres familles. Si, d'un côté, la soumission est sans bornes, de l'autre, les pères marquent la plus vive tendresse à leurs femmes et à leurs enfants, jusqu'à répandre des larmes lorsqu'on en tue quelqu'un. Parmi ces citoyens, le courage est en honneur et la lâcheté punie de mort; ils se jettent sans pitié sur tous ceux qui paraissent vouloir prendre la fuite dans un combat. Si deux chefs s'attaquent, la famille du vaincu est ajoutée à celle du vainqueur; mais si les forces sont inégales, l'opprimé trouve une foule de défenseurs dans les autres ours marins, qui regardent ordinairement ces querelles sans s'en mêler. Violents et emportés entre eux, ils ne sont point féroces à l'égard des hommes, qu'ils n'attaquent jamais. Cependant si on les blesse ou les insulte, leur intrépidité extraordinaire les rend fort dangereux. Ils voyagent pendant deux mois dans les mers méridionales, et passent le reste de l'année dans celles du nord. Ce sont là, sans doute, ces immenses troupeaux du vieux Protée dont nous parle Virgile, et que le devin menait paître le long des rivages de la mer, à l'ombre des écueils.

Les jeunes gens s'étaient rapprochés de M. Albert pour écouter ces détails. Lorsqu'il eut cessé de parler, Isabelle, se souvenant de leur petite discussion du matin au sujet des mœurs de l'ours, en proposa la décision à M. Sylvère.

— Vous aviez raison toutes les deux, répondit le savant vieillard; il y a plusieurs espèces d'ours, qui ont des mœurs différentes. Ce que vous avez lu, Isabelle, regardait l'ours noir des pays septentrionaux. Quoique plus grand que les autres, il est farouche sans être féroce, et refuse de manger de la chair. Le lait et le miel sont ses mets favoris. L'ours brun, qui habite différentes températures, et qui est aussi celui des Pyrénées, est réellement féroce, et souvent carnassier. Il paraît cependant qu'il ne l'est que lorsque la nécessité l'y contraint; car il mange toute espèce de fruits avec plaisir; mais, dans l'hiver, lorsque, après avoir jeûné longtemps, il sort de son antre, pressé par le besoin de manger, il se jette sur les troupeaux, sur les cadavres, et ne serait pas dans ce moment une rencontre fort agréable. On prétend bien qu'il n'attaque jamais le premier, mais il est certain aussi que la présence de l'homme ne le met point en fuite, et que lorsqu'il le rencontre, il ne se détourne point de son chemin. Au reste, ajouta M. Sylvère, il faut que vous sachiez que les ours ont beaucoup de respect pour les femmes. On dit

.1

qu'ils les laissent passer près d'eux sans les insulter, et que les ours du Kamschatka les suivent lorsqu'elles cueillent des fruits sauvages, sans leur faire d'autre mal que de leur dérober quelques-uns de ces fruits.

— Pour moi, répliqua Adrienne, je ne me fierais point à leur politesse.

M. SYLVÈRE. — Il ne sont guère dangereux dans cette saison, où ils trouvent abondamment de la nourriture. Ils deviennent même assez rares dans nos montagnes, au moins dans les lieux habités. C'est un animal triste et ami de la solitude.

M. LÉOPOLD. — J'ai connu un Irlandais qui m'a assuré que dans son pays on le chasse par le moyen d'un gant qu'on lui jette. L'ours le ramasse, et pendant qu'il s'amuse à en retourner tous les doigts, ce qu'il ne manque jamais de faire, le chasseur lui tire son coup de fusil.

M. SYLVÈRE. — De quelque manière qu'elle se fasse, cette chasse est toujours périlleuse. Il y a quelques années qu'un seigneur espagnol, qui était venu prendre les eaux à Barèges, voulut se donner le plaisir de chasser l'ours. Il invita du monde. Je m'y trouvais. L'animal fut attaqué près de l'amphithéâtre de Gavarnie. Je ne puis songer encore sans effroi à la fureur de l'ours blessé. Il faisait avec ses dents un bruit horrible, et se précipita sur l'Espagnol pour le dévorer. Celui-ci l'évita en montant sur un arbre : l'ours intrépide l'y suivit. Nous courions au secours du chasseur, lorsqu'il nous cria de ne pas remuer et d'être sans inquiétude. Nous regardions avec terreur l'animal furieux s'approcher de son adversaire. Celui-ci, sans paraître ému, tira un coutelas, et en coupa adroitement à l'ours les deux pattes de devant. L'ours tomba, et l'Espagnol ayant rechargé son fusil, l'étendit mort sur la place.

— L'amphithéâtre de Gavarnie est peut-être un édifice

consacré à ces sortes de combats? demanda Hippolyte, qui ouvrait rarement la bouche.

— Il n'est consacré à rien, répliqua M. Sylvère; c'est un espace immense entre les montagnes, un amphithéâtre naturel. Il y en a beaucoup dans les Pyrénées, où on les appelle des oules. L'oule de Héas est la plus magnifique. Des deux chaînes de montagnes qui l'embrassent en forme de croissant, l'une est terminée par deux rochers saillants semblables à deux bastions qui se détachent par leur blancheur des murailles rembrunies ; l'autre est une roche nue que surmonte une espèce de tour naturelle et tronquée, nommée la tour des Aiguillons. Des glaces éternelles, des aiguilles qui se perdent dans les nues, de profondes déchirures à travers lesquelles s'échappent sans cesse des torrents gonflés par les neiges, sont les objets imposants qu'offre le mont de Troumousse, où se réunissent les deux pointes du croissant. Trois millions d'hommes ne rempliraient pas cette arène magnifique, et dix millions seraient à l'aise sur son amphithéâtre. Les murs n'ont nulle part moins de deux mille quatre cents pieds d'élévation. Ce cirque, qui a deux lieues d'étendue, se trouve à la crête des Pyrénées ; il est couvert de verdure et de fleurs, et d'innombrables troupeaux y paissent tous les jours.

— C'est là sans doute ce que vous m'aviez promis de me faire voir, Monsieur, dit Isabelle en rougissant, lorsque vous me parliez à Coaraze de ces sites extraordinaires dont je suis si curieuse. Vous ne vous en souvenez plus.

— Je conçois fort bien votre petit reproche, répliqua M. Sylvère, et, pour faire en sorte de ne plus le mériter, je vous conduirai à l'amphithéâtre de Gavarnie, si toutefois vous vous en sentez le courage et la force ; car je vous avertis que la route est pénible et difficile.

— Je suis toute décidée, répondit Isabelle avec joie. Quand

il me faudrait grimper le long des rochers avec des câbles, comme font quelques montagnards pour cultiver les champs escarpés, je ne vous suivrai pas moins partout où vous voudrez me conduire.

— Voilà qui est bien, répondit M. Sylvère; si votre famille y est disposée, nous partirons dès demain matin, à la petite pointe du jour.

M. Léopold et M. Albert ayant accepté cette proposition, le voyage fut ainsi résolu, et l'on se sépara pour profiter du reste de la nuit en se livrant au sommeil.

Cependant Adrienne était devenue toute triste. Loin de se faire, comme Isabelle, une fête de la journée du lendemain, le courage que M. Sylvère avait recommandé d'avoir la glaçait déjà de terreur. Elle se peignait mille dangers dont la plupart n'étaient pas imaginaires. L'ours y entrait aussi pour quelque chose. Tourmentée par ces diverses pensées, elle eut beaucoup de peine à s'endormir.

XV. — Le Voyage à Gavarnie. — L'Ermite de la chapelle.

Isabelle s'éveilla la première, et son premier soin fut de réveiller aussi Adrienne. Celle-ci eut à peine ouvert les yeux, qu'elle retrouva bientôt ses dispositions de la veille, et, se tenant tristement assise sur son lit, elle ne se pressait point de s'habiller. Isabelle devina ses craintes et lui proposa de rester.

— Tu te feras conduire chez madame Clémence, lui dit-elle, et tu passeras la journée avec Félicie

Cette proposition, plus conforme à son humeur, pensa tenter Adrienne. Elle y réfléchit quelques moments, et, la rejetant ensuite :

— Non, dit-elle, je n'irai point chez Félicie. Pendant que

je serais là en sûreté, vous courriez peut-être de grands dangers ; cette idée me poursuivrait et me rendrait malheureuse. J'aime encore mieux vous accompagner ; quel que soit votre sort, je serai là pour vous secourir ou pour m'exposer avec vous.

— Généreuse Adrienne, reprit Isabelle en l'embrassant, sois sans inquiétude ; il ne nous arrivera, je l'espère, que d'agréables aventures dont tu seras ravie d'avoir été témoin. Nos parents et M. Sylvère sont trop prudents pour nous exposer à des périls au-dessus de nos forces. Un peu de fatigue, quelques mauvais repas qui nous feront rire, quelques ruisseaux qu'il nous faudra peut-être traverser, voilà, j'imagine, les plus terribles accidents qui nous menacent. En t'engageant à demeurer ici, je ne songeais qu'à m'accommoder à tes désirs ; mais si tu viens avec nous, je serai bien plus satisfaite.

Les paroles d'Isabelle firent sur l'esprit d'Adrienne leur effet ordinaire. Elle se rassura, se mit à sourire, et les deux sœurs s'habillèrent promptement.

Le soleil ne faisait que de paraître sur l'horizon, lorsque les voyageurs, montés sur leurs mules, quittèrent la maison de M. Sylvère. De jolies chaumières, bâties sur le penchant des montagnes, et ayant chacune son bouquet de bois, l'Adour promenant ses eaux claires entre les saules et les prairies, multipliaient sur la route une foule de petits tableaux pleins de grâce et de fraîcheur. Ce riant paysage se prolongea jusqu'à la vallée de Bastan ; là, un horrible désert se montra seul aux regards des voyageurs ; plus de cabanes, plus de verdure. L'Adour avait porté ailleurs ses ondes délicieuses.

Le seul torrent du Bastan roulait ses eaux furieuses entre des débris de roches nues et déchiquetées. Des sapins déracinés et flétris, des pierres énormes entraînées par le torrent et abandonnées sur ses rivages, des montagnes dont les cimes gigantesques répandaient, en se courbant en voûte sur le chemin, leurs ombres effrayantes : tels furent les objets terribles et imposants qui accompagnèrent les voyageurs, que des éboulements récents obligeaient souvent à descendre de dessus leurs mules. Ils arrivèrent enfin à Barèges-les-Bains, très-fatigués et mourant de faim. Quelques heures de repos et un repas copieux leur rendirent assez de forces pour visiter le lieu où ils se trouvaient. Le torrent du Bastan était encore là ; mais, dans ses horribles ravages, il s'est écarté de sa route, et non loin de celui qu'il occupe on retrouve son ancien lit, dans l'emplacement des bains. Soixante maisons, situées dans un ravin, au pied d'une montagne qui s'élève perpendiculairement à la hauteur de plus de quatre cents pieds, forment le village de Barèges. Depuis le mois d'octobre jusqu'au mois de mai il est enseveli sous la neige, et confié à la garde d'un seul berger. Les bains se prennent dans de petits caveaux voûtés, sombres et noirs. Quelques personnes pâles et chancelantes, qui étaient venues chercher dans ces fontaines salutaires la fin de leurs souffrances, se promenaient aux environs. M. Sylvère fit remarquer à Adrienne sur un petit plateau au nord, un peu au-dessous de Barèges, une vingtaine de chaumières entrecoupées d'arbres, et formant ensemble un paysage délicieux. Sur ce même plateau, il n'y avait autrefois qu'une seule chaumière, que madame de Maintenon, alors veuve Scarron, avait habitée quelque temps.

Le reste de la journée s'étant passé en promenades, nos voyageurs soupèrent avec quelques étrangers qui prenaient les eaux.

M. Sylvère et ses amis n'attendirent point la fin du souper pour se retirer. Fatigués de leur voyage, qu'ils devaient continuer le lendemain, ils allèrent se livrer à un repos qui leur était si nécessaire.

Les buveurs et les baigneurs dormaient encore, quand
notre famille se remit en route accompagnée de quatre bons
guides. Le pays présentait encore un aspect plus affreux que
celui de la veille, et le chemin se rétrécissait d'une manière
effrayante. Près du pont de l'Enfer, il était tout-à-fait sus-
pendu sur un abîme dont on n'osait mesurer la profondeur.
Le village de Bircos, incliné sur un précipice, était le seul
qu'ils eussent rencontré; et, à l'exception de quelques
troupes d'Aragonnais armés de gros mousquets et chargés
de rosaires, ils ne trouvaient personne dans ces lieux dé-
solés.

Cauterets, placé dans un vallon charmant et solitaire, vint
s'offrir enfin aux regards des voyageurs. On s'y arrêta pour
déjeuner. Il y avait encore là des buveurs d'eau minérale,
mais en plus petite quantité qu'à Barèges. L'un des guides,
qui était de Cauterets, montra aux voyageurs la fontaine du
Roi, ainsi nommée de ce qu'Arbaca, le premier roi d'Aragon,
y avait recouvré la santé, et la fontaine de la reine Margue-
rite, sœur de François 1er, dont quelques sentiers périlleux,
qui y conduisent, portent aussi le nom.

Dans une gorge étroite et ombragée, voisine de Cauterets,
Adrienne aperçut des gens occupés à construire de petites
cabanes de feuillage à la cime de trois perches réunies et
extrêmement élevées. Elle demanda au guide de Cauterets à
quel dessein on élevait ces cabanes.

— C'est pour chasser les palombes ou ramiers, lui répondit-il; ces oiseaux arrivent en foule, à la chute des feuilles,
du côté de l'Espagne. Tout le long de la gorge on aura élevé
alors des cabanes semblables à celle que vous voyez. On
étendra aussi un grand filet entre ces arbres à l'extrémité de
la gorge. Quand les oiseaux paraîtront, un homme, caché
dans chaque cabane, leur jettera une palette de bois blan-
chie ou une flèche garnie de plumes. Les palombes, croyant

que c'est un oiseau de proie, abaisseront leur vol vers la terre. De cabane en cabane, ainsi épouvantées, elles se laisseront conduire sous le filet, qu'on fera retomber aussitôt par le moyen des poulies. On prend souvent de cette manière plus de cent ramiers à la fois.

Adrienne remercia le guide, et regarda les cabanes avec un peu de tristesse ; elle plaignait le sort de ces pauvres oiseaux, à qui l'on préparait un accueil si peu favorable.

Il y avait déjà longtemps que M. Sylvère avait montré à ses amis la montagne de Gavarnie, qui paraissait dans le lointain, lorsqu'ils parvinrent à un lieu fort extraordinaire, appelé le Chaos. Ce nom peint parfaitement le désordre qui y règne. On dirait qu'un grand bouleversement de la nature vient de jeter au hasard, les uns sur les autres, d'énormes quartiers de rochers, des montagnes entières : et personne ne se souvient de cette époque. De quelque côté que les regards se promènent, ils ne rencontrent que des sujets d'étonnement. Sur la terre, les débris des montagnes; et quels débris que ceux des Pyrénées! Dans les airs, les tours de Marboré, le Pic-Blanc, la Brèche de Roland, la Neige-Vieille, la Vigne-Mâle, sommets glacés et inaccessibles du côté de la France, varient de hauteur, de forme et d'étendue. L'amphithéâtre de Gavarnie est tout près de là. Son arène est couverte de neige dans les plus grandes chaleurs. Le Gave s'est frayé une route sous cette neige, qui, en se gelant, est devenue un pont solide. Enfant des glaciers éternels, ce même torrent sort du lac du Mont-Perdu, se précipite du haut des rochers de plus de trois cents pieds d'élévation, et retombe, en sept cascades, dans l'enceinte de Gavarnie. J'ai tort de dire qu'il retombe; un vent léger le soutient dans les airs, et au lieu de cascades, il forme sept voiles transparentes que le soleil peint souvent des couleurs de l'arc-en-ciel. A la place de l'énorme masse d'eau qu'elle s'attend à recevoir, la terre n'est arrosée que par une pluie douce et légère ; mais bientôt le torrent dispersé se réunit, retrouve ses forces et roule avec fracas sous la neige et parmi les rochers. De chute en chute, il arrive enfin aux bains de Saint-Sauveur. Là, plus calme et plus paisible, semblable à un homme dont les revers ont corrigé l'humeur fougueuse, il coule entre les frênes et les tilleuls dont ses bords sont ombragés.

Les voyageurs, arrivés au terme de leur course pénible, n'en regrettaient point les fatigues. Le spectacle admirable qu'ils avaient sous les yeux les en dédommageait amplement. M. Sylvère les mena voir une caverne de glace adossée au mur du cirque. Sa large ouverture leur permit de jeter un coup d'œil dans son intérieur vaste et d'une profonde obscurité ; mais il eût été imprudent d'y pénétrer dans une saison où ces masses de glaces, insensiblement amollies, sont sujettes à s'écrouler subitement. La caverne avait trop de profondeur pour qu'on pût en distinguer le fond. Il en sortait un bruit confus semblable à celui que produit une chute d'eau ; on supposa qu'elle provenait du torrent, qui, après avoir traversé la caverne, s'échappait, en bouillonnant, par son immense ouverture.

Tandis qu'on admirait mille objets plus surprenants les uns que les autres, et mille perspectives qu'il est impossible de décrire, les heures amenaient à leur suite un orage dont on ne s'aperçut qu'en entendant gronder la foudre. Les guides, occupés à manger sur le bord d'un précipice, n'y avaient pas fait plus d'attention que les autres ; mais au bruit du tonnerre, ils se levèrent avec effroi. M. Sylvère pâlit ; M. Léopold jeta sur sa famille un regard inquiet et douloureux. Moins instruit des dangers qui les menaçaient, M. Albert ressentait aussi moins de crainte, et, à l'exception d'Adrienne, ses enfants n'en eussent éprouvé aucune, sans la consternation qu'ils découvrirent sur le visage de ceux qui les entouraient. Une chaleur étouffante se faisait sentir jusque dans ces lieux couverts de neige. Pas une maison pour recevoir les voyageurs ; les villages de Gèdres et de Pragnères étaient trop éloignés, pour qu'on eût le temps de s'y rendre. Le vent apportait avec violence des nuages effrayants, bientôt ils se déchirèrent et versèrent des flots de pluie, qui, en fondant rapidement des neiges, formaient d'autres torrents dont les vagues se précipitaient de toutes parts avec un mugissement épouvantable. Des arbres, vieux enfants de ces rochers, les rochers eux-mêmes, suivaient ces eaux furieuses et écumantes. Un nuage de feuilles, de neige et de pluie obscurcissait le ciel déchiré en tous sens par des éclairs, et ébranlé par le fracas continuel de la foudre.

Les malheureux voyageurs, retirés à l'abri d'une caverne qui pouvait à chaque instant les écraser par sa chute, contemplaient avec effroi ce désordre de tous les éléments. Un morne silence régnait au milieu d'eux. M. Albert et M. Léopold tenaient entre leurs bras leurs enfants alarmés, mais qui regardaient néanmoins avec admiration un spectacle si extraordinaire. Pour Adrienne, pâle, tremblante, appuyée sur le bras de son père, elle cachait son visage dans son sein, et priait Dieu de consoler sa mère de leur perte ; car il lui semblait impossible d'échapper à de pareils dangers. Tout-à-coup un éclair illumine toute la caverne ; le coup presque aussi prompt déchire la nue ; la foudre est tombée : elle a frappé un rocher sur lequel le temps en avait entassé d'autres. L'édifice s'écroule avec un lugubre fracas et va former de ses décombres un nouveau *chaos* qui sera l'effroi des voyageurs. Ce moment fatal sembla devoir être le dernier des infortunés réunis dans la caverne ; des cris douloureux leur échappèrent et se perdirent parmi l'horrible bruit des rochers bouleversés. Ce fut le dernier trait de fureur que lança l'orage. Satisfait de sa puissance, il reploya lentement ses nuages, changea ses torrents de pluie en rosée, et ses affreux rugissements en une voix lente et majestueuse. De loin en loin des éclairs perçaient encore la nue : mais leurs feux moins étincelants avaient cessé de menacer les hommes, et n'offraient plus qu'un beau spectacle à leurs regards encore épouvantés.

A peine M. Albert fut-il un peu remis de sa frayeur, qu'il s'aperçut qu'Adrienne était évanouie. On essaya vainement de la ranimer, en lui jetant de l'eau au visage. Son père la soutenait entre ses bras; M. Léopold cherchait à réchauffer ses mains dans les siennes ; Isabelle la délaçait; Hippolyte et Casimir pleuraient autour d'elle. Pendant ce temps, M. Sylvère et les guides s'occupaient à rassembler les mules, qui s'étaient écartées pendant l'orage. Ils en trouvèrent deux écrasées par des éclats de rochers. En entrant dans la caverne, M. Sylvère dit qu'on entendait la petite cloche d'une chapelle bâtie dans le chemin de Héas, et qui ne devait pas être fort éloignée. Un de ses guides se proposa de les y conduire. On mit beaucoup de temps à gravir les sentiers, à chercher des détours et de nouveaux passages, quand les eaux trop abondantes ne permettaient pas de suivre le chemin pratiqué.

M. Sylvère, M. Albert et Casimir faisaient le trajet à pied, a cause des mules qui manquaient. Un des guides, fort et robuste, montait celle de Casimir en tenant Adrienne entre ses bras. Deux fois elle ouvrit les yeux, et deux fois elle les referma, sans avoir la force de parler. Le son de la cloche, qui se rapprochait toujours, soutenait le courage des voyageurs. Au moment où elle cessa de se faire entendre, un religieux, qui desservait la chapelle, accourut au-devant d'eux. Adrienne fut déposée sur le lit de peaux de chèvres qui servait au solitaire. Ce dernier, qui était un homme chargé d'années, lui fit prendre d'une liqueur spiritueuse qui ranima en peu de temps la jeune malade. Adrienne promena ses yeux avec inquiétude sur ceux qui l'entouraient, et, reconnaissant toute sa famille, elle pleura de joie, en lui tendant ses bras affaiblis. Chacun lui répondit par des larmes et des caresses. Le solitaire, ému de cette scène, la fit cependant cesser, de peur qu'elle ne devînt dangereuse pour la malade. Il laissa retomber sur le lit une grosse étoffe de laine qui en formait les rideaux, et toute la compagnie se retira doucement à l'autre extrémité de la chambre. L'ermite s'occupa alors des autres voyageurs. Il alla chercher un faix de branches de sapin, et il en alluma du feu, autour duquel chacun put sécher ses habits. Les guides en faisaient autant devant la porte de la chapelle; car l'ermitage n'aurait pu contenir tant de monde. Le bon solitaire, toujours actif malgré son âge, donna aux guides un jeune chevreau pour se régaler. Il en servit un autre à sa compagnie, avec du vin qu'il achetait des marchands espagnols, qui l'apportaient sur des mules, dans des outres poissées. Il y ajouta de magnifiques asperges cueillies dans son jardin. Isabelle et ses frères l'aidèrent dans ces préparatifs. Adrienne, se trouvant beaucoup mieux, vint se mettre à table avec sa famille. Son visage avait conservé une si grande pâleur, que ses parents en conçurent de l'inquiétude. L'ermite les rassura; mais il les engagea en même temps à ne pas se remettre en route de la journée.

— Cette jeune fille, leur dit-il, n'est pas en état de supporter de nouvelles fatigues. A la vérité, la nuit que vous passerez ici sera mauvaise, puisque je n'ai pas de lits à vous offrir; mais j'imagine que ce désagrément ne vous empêchera pas de rester. La malade jouira d'un repos qui lui est nécessaire, et vous verrez que demain elle aura repris les couleurs de son âge.

Les voyageurs acceptèrent avec reconnaissance la proposition du bon solitaire, qui se dévouait comme eux à veiller toute la nuit ou à dormir mal à son aise. M. Léopold renvoya les guides à Cauterets avec les trois mules, après leur avoir donné l'ordre d'en amener deux autres de plus le lendemain, pour remplacer celles qui avaient péri pendant l'orage. On alla se promener ensuite autour de l'ermitage. Un petit jardin d'environ trente pieds carrés, le seul espace qui pût être cultivé dans ce désert, se trouvait derrière la maison. Ce jardin, entouré d'une haie de genévriers, était presque tout rempli de ces belles asperges dont on avait mangé au repas, et d'une plante basse à larges feuilles, que l'ermite nommait la carline. Il dit qu'on en mangeait les fleurs lorsqu'elles étaient jeunes et tendres, et que ses racines, qui passent pour guérir les maladies contagieuses, furent employées autrefois à cet usage par Charlemagne, dont les soldats étaient attaqués de la fièvre maligne. Plusieurs essaims d'abeilles, recueillis dans des troncs d'arbres creusés, bourdonnaient dans ce petit jardin. Casimir se garda bien d'en approcher ; il se rappelait encore la piqûre qu'il avait reçue des mouches du fermier Tiburce.

En sortant du jardin, l'ermite ouvrit à ses hôtes la porte de la chapelle. Elle était ornée partout de l'image de la Vierge, à qui elle était dédiée, et des offrandes des pèlerins, qui y accouraient tous les ans. Des bras, des jambes de cire ou de plâtre, ou grossièrement sculptés en bois, tapissaient les murs de cette chapelle. Ils attestaient la guérison de ceux qui les y avaient suspendus. La nuit du 7 au 8 octobre, les habitants de toutes les vallées se rendaient en ce lieu et animaient le désert du bruit de leurs danses et de leurs cantiques. De longs repas suivaient les actes religieux. Les parents éloignés se saluaient, se rassemblaient avec joie. Les vieillards s'étonnaient de voir leurs petits-enfants devenus

grands et agiles, et ils prenaient entre leurs bras les nou-
veau-nés qu'ils n'avaient point encore embrassés. Ce jour-
là, ils recommandaient aux prières de l'ermite leurs familles,
leurs troupeaux et leurs moissons. Ils lui apportaient de nombreuses offrandes, à l'aide desquelles il vivait solitaire le
reste de l'année.

— Quoi ! vous êtes toujours entièrement seul dans ce désert ? demanda M. Léopold au vieillard. C'est donc vous
qui sonniez cette petite cloche dont le bruit nous a guidés
jusqu'ici ?

— C'est moi-même, répliqua le vieillard. Toutes les fois
qu'il se prépare un orage ou qu'il a cessé, je sonne la cloche
de ma chapelle pour appeler les voyageurs égarés dans ces
montagnes. Avant l'orage, vous n'avez pu l'entendre de
Gavarnie, parce que le vent emportait le son du côté opposé.

A la fin du jour, le bon ermite, ayant pris une flûte douce,
s'avança sur la pointe d'un rocher, et se mit à jouer un air
champêtre que les échos redisaient après lui. Tandis que les
voyageurs l'écoutaient avec d'autant plus de surprise qu'ils
reconnurent dans sa manière de jouer une supériorité à laquelle ils ne s'attendaient pas, on vit descendre des sommets
les plus aigus une dizaine de chèvres, ayant à leur tête un
bouc vénérable. Ce troupeau vint se ranger autour du vieillard, qui, après avoir été quérir un grand vase de bois, se
mit à presser les mamelles gonflées de lait de ses chères
nourrices. Chacune des chèvres venait à son tour lui livrer
cette liqueur bienfaisante. Il les caressait, les appelait par
leur nom, car elles avaient chacune le leur. Quelques-unes,
moins familières depuis leur maternité, ne s'amusaient point
à recevoir ses caresses ; arrêtées à la porte de leur étable,
elles répondaient aux cris de leurs chevreaux. Le solitaire
n'exigea rien de celles-là ; il les laissa entrer avec tout le
lait que contenaient leurs mamelles. Le bouc n'avait point

suivi ses compagnes : il regardait toujours le vieillard, en lui donnant de temps en temps de petits coups de tête.

— Eh bien! mon vieil ami, lui dit l'ermite, tu n'es pas content; il te manque quelque chose? Je vais te donner ce que tu désires.

C'était un morceau de pain. A peine le vit-il entre les mains de son maître, qu'il se dressa en lui posant sur la poitrine les deux pieds de devant, ce qui faillit renverser le vieillard.

— Oh! oh! reprit-il, tout vieux que te voilà, ta force surpasse encore la mienne. Cet animal, ajouta le solitaire, en s'adressant à ses hôtes, est âgé de près de vingt ans. Il est le père de mon petit troupeau. Comme il m'eût été très-fatigant de courir de rochers en rochers pour le conduire au pâturage, et qu'aujourd'hui cela me serait impossible, j'ai accoutumé mon bouc à revenir au son de ma flûte, à la tête de ses compagnes. Je l'aime, parce que nous avons vieilli ensemble. Comme moi, il a perdu une grande partie de sa vigueur, et sa barbe touffue est presque aussi blanche que la mienne. Toutefois, exempt des soucis qui ont rongé une partie de mes jours, il supporte encore mieux que son maître le poids de ses longues années. En général, tous les animaux jouissent de cette faveur. L'innocence de leurs mœurs, l'uniformité de leur vie concourent à leur faire atteindre une vieillesse exempte d'infirmités; et tandis que nous traînons avec peine, sans pouvoir nous en rassasier, un reste d'existence, non-seulement inutile, mais souvent à charge à nos semblables, ils nous servent jusqu'à leur dernier soupir avec un courage et une docilité sans bornes.

Le vieillard exprimait ces pensées avec bien plus de grâces que je ne les rapporte. Son langage avait une pureté, une élégance peu ordinaires.

— Maintenant, dit-il à ses hôtes en souriant d'un air

agréable, il est bon de songer à notre souper. Des gens qui doivent passer la nuit sans dormir ont besoin de réparer leurs forces. Au bas de ce petit sentier que vous voyez là, il y a un lac rempli de truites excellentes. Ce matin, j'y ai posé une nasse ; allons voir s'il y a du poisson de pris.

Soutenu par un bâton, il entra le premier dans le chemin rocailleux, et marcha d'un pas assez sûr pour son âge. Il se trouva dans la nasse quatre truites, avec lesquelles on soupa fort délicatement.

Après le souper, M. Sylvère, enchanté des manières nobles et engageantes du vieillard, lui demanda comment, avec tant de bonté, tant d'amabilité dans l'esprit, il pouvait mener une vie si solitaire, et qui semblait ne devoir convenir qu'à un misanthrope.

—Mon cher Monsieur, répondit le vieillard d'un air moitié gai, moitié sérieux, vous en eussiez fait autant à ma place. Vous voyez en moi un naufragé qui a enfin gagné le port. Plus la tempête a été violente, plus un long et entier repos est nécessaire. Le récit des événements qui m'ont conduit ici ne vaudrait pas la peine de vous occuper, si nous avions toute autre chose à faire ; mais puisqu'il vient à propos pour répondre à votre question, je vais tâcher par ce moyen d'abréger un peu notre veillée. Si ces jeunes gens ne sont point trop emportés par le sommeil, ils y trouveront peut-être une leçon importante.

XVI. — Le Retour à Campan. — Le Bouquet de roses.

Le solitaire, prenant la parole d'un ton de voix assez doux pour ne pas troubler le repos d'Adrienne, leur raconta son histoire, qu'il termina ainsi :

Il y a vingt-deux ans que je suis ici. Le jeûne, la prière

et la méditation se partagent mes jours. Toute ma bibliothèque se borne à des livres de piété ; car j'ai fait vœu de renoncer aux lettres, qui m'ont perdu. Je me livre à d'innocentes
occupations, telles que le soin de mon troupeau, la culture
de mon petit jardin, la pêche et la musique. D'autres fois,
assis pendant plusieurs heures sur la pointe d'un rocher, je
repasse dans mon esprit les événements de ma jeunesse, ou
livré à une douce oisiveté de pensée, je regarde en souriant
mes chèvres brouter les capillaires et les ronces à cinquante
pieds au-dessus de ma tête. Souvent aussi je m'amuse à voir
les chasseurs d'isards sauter de roche en roche, appuyés sur
le bout de leurs fusils. Lorsque ces chasseurs passent auprès
de mon ermitage, je les invite à venir s'y reposer et se rafraîchir. Voilà quelle est mon existence. J'y trouve plus de
charmes que vous ne pensez ; une certaine douceur est attachée à sa monotonie, et je me crois en paix avec Dieu, puisqu'il permet que je le sois avec moi-même.

M. Sylvère et ses amis remercièrent l'ermite de sa complaisance. Ils donnèrent des éloges à sa courageuse et sage
résolution. Hippolyte et Casimir, accablés par le sommeil,
s'étaient endormis sur leur chaise. Isabelle seule avait écouté
attentivement le récit du solitaire.

Adrienne se trouvant tout-à-fait rétablie le lendemain,
on partit aussitôt que les guides furent de retour, et après
avoir rendu grâce à l'ermite de son aimable hospitalité. De
son côté, il parut regretter les voyageurs, qu'il accompagna
des yeux aussi longtemps qu'il put les apercevoir.

Bientôt M. Sylvère rapprocha sa mule de celle de M. Léopold pour lui montrer les ruines du village de Saint-Martin,
qui fut entièrement détruit par des avalanches. Des limites
placées dans ce lieu funeste, arment souvent les uns contre
les autres les Barégeois et les Aragonais Ils se disputent
quelques rochers stériles et chargés de nouvelles avalanches

12

qui menacent de les engloutir : tant l'ambition des hommes
les rend avides de tout, même des choses les plus nuisibles.
En passant à Gèdres, nos voyageurs s'arrêtèrent un moment
dans une grotte délicieuse. A l'ombre de deux rochers, qui
se rapprochent en voûte sans se joindre, s'élance une cascade si pure et si limpide, qu'on aperçoit les truites qui rou-
lent avec les flots. Des festons de lierre, d'églantiers, de
capillaires, des arbustes toujours verts, toujours frais, tapis-
sent la voûte et les parois de cette grotte, qui n'est éclairée
que par un jour fort doux. On aime cette obscurité mystérieuse et le murmure de l'eau qui s'y fait entendre. Cette
grotte charmante, placée au milieu d'un désert, ressemble à
la demeure de quelque dieu champêtre. Adrienne, fatiguée
par des images austères et effrayantes, s'y reposait avec vo-
lupté. Il fallut l'arracher de cet asile, qu'elle ne put quitter
sans se plaindre.

M. Sylvère et ses amis ayant repassé une seconde fois à
Barèges, en sortirent par cette route magnifique sur laquelle
on a construit douze ponts de marbre, et de superbes chaus-
sées, entretenues à grands frais. Des champs de sarrasin en
fleur, des prairies entrecoupées de ruisseaux, des sapins et des
roches bleuâtres composent le paysage de cette route, qu'on
pourait comparer aux plus belles voies romaines ; mais rien
n'est frais, rien n'est gracieux comme la vallée de Campan.
Partout l'érable, le hêtre, l'aubépine et le sapin réunissent
leurs différents feuillages ; partout ils prêtent leur doux ombrage à des pelouses émaillées de fleurs. Attiré par la fraîcheur de ces bois, vous arrivez à de petites cabanes qu'ils
cachent de leurs rameaux. Un toit de chaume et des murs
de marbre abritent une famille innocente et heureuse. De
Sainte-Marie, les voyageurs se rendirent à la grotte de Campan. Les montagnes, plus rapprochées, ne laissent de place
que pour la grande route. Mille ruisseaux se précipitent en

cascades, et vont se mêler aux flots de l'Adour, qui arrose des prairies, des habitations et des champs cultivés. Tantôt il serpente paisiblement à travers des roseaux ; tantôt il franchit, en grondant, les rochers que des torrents ont entraînés dans son lit. Là, il semble se hâter de fuir les montagnes ; ici, il s'endort à leurs pieds ou les embrasse dans leurs détours sinueux.

Arrivés à la grotte dite de Campan, les voyageurs mirent pied à terre, et, ayant fait allumer les torches dont ils s'étaient pourvus, ils entrèrent dans cette grotte célèbre. Ils furent d'abord frappés des magnifiques draperies de cristal dont ses parois étaient revêtues. Des colonnes transparentes descendues de la voûte jusque sur le terrain, formaient ensemble un dédale éblouissant. Entre ces colonnes se trouve une espèce de stalactite appelée fleur de fer, qui se compose d'une infinité de rameaux croisés en tout sens, d'un éclat admirable. D'autres représentaient des choux-fleurs, des culs-de-lampe, des jeux d'orgues et divers autres objets que la nature avait imités dans ses caprices.

L'imagination remplie de cascades, de déserts, d'aspects extraordinaires, nos jeunes voyageurs arrivèrent enfin à Campan, où ils se reposèrent quelques jours avant de reprendre la route de Coaraze. Pendant leur dernier séjour à Campan, Adrienne et Isabelle se trouvèrent plusieurs fois avec Félicie, qu'elles aimaient toujours de plus en plus. Elles revenaient un soir de l'accompagner jusqu'à une petite distance de la maison de M. Sylvère, lorsqu'elles rencontrèrent une femme dans un fort grand embarras. Elle portait sur sa tête un panier plein de fruits. Une cruche remplie d'eau occupait l'une de ses mains ; de l'autre elle conduisait un petit enfant, et deux bœufs cheminaient devant elle. Ce qui augmentait encore son embarras, c'est que le petit enfant ne voulait pas marcher. Il lui tendait les bras pour qu'elle le prît entre les siens, et sur le refus qu'elle en faisait, il se traînait à terre en criant de toutes ses forces.

— Vous voilà plus occupée qu'il ne faut, lui dit Adrienne en souriant. Ce pauvre enfant est peut-être fatigué ; je vais le prendre dans mes bras.

— Vous êtes bien bonne, Mademoiselle, répondit la paysanne. Je croyais que son frère viendrait m'aider ; mais les enfants ne songent à rien. Je suis toute honteuse de votre complaisance.

Adrienne avait pris l'enfant, qui la regardait d'abord avec crainte ; mais, dès qu'elle l'eut caressé, il se mit à sourire, et, passant ses petits bras autour du cou d'Adrienne, il joua paisiblement avec les boucles de ses cheveux. Pendant ce temps-là, les bœufs s'étaient détournés de leur chemin ; la paysanne posa sa cruche pour courir après. Isabelle s'empara de cette cruche, qui était légère, et voulut la porter aussi jusqu'à la maison de la paysanne. Cette dernière ne savait comment remercier ces obligeantes jeunes filles, qui étaient toutes rouges de fatigue en arrivant chez la paysanne, dont la demeure n'était cependant pas éloignée. Un garçon d'environ six ans jouait sur le seuil de la porte. Sa mère le gronda de ce qu'il n'était pas venu au-devant d'elle. L'enfant tout confus s'avança pour prendre son frère d'entre les bras d'Adrienne ; mais le petit marmot ne voulait plus la quitter, et il fallut l'y engager en lui présentant quelque chose de son goût.

Pendant que la paysanne renfermait ses bœufs dans leur étable, les deux sœurs, restées en-dehors avec les enfants, remarquèrent un rosier couvert de superbes roses. C'était une chose curieuse pour la saison, qui était assez avancée ; aussi ne se lassaient-elles point d'admirer ces belles fleurs. Le petit garçon avait bien envie de leur en donner, mais il n'osait point en faire l'offre. Il regardait attentivement

Adrienne, dont la figure douce et charmante lui plaisait infiniment. La paysanne revint et pria les jeunes filles d'entrer dans sa maison, où elle leur donnerait du lait pour se rafraîchir. Adrienne et Isabelle acceptèrent son offre. Après s'être reposées un moment, elles prirent congé de cette petite famille, et retournèrent auprès de leurs parents.

Lorsqu'elles furent parties, le petit garçon, tout occupé d'Adrienne, apprit à sa mère que la jolie demoiselle avait bien admiré les roses, et que, de son côté, il avait eu un grand désir de lui en présenter. La mère le blâma de sa timidité, et lui en donna le lendemain un gros bouquet à porter chez M. Sylvère. Adrienne s'étant levée la première, Vénérande lui donna le bouquet de roses, en lui désignant le jeune garçon qui l'avait apporté.

— Bon, dit Adrienne, je le reconnais. C'est le fils d'une paysanne qui demeure à côté de ce grand bois de hêtres.

— Justement, reprit Vénérande, elle est la seule qui possède de si belles roses dans cette saison.

— Cet enfant a-t-il dit à laquelle de nous deux il apportait ces fleurs ? demanda Adrienne.

— Il n'a désigné personne, répondit Vénérande. Ma mère envoie ce bouquet à la demoiselle, m'a-t-il dit simplement. Comme vous êtes l'aînée, j'ai supposé qu'il était pour vous.

— Je le crois aussi, répliqua Adrienne; et elle courut toute joyeuse le montrer à sa sœur.

— Où est le mien? s'écria Isabelle.

— Tu n'en as pas; mais nous allons partager
En disant cela, Adrienne déliait le bouquet.

— Il est peut-être pour nous deux, ajouta Isabelle.

ADRIENNE. — Non; le petit garçon a déclaré qu'il était pour *la demoiselle*.

ISABELLE. — Fort bien! et tu as conclu en ta faveur?

ADRIENNE. — Mais il me semble que cela est ainsi... Vénérande a pensé comme moi.

ISABELLE. — Je crois que vous auriez de la peine à m'en donner la raison.

ADRIENNE. — N'est-ce pas moi qui ai porté le petit enfant ?

ISABELLE. — N'ai-je pas aussi rendu service à cette femme en me chargeant de sa cruche ?

ADRIENNE. — J'ai remarqué les roses la première.

ISABELLE. — C'est moi au contraire, qui te les ai fait apercevoir.

ADRIENNE. — Enfin je suis l'aînée, et je mérite bien ici la préférence. Loin de vouloir seule en jouir, je t'en offre la moitié.

ISABELLE. — Si j'ai des droits à te l'offrir, pourquoi y renoncerais-je ?

— Quelle ridicule obstination, s'écria Adrienne en rougissant de dépit, pour un bouquet de roses ?

ISABELLE. — Je n'aime pas les injustices.

ADRIENNE. — Dites plutôt que vous êtes d'une exigence sans égale. Quoi ! ce n'est assez de vous céder la moitié de mon bouquet ?

ISABELLE. — Je veux disposer du tout, ou n'en pas toucher la moindre chose.

Pour toute réponse, Adrienne jeta le bouquet avec humeur et s'en alla pleurer dans le jardin. Isabelle ne releva point les pauvres roses, qui se flétrirent tristement dans un coin de la chambre. Les deux sœurs se boudèrent toute la journée. L'union dans laquelle elles avaient habitude de vivre leur rendait cet état pénible. Leur humeur était passée depuis longtemps, mais un certain orgueil les empêchait de s'embrasser. Elles sentaient l'une et l'autre combien le motif de leur querelle était frivole, et elles auraient donné maintenant dix bouquets de roses pour que cette petite aventure, dont elles ne savaient comment sortir, ne leur fût point arrivée. Personne n'en avait eu connaissance ; cependant, le soir après souper, le hasard ayant amené la conversation sur les brouilleries :

— J'ai toujours remarqué, dit M. Léopold, que celles qui naissent des motifs les plus misérables sont aussi celles qui durent le plus longtemps. Moins on a eu raison de se fâcher, plus il en coûte d'avouer ses torts.

— Ce que vous dites, mon père, me rappelle une aventure bien funeste, reprit M. Albert. J'avais deux oncles, l'un nommé Stanislas, et l'autre Raimond. Ils avaient chacun une fille fort tendrement chérie. Apolline devait le jour à Raimond, Irène faisait la joie de Stanislas. Veufs tous les deux, la conformité de leur destinée ajoutait un lien de plus à leur amitié fraternelle. On avait coutume de se réunir chez mon père pour manger le gâteau des Rois ; cette fête de famille, fort ancienne parmi nous, se célébrait tous les ans avec un nouveau plaisir. Nous avions établi l'usage de chanter chacun un couplet avant de manger notre part du gâteau. La dernière fois que mes oncles se trouvèrent à cette fête, ma sœur, ayant distribué le gâteau aux convives, fit signe à Irène qu'elle avait la fève. Irène, enchantée, la découvrit légèrement avec la pointe de son couteau, et la montra à son père ; ensuite, son tour étant venu de chanter, elle posa son morceau sur la table. Raimond, qui s'était aperçu de la joie de sa nièce, imagina, par pure plaisanterie, de substituer adroitement la part de sa fille à celle d'Irène, placée à côté de lui. Lorsque les chants furent terminés, chacun mangea son gâteau en cherchant avec soin la preuve de sa royauté. Irène, qui l'avait vue, et ne s'était point aperçue de la tromperie de son oncle, s'attendait à trouver la ève, lorsqu'Apolline s'écria :

— Je suis reine!

— Cela ne se peut pas, dit Irène en rougissant. C'est moi qui ai la fève; mon père l'a vue.

— La voilà pourtant dans ma main, reprit Apolline.

Il y en avait peut-être deux dans le gâteau, répliqua Raimond en souriant avec malice.

— Pour moi, dit ma sœur, je n'en avais mis qu'une.

La fève ne se trouvant point en effet dans le morceau d'Irène, celle-ci se mit à pleurer, en protestant qu'on la lui avait volée.

— Console-toi, ma chère fille, reprit Stanislas; c'est une plaisanterie de ta cousine; elle te rendra cette fève, sur laquelle elle n'a pas de droits.

Apolline, qui ignorait la malice de son père, assura que cette fève lui appartenait par le sort, qu'elle était reine, et qu'elle conserverait son titre pendant tout le repas. Irène pleurait toujours. Stanislas, voyant qu'il ne pouvait rien obtenir de sa nièce, s'adressa à son frère, qui répondit qu'il ne se mêlait point des querelles des rois. Stanislas était très-vif et très-emporté; les larmes de sa fille excitant sa colère, il en vint à se fâcher d'autant plus sérieusement, que Raimond plaisantait toujours. Bientôt on s'adressa de part et d'autre des paroles outrageantes. Apolline, effrayée de cette scène, voulut remettre la fève à sa cousine; Raimond s'y opposa. Les deux frères quittèrent cette table, où ils s'étaient assis dans la meilleure intelligence du monde, fort irrités l'un contre l'autre, et en défendant à leurs filles de se parler. Nous essayâmes en vain d'apaiser cette querelle; au lieu de nous écouter, ils s'en allèrent chacun chez soi, le cœur rempli de ressentiment.

Quelque légère que fût la cause de cette brouillerie, Raimond avait cependant le premier tort. Comme il était plus doux que Stanislas, ce fut aussi près de lui que nous réunîmes nos efforts pour commencer la réconciliation. Nous l'avions décidé à visiter son frère, lorsqu'une nouvelle offense de celui-ci vint renverser tout notre ouvrage. Raimond sollicitait une place ; Stanislas, l'ayant appris, fit tant de démarches auprès de ceux de qui elle dépendait, qu'il l'obtint pour un de ses amis, cherchant ainsi à se venger de l'aventure de la fève. Raimond, piqué au vif d'un trait aussi méchant, fit des couplets anonymes dans lesquels son frère était tourné en dérision de la manière la plus outrageante, et il eut soin de répandre ses vers par toute la ville. Un jeune officier, qui ne connaissait pas mon oncle, les chanta un jour en sa présence. Stanislas, furieux, lui donna un soufflet. Il fallut se battre en duel ; mon malheureux oncle y perdit la vie. Raimond, instruit de cette cruelle aventure, sentit qu'il était coupable de la mort de son frère. Il ne put résister au poids de ses remords ; une maladie mortelle le conduisit au tombeau dix jours après la mort de Stanislas.

— Voilà une aventure bien frappante, dit M. Sylvère. Avec quelle effroyable rapidité la haine s'accroît et se fortifie ! Si une fève, volée en riant, peut conduire deux frères à la mort, combien doit-on veiller à ne pas nourrir dans son cœur des sentiments de malveillance, à ne jamais s'offenser par des paroles injurieuses, à éviter enfin jusqu'à l'ombre de la désunion ! Rien n'est touchant et louable comme la paix et la concorde qui règnent dans le sein d'une famille. On ne saurait assez l'entretenir par des égards et des complaisances réciproques.

M. Léopold ajouta à ces paroles quelques réflexions sur ceux qui feignent dans le monde une douceur et une condescendance qui ne sont point au fond de leur âme, et dont la bonté factice s'évanouit à la porte de leur maison, où ils n'accueillent leur famille qu'avec chagrin et brusquerie. La conversation s'étant prolongée encore quelques instants, on fit ensemble la prière du soir, et chacun se retira dans sa chambre.

Adrienne et Isabelle avaient écouté attentivement le récit de M. Albert et les réflexions qui l'avaient suivi, si bien d'accord avec leurs propres pensées. Livrées à une secrète agitation, elles montèrent en silence l'escalier qui conduisait à leur chambre. Adrienne posa la lumière sur la table, et relevant les roses flétries de dessus le plancher :

— Quoi ! dit-elle d'une voix émue, pour un bouquet de roses je haïrais ma sœur, ou je m'attirerais son inimitié !

— Non, jamais ! s'écria Isabelle en fondant en larmes et en se précipitant dans les bras de sa sœur.

— Chère Isabelle ! reprit Adrienne en la serrant contre son cœur, m'aimes-tu comme avant notre brouillerie ?

— Il me semble que je ne t'aimai jamais plus qu'à cette heure, répondit Isabelle ; mais toi-même, me pardonnes-tu mon obstination ?

ADRIENNE. — Va, c'est moi qui avais tort, je le reconnais à présent. Quelle raison avais-je de m'approprier ces fleurs à ton préjudice ? Je me suis même rappelé, depuis notre querelle, que tu as demandé au petit garçon s'il ne vendait pas ses roses. Quoique sa timidité l'ait empêché de te répondre, il se sera souvenu de ta question ; et c'est toi qu'il aura voulu désigner en disant qu'elles étaient pour la demoiselle.

ISABELLE. — Il est bien plus probable, ma bonne amie, que la paysanne, reconnaissante du service que tu lui as rendu, s'est empressée de te témoigner sa gratitude en t'envoyant ce qu'elle a de plus curieux.

ADRIENNE. — Non, Isabelle ; le bouquet était pour toi, et je te remercie de m'en avoir voulu donner la moitié.

ISABELLE. — Je t'assure que tu ne dois m'en savoir aucun gré, car je disposais d'un bien qui t'appartient.

ADRIENNE. — Je voudrais qu'il fît jour, nous irions le demander à la paysanne.

ISABELLE. — Elle se moquerait de nous, et elle aurait raison. Ce matin nous nous sommes disputé la possession de ce bouquet, et ce soir nous voilà prêtes à nous quereller encore pour savoir à qui il n'appartiendra pas.

— Nous sommes donc devenues folles? reprit Adrienne en riant; je vais le jeter par la fenêtre.

— Au contraire dit Isabelle, il faut le conserver. S'il nous arrive jamais de nous brouiller, la vue de ce bouquet de roses, en nous rappelant les chagrins de cette journée, nous raccommodera. Il servira d'excuse à la plus coupable.

Cette idée plut à Adrienne. Le bouquet fut serré comme un objet précieux; et il l'était en effet, s'il devait avoir l'influence qu'Isabelle attendait de lui.

Oh! si un bouquet de roses pouvait entretenir l'union dans les familles, combien ces fleurs charmantes augmenteraient de prix à nos yeux! Mais leur puissance est vaine sur les âmes dures et intéressées. Pour que le talisman opère, il faut le poser sur des cœurs tels que ceux d'Adrienne et d'Isabelle.

Peu de jours après, la famille de Coaraze prit congé de M. Sylvère. Ce bon vieillard, sincèrement attaché à M. Léopold, aurait voulu le garder plus longtemps, mais le besoin d'embrasser leur mère tourmentait ces aimables enfants. Bien qu'Adrienne lui eût écrit plusieurs fois, et qu'elle en eût reçu quatre lettres, elle parlait tous les jours des inquiétudes que cette bonne mère devait éprouver loin d'eux. M. Sylvère n'attendait que la fin des vendanges pour se retirer à Lourdes, qu'il habitait l'hiver, mais où il demeurait bien moins qu'à Coaraze; la grande liaison qui existait entre lui et M. Léopold lui faisait regarder pour ainsi dire sa maison comme la sienne. Au lieu de reprendre la route de Saint-Pé, M. Léopold ramena sa famille par Bagnères, désirant lui faire connaître aussi cette ville, si renommée par ses eaux minérales.

XVII. — Le Seigneur et le Marchand. — La Clochette. — L'arrivée des Voyageurs.

Pendant que nos voyageurs s'acheminaient vers le foyer paternel, madame Albert, dans la société de ses deux plus jeunes enfants, soupirait après le retour des autres, et commençait à trouver leur absence bien longue. Elle avait eu cependant des visites pendant sa solitude; mais qui peut remplacer un père, un mari, des enfants? Tous les matins elle se levait dans l'espérance de les revoir le soir, et ses promenades étaient toujours dirigées vers la route par laquelle ils devaient revenir. Charlotte et Alexis, quoiqu'ils supportassent mieux cette absence, ne laissaient pas de s'ennuyer aussi quelquefois. Ils quittaient souvent leurs jeux pour s'entretenir de leurs frères et de leurs sœurs. Les soirées devenaient longues et froides; madame Albert, pour les abréger, racontait des histoires aux deux petits compagnons de sa retraite; d'autres fois elle prenait sa harpe. Alors, assis à côté d'elle, ils écoutaient en silence les sons de l'harmonieux instrument. Une légère indisposition l'ayant retenue quelques jours dans sa chambre, elle suivit ses leçons avec un peu moins d'exactitude, ce qui donna plus de loisir aux deux enfants. Dans un de ces moments oisifs, ils se promenaient aux environs d'une chapelle à demi ruinée, qui était sur la route de Pau. Un pâtre y gardait un troupeau de moutons, dont une grande partie était dans la chapelle même, paissant les herbes qui croissaient en abondance dans son intérieur abandonné. Le pâtre les rappelait

en vain de toutes ses forces, et pleurait de n'en être pas
écouté.

— Qu'avez-vous donc à vous tourmenter ainsi ? lui demanda Charlotte ; vos moutons ne sont-ils pas bien là ?

— Bien là ! s'écria le pâtre ; avant ce soir il n'en restera
pas un.

— Comment cela ?

— Pendant que je vous le raconterais, mes brebis dispa-
raîtraient, et je serais obligé d'en rendre compte à mon maître ;
laissez-moi plutôt les rappeler.

Et il se mit à crier et à jeter des pierres à ses moutons
qui ne s'en inquiétaient pas.

— Si vous alliez les chercher, reprit Alexis, cela serait
bientôt fait.

— Je ne suis pas si sot, reprit le pâtre en recommençant
son vacarme.

Charlotte et Alexis brûlaient d'envie de savoir ce que le
troupeau avait à craindre dans un lieu si tranquille. Comme
il ne paraissait pas fort docile à la voix du berger, et que
celui-ci ne voulait pas aller jusqu'à lui, Alexis, pour abréger, s'offrit d'aller chasser les moutons.

— Quoi ! vous iriez dans cette chapelle ! s'écria le jeune
berger.

— Pourquoi pas ? j'y suis entré déjà fort souvent.

— Et qu'y avez-vous vu ?

— Rien.

— Cela n'est pas possible.

— Comment ?

— Je n'ai pas le temps de babiller ; il faut que je rappelle
mon troupeau.

— Maudit troupeau ! reprit la curieuse Charlotte ; Alexis,
va vite le chasser.

Alexis courut de toute la vitesse de ses petites jambes,

Armé d'une baguette, il entra dans la chapelle et se mit à chasser le troupeau. Pendant ce temps, le berger, debout et immobile, le cou tendu, l'œil inquiet, semblait s'attendre à quelque chose d'extraordinaire. Quand il revit Alexis et son troupeau, il poussa de grands cris de joie, et compta les brebis avec beaucoup d'attention.

— Elles l'ont échappé belle, dit-il; mais enfin elles y sont toutes. Voilà qui va bien; il ne leur manque guère que quelques poignées de laine.

— Où voyez-vous donc qu'il leur en manque? demanda Charlotte.

— Oh! cela ne paraît point, mais on le sait tout de même. Je suis sûr que chacune pèse une livre de moins depuis qu'elles sont rentrées dans cette maudite chapelle.

— Enfin vous nous direz pourquoi?

— Volontiers. Laissez-moi conduire mon troupeau sur la hauteur, je vous raconterai là ce que je sais de cette chapelle.

Les trois enfants s'assirent à l'ombre de quelques sapins, et le jeune berger reprit ainsi la parole.

LE SEIGNEUR ET LE MARCHAND.

Sur les montagnes de l'Héris, il y avait un seigneur qui possédait trois beaux châteaux, devant l'un desquels il y avait une tour d'où l'on découvrait le pays à plus de dix lieues à la ronde. Ce seigneur était un homme méchant et avare, qui désirait tout ce qu'il voyait, et ne craignait de commettre aucun crime pour se satisfaire. Un jour qu'il était monté dans sa haute tour, il vit venir du côté de Rustan un marchand qui conduisait soixante moutons à Bayonne. Ces moutons étaient blancs comme la neige, et ils avaient tous sur la tête une corne noire et une corne blanche. Le seigneur n'eut pas plus tôt vu ces moutons, qu'il en eut une envie immodérée. Il resta longtemps sur sa tour, et, voyant que le marchand allait passer précisément au pied de son château, il descendit pour se trouver à sa rencontre.

— Mon ami, dit-il au marchand, vous avez là des moutons magnifiques, et j'admire la singularité de leurs cornes, dont l'une est constamment noire, et l'autre blanche.

— Il est vrai, seigneur, répondit le marchand, qu'on ne voit guère de moutons semblables à ceux-ci. Aussi je les mène à Bayonne, où j'espère les vendre plus de soixante écus d'or.

Le seigneur aurait pu donner cette somme ; mais son avarice l'en empêcha, et il aima mieux les voler au marchand de quelque manière. Ayant ainsi résolu cette vilaine action, il pria le marchand de venir coucher dans son château.

— J'ai une belle étable toute neuve, lui dit-il ; j'y ferai mettre vos moutons pour cette nuit, et demain matin vous continuerez votre voyage.

Le marchand accepta ; alors le seigneur fit étendre devant lui de la paille fraîche dans l'étable neuve, et il mit un valet à la porte pour les garder, parce que cette porte ne fermait pas bien, n'étant pas encore achevée. Il fit ensuite souper le marchand avec lui, et, après lui avoir fait boire du bon vin de Vic-Bigorre, il l'envoya coucher bien loin de l'étable. Sur le minuit, le seigneur se rendit à cette étable, et commanda à son valet de conduire les moutons dans une oule profonde, à plus d'une demi-lieue du château. Le marchand se leva de bonne heure ; mais lorsqu'il voulut reprendre ses moutons, il trouva l'étable vide et le valet absent. Il alla se plaindre au seigneur.

— Mon ami, lui répondit ce dernier, je suis bien fâché de cet accident, mais je ne puis qu'y faire. Il y a beaucoup de loups dans ces montagnes ; ils seront venus cette nuit une grande bande, et ils auront emporté vos moutons et mon valet.

Le marchand, au lieu de lui répondre, se mit un peu à l'écart, et, ayant tiré de sa poche un petit flageolet d'or, il se mit à jouer de cet instrument. Les moutons entendaient le son de ce flageolet à quelque distance qu'ils se trouvassent. Le valet ne put jamais les empêcher de s'enfuir de l'oule, et ils arrivèrent bientôt en bêlant autour leur maître.

— Ah! ah! dit le marchand au seigneur, vous me disiez que les loups les avaient mangés!

— Je le croyais, répondit le seigneur plein de dépit, et je me félicite de ce que je me suis trompé.

Comme le marchand était un homme plus grand que lui de toute la tête, le seigneur n'osa point lui faire de violence. Il le combla au contraire de toutes sortes de politesses, et le laissa partir, après s'être informé adroitement de la route qu'il allait suivre. Elle se trouvait précisément dans la direction de ses autres châteaux. Le seigneur se fit amener son cheval noir, et courut à toute bride, par un chemin détourné, à celui de ses châteaux qui était le plus proche. Là, il prit un habit de chevalier, couvrit sa tête d'un casque, et, baissant la visière, il alla encore au-devant du marchand, en lui disant qu'il avait fait vœu de tenir sa visière baissée pendant un an, et de recueillir tous les étrangers qui passeraient devant son château. Le marchand le pria d'observer qu'il conduisait un nombreux troupeau, qu'il avait déjà pensé le perdre, et qu'il préférait coucher dans les bois plutôt que de s'exposer encore.

— Ne craignez rien, lui répliqua le faux chevalier, je les mettrai dans une grange que vous fermerez vous-même à clé.

En effet, le marchand fit entrer dans la grange les soixante moutons, ferma la porte, et mit la clé dans sa poche.

Le chevalier lui servit lui-même d'excellent vin de Béarn ; il lui en versa si souvent, que le marchand n'alla se coucher qu'en chancelant. Lorsqu'il fut bien endormi, le faux chevalier entra dans sa chambre, et lui prit son petit flageolet d'or. Après cela, il ouvrit la grange, dont il avait une autre clé, et cacha les moutons dans une grande caverne fermée avec une porte de fer.

Quand le marchand s'éveilla, il était grand jour. Mécontent d'avoir dormi si tard, il se hâta de courir à la grange, et fut fort surpris de ne point y trouver ses moutons. Il appela le chevalier, qui lui dit d'un ton hypocrite :

— Pauvre marchand, je vous plains, vos moutons sont perdus, mais il ne faut en blâmer personne. Il revient des esprits dans ce château, et, comme ces sortes de gens ont toute puissance, ils auront enlevé votre troupeau malgré la porte et la serrure.

— Qu'est-ce que c'est qu'un esprit ? demanda Alexis.

— Je n'en ai jamais vu, répondit le berger ; mais je pense que c'est quelque chose de bien vilain ; car tout le monde en a grand'peur. Le marchand ne s'en étonna cependant point. Il tira de sa poche une petite clochette d'argent et se mit à sonner. A ce bruit, les moutons bêlèrent et donnèrent de si grands coups de tête à la porte de fer, qu'elle s'enfonça.

Le seigneur éprouvait un grand dépit de cette seconde aventure ; mais il le cacha comme la première fois.

— Vous êtes bien heureux, dit-il au marchand, d'avoir une petite clochette plus puissante que les esprits. Je vous conseille de la bien conserver.

Le marchand s'étant remis en route, le seigneur monta sur son cheval et s'en alla à son troisième château. Il n'était qu'une masure en comparaison des autres, et se trouvait bâti à la place de cette même chapelle. Une barbe postiche et

13

une robe d'ermite le déguisèrent encore aux yeux du marchand. Il était à genoux au pied d'une croix, feignant de dire son rosaire, lorsque celui-ci passa à l'entrée de la nuit.

— Mon père, dit-il à l'ermite, ne pourriez-vous point me ecevoir ici, moi et mes moutons, pour passer la nuit?

— Mon cher enfant, repartit le faux ermite, ma maison est bien petite pour tant de moutons. Cependant, si vous voulez les faire parquer dans la cour, j'ai des chiens qui les garderont fidèlement.

Le marchand accepta. Il soupa avec l'ermite, qui lui fit boire d'excellent vin d'Espagne, qu'il conservait depuis longtemps. Lorsque le souper fut fini, l'ermite dit au marchand qu'il n'avait point d'autre lit que le sien, mais qu'il le partagerait de bon cœur avec lui. Le marchand le remercia et se mit en devoir de se déshabiller, après avoir fait sa prière. L'ermite se prosterna à son tour, et il demeura si longtemps, que le marchand, qui s'était couché, lui demanda s'il avait bientôt fini de prier Dieu.

—Dormez, dormez, mon enfant, répliqua le faux ermite; ma prière est fort longue.

Le marchand, après avoir renouvelé plusieurs fois la même question, se mit enfin à ronfler de toutes ses forces. Le seigneur, qui n'attendait que ce moment, tira son cimeterre, qu'il tenait caché sous sa robe, et s'avança vers le marchand dans le dessein de le tuer. Celui-ci ne dormait point. Étonné du déguisement de l'ermite, car il l'avait fort bien reconnu, et de la longueur de ses prières, il avait soupçonné quelque mystère; c'est pourquoi il faisait semblant de dormir. Il se leva brusquement, et, le voyant s'approcher avec un cimeterre, il le lui arracha sans beaucoup de peine.

— Malheureux, lui dit-il, c'est donc ainsi que tu profanes le nom de Dieu en faisant servir la piété à cacher tes perfides

desseins. Après avoir essayé deux fois de me voler mes moutons, tu voudrais me tuer pour t'en rendre le maître. Apprends que Dieu est las de tes crimes, et que ta dernière
heure est arrivée. Misérable ! tu ne mérites point de mourir
par le fer ; un supplice plus honteux sera ta récompense.

En disant ces mots, il lui passa une corde au cou, l'étrangla
et le laissa pendu au plancher. Il disparut après cela, et on
ne vit jamais ni les moutons ni le marchand ; ce qui a fait
croire que c'était quelque saint venu par l'ordre de Dieu pour
punir le seigneur.

Cependant la femme de ce dernier, qui était une dame
pieuse et charitable, étant venue dans la maison où il était
mort, lui fit élever un tombeau dans le même lieu. Elle fit
aussi raser la masure et bâtir à la place une petite chapelle,
où elle fonda des messes pour le repos de l'âme de son mari.
Cette fondation ne dura pas longtemps. Le premier prêtre
qui voulut y dire la messe ne put jamais y réussir, parce
qu'il entendait toujours le son d'un flageolet, tantôt à droite,
tantôt à gauche de l'autel. Les assistants ne s'apercevaient
point de cela; mais ils voyaient que le prêtre se tourmentait
et ne pouvait achever ses prières. Ce chapelain ayant re-
noncé à dire la messe, un second prêtre se présenta. La
femme du seigneur lui promit une grosse somme d'argent
tous les ans ; cependant il fut obligé de se retirer comme
l'autre, tourmenté par le bruit d'une sonnette qui ne cessait
de se faire entendre aussitôt qu'il était à l'autel. Enfin un
troisième prêtre, plus hardi que les précédents, dit qu'il se
moquait des flageolets et des sonnettes, et que cela n'était
pas capable de le détourner de son devoir. La première fois
qu'il officia dans la chapelle, il acheva sa messe, en effet,
comme si rien ne l'eût inquiété; mais étant passé dans la
sacristie pour quitter ses habits, on ne l'a jamais vu revenir.
On chercha inutilement son corps. Depuis ce temps, aucun

prêtre n'a voulu dire la messe dans cette chapelle, qui est
tombée en ruine. De temps à autre, on entend le flageolet
ou la clochette résonner dans son intérieur, et si quelques
moutons y entrent, l'esprit du comte revient et les emmène
avec lui, on ne sait où. Il en arrive autant aux bergers, qu'il
prend sans doute pour le marchand qui l'a tué.. Lorsqu'il ne
peut réussir à emporter les moutons, il leur arrache des poignées
de laine ; et ce qui le prouve, c'est qu'ils pèsent beaucoup
moins après en être sortis. Vous voyez que j'avais bien raison de craindre pour mon troupeau, et que je n'avais garde
d'aller me fourrer en cet endroit.

— O mon Dieu ! dit Charlotte, quel étrange récit, et combien on s'expose sans le savoir ! Nous avons été dix fois dans
cette chapelle, où nous nous plaisons à grimper sur les
pierres.

— Cela est vrai, reprit Alexis ; mais à présent je n'y re-
mettrai jamais les pieds.

— Ni moi non plus. Cependant nous n'avons entendu ni
le flageolet ni la clochette.

— C'est que peut-être était-il tombé de la rosée le matin,
répliqua le jeune pâtre ; car on dit qu'on ne l'entend que
lorsqu'il n'y en a pas eu.

— Vous avez dit que l'esprit du comte revient, continua
Alexis ; comment est-il donc fait ?

— Croyez-vous qu'on se soit amusé à le regarder ? répondit le berger ; on a bien assez à faire de se sauver à toutes
jambes.

— Mais enfin si personne ne l'a vu, reprit Charlotte, comment sait-on que c'est lui ?

— Il y en a qui l'ont vu, repartit le berger ; mais ceux-là
sont morts depuis longtemps, et sans pouvoir parler autrement que pour dire qu'ils avaient vu l'esprit.

Il fallut se contenter de cette imparfaite explication.

Alexis et Charlotte retournèrent à la maison, dans le dessein de demander à leur mère ce que c'était qu'un esprit. Ils trouvèrent de la compagnie avec madame Albert; et cette compagnie étant restée plusieurs jours, les enfants oublièrent la chapelle et ne pensèrent plus à l'esprit. Devenue libre de ses actions, madame Albert alla un matin chez une paysanne où elle avait affaire. Il fallait passer devant la chapelle. Charlotte et Alexis, qui n'étaient pas encore levés, s'habillèrent à la hâte pour aller rejoindre leur mère chez la paysanne. Ils côtoyaient en silence la chapelle ruinée, lorsque le bruit d'une clochette se fit entendre de l'intérieur. Il n'en fallait pas davantage pour réveiller dans leur âme l'effroi que le récit du pâtre leur avait inspiré. Ils se mirent à fuir de toutes leurs forces, jusqu'à ce qu'ils rencontrassent madame Albert, qui s'en revenait.

— Qu'avez-vous, mes amis? leur demanda-t-elle en les voyant épouvantés et haletants de fatigue.

— Ah! maman... la clochette... s'écria Alexis, qui ne pouvait plus respirer.

— Qu'est-ce que c'est que la clochette? reprit madame Albert; il y a là-dedans quelque terreur panique. Asseyez-vous, vous voilà en sueur.

Elle prit son mouchoir pour leur essuyer le visage, et il se passa encore beaucoup de temps avant que l'un et l'autre fussent en état de parler. Enfin Charlotte raconta dans le plus grand détail l'histoire du seigneur et du marchand, ses suites et les observations du pâtre.

— Vous voyez, maman, ajouta Charlotte en achevant son récit, que ce n'est pas sans raison que le bruit de cette clochette nous a causé tant l'effroi.

— Je vois, dit madame Albert, que vous êtes tous deux d'une crédulité ridicule, puisque vous ajoutez plus de foi au récit d'un petit berger qu'à votre propre expérience. Encore ce berger n'a-t-il rien vu, rien entendu; il ne tremble lui-même que sur la foi des autres, qui se trouvent dans le même cas que lui. Vous convenez que vous êtes entrés souvent dans la chapelle sans avoir éprouvé aucun sujet de crainte, et tout d'un coup vous n'osez plus y entrer. On vous parle d'un esprit; vous demandez ce que c'est; on ne peut vous répondre, et néanmoins vous ne laissez pas d'en avoir peur. Il y a de la folie à craindre une chose que l'on ne connaît pas.

— Mais, maman, répondit Charlotte, nous savons que cela fait du mal, puisque le prêtre a disparu.

— Autre sottise, répliqua madame Albert. A supposer qu'il soit disparu réellement, ne peut-il pas s'en être allé de lui-même? et cela n'est-il pas aussi croyable que d'imaginer que l'esprit du comte l'a enlevé? Mais, voulez-vous que je vous dise, cette histoire a été inventée par quelque ancien poète pour montrer que l'avarice est un défaut qui peut conduire au vol, le vol au meurtre, et le meurtre à une punition terrible et exemplaire. Sous ce rapport, l'histoire est bonne. On y a joint du merveilleux pour la rendre plus frappante; ce merveilleux a passé dans l'esprit du peuple pour une vérité, et voilà comment un récit qui n'était destiné qu'à l'amusement est devenu une source de terreurs ridicules. Soit qu'il les punisse, soit qu'il les récompense, Dieu ne permet point aux morts de communiquer avec les vivants.

— Et la clochette, maman? dit Alexis.

— La clochette était, j'imagine, dans vos oreilles prévenues, reprit madame Albert, comme elle se trouve ainsi dans celles de beaucoup d'autres. Retournons au logis, et si vous m'en croyez, n'ayez pas la sottise de vous priver d'aller dans un endroit voisin de la maison, où vous preniez beaucoup de plaisir.

—Oh! oui, maman, dit Alexis, nous nous amusions infiniment dans cette chapelle. Nous y avions fait une ville avec des pierres, et elle s'appelait Bordeaux. Charlotte demeurait auprès de la Bourse, qu'elle avait bâtie, et moi à côté de cette grande boutique de confiseur qui est vis-à-vis la Comédie. Des pieds de fougère piqués en terre étaient nos allées de Tourny, et l'eau du port tombait par une gouttière, les jours qu'il avait beaucoup plu. Nous avions plus de trente navires de papier... C'est bien dommage que ce petit berger soit venu nous faire peur.

— Encore le petit berger ! reprit madame Albert avec un peu d'impatience : vous avez donc plus de confiance en lui que vous n'en avez en moi ? Croyez-vous que je vous engagerais à retourner dans la chapelle, si vous deviez y courir le moindre danger ?

— Oh ! non, maman ; nous savons que vous nous aimez trop pour cela.

— Si vous en êtes certains, commencez donc par oublier l'histoire de cette chapelle, ou ne vous la rappelez que pour en rire. Je ne finirais pas si je voulais vous en faire apercevoir toutes les absurdités...

— Ah ! maman, entendez-vous ? s'écria Charlotte.

Madame Albert entendit effectivement le bruit de la clochette.

— Eh bien ! dit-elle, qu'y a-t-il là de si effrayant ? Allons voir d'où provient ce bruit.

Alexis et Charlotte embrassèrent ses genoux pour la supplier de ne point entrer dans cette chapelle. Madame Albert se dégageait de leurs faibles bras, lorsqu'une mule, ayant une clochette attachée au cou, sortit de cet endroit si redouté.

— Voyez, reprit madame Albert, le beau motif de tant de frayeur ! C'est ce pauvre animal qui, en paissant tranquillement parmi les pierres, faisait sonner cette fameuse clochette.

Alexis et Charlotte se relevèrent tout honteux.

Donnez-moi la main, enfants crédules, continua madame Albert, et voyons si la ville de Bordeaux n'a point éprouvé quelque désastre. Ils entrèrent tous trois dans la chapelle.

La mule, ou plutôt les moutons du petit berger avaient mangé les allées de Tourny, le port était à sec, et la Bourse culbutée.

— Voici de l'ouvrage à refaire, reprit madame Albert. Je vous engage à reprendre vos travaux, dont je compte me divertir de temps à autre ; mais, sans aller chercher si loin vos modèles, que n'essayez-vous de représenter Coaraze et la maison de votre grand-père? Le château où naquit le bon Henri IV, le village avec ses bois et ses chaumières, le Gave qui arrose notre demeure, les montagnes des environs, tout cela ferait un fort bon effet.

— Maman a raison, Charlotte, s'écria Alexis ; tu feras le village, et moi le château.

— Nous ferons aussi les charmilles du jardin de notre grand-père, et les petites figures de cire qu'Adrienne te donna en présent, l'an passé, nous serviront de statues.

Dès le même jour, enchantés de ce nouveau projet, ils eurent le courage de revenir dans la chapelle. Une légère inquiétude les y suivait au milieu de leur plaisir, et de temps à autre ils s'arrêtaient pour écouter. Le lendemain, ils le firent moins souvent ; les jours suivants, ils n'y pensèrent plus du tout ; et, entièrement rassurés sur les craintes ridicules qu'ils avaient eues, ils furent les premiers à en rire.

Quelques heures avant le coucher du soleil, un nuage de poussière s'éleva sur la route de Bagnères ; on vit paraître un groupe de voyageurs. Le cœur de madame Albert les devina avant que ses yeux pussent les reconnaître. Le groupe s'approcha ; chacun mit pied à terre, et bientôt ce ne fut plus qu'un désordre touchant de joie et de caresses. Madame Albert allait tantôt de son père à son mari, et tantôt de son mari à ses enfants. Ceux-ci se pressaient autour d'elle, tandis que les autres serraient entre leurs bras Charlotte et Alexis.

— Ah ! chère maman ! s'écria Adrienne, j'ai bien cru que je ne jouirais jamais de la douceur de vous revoir.

Un coup d'œil de M. Albert lui fit apercevoir qu'elle venait de commettre une indiscrétion. Il aurait voulu épargner à son épouse jusqu'à la connaissance d'un danger qui n'existait plus, mais dont le récit pouvait encore troubler son cœur. Adrienne le sentit trop tard ; après ce qu'elle avait déjà dit, il fallut parler de l'orage de Gavarnie. Elle essaya vainement d'en adoucir le tableau ; il n'en porta pas moins l'effroi dans l'âme de cette sensible mère. Elle devint pâle, tremblante, et serra en pleurant son Adrienne contre son cœur.

XVIII. — Les Récits. — La jeune Anglaise. — Aspasie.

On ne reprit pas de suite les occupations accoutumées ; on avait besoin de repos après un si long voyage. Le temps se passait à raconter ce qu'on avait vu. Adrienne parlait des ruines du vallon, du roi arabe, de l'ermite de Gavarnie ; Casimir se souvenait de Gordian, de la vieille Vénérande, d'Aspasie, des malades de Bagnères ; Isabelle décrivait les cavernes, les rochers, les lacs, les torrents, le cirque de Gavarnie et le cabinet de M. Sylvère ; Hippolyte soulageait la mémoire de tous, mais ne racontait rien, de peur de se tromper.

Félicie ne fut pas oubliée dans ces récits ; Isabelle et sa sœur en parlèrent si longtemps et avec tant d'intérêt, que madame Albert l'aima sans la connaître. Elle sut gré à ses filles de l'invitation qu'elles lui avaient faite. Charlotte surtout écoutait de toutes ses oreilles la description du parterre et le projet de l'horloge de Flore ; elle ne se sentit pas de joie en recevant les graines que Félicie lui avait envoyées. Alexis, en voyant donner quelque chose à sa sœur, s'approcha pour savoir s'il n'y avait rien pour lui.

— Nous t'avons aussi apporté une belle plante qu'on appelle l'angélique, lui dit Isabelle en riant, et en lui donnant un paquet de papier.

Alexis, qui s'attendait à quelque friandise, regarda le papier d'un air mécontent, et sans se presser de le prendre. Lorsqu'il eut enfin accepté, il alla le poser sur une table, ne daignant pas l'ouvrir pour voir la belle plante qu'on lui avait apportée.

— Comment, s'écria Isabelle, qui riait de tout son cœur, tu n'ouvres pas le papier !

— Je n'aime pas les fleurs, répliqua tristement Alexis.

— Et moi je te promets que celle-là est fort de ton goût. Regarde-la, au moins.

Alexis prit le papier d'un air dédaigneux, et, l'ayant ouvert, il y trouva réellement de l'angélique, mais elle était confite. Une grande joie vint remplacer sur son visage la tristesse qui y régnait auparavant; il courut embrasser ses sœurs, et, de peur de passer pour un gourmand, il se mit à chercher Charlotte pour lui en offrir. Mais Charlotte avait déjà disparu; elle était allée montrer ses graines à Manuello.

L'angélique venait de Bagnères. Elle donna occasion de s'entretenir de ce dernier voyage.

— Maman, dit Isabelle, il nous reste encore à vous parler de Bagnères. Mon grand-père a voulu que nous connussions aussi cette petite ville. Le chemin de Campan jusqu'à Ba-

gnères est fort agréable pour ceux qui aiment à voyager
commodément. Quant à moi, je préfère, au prix de quelques fatigues, le plaisir de voyager dans les montagnes, et,
tout affreux qu'est le chemin de Gavarnie...

— Mon Dieu, interrompit Adrienne, quelle fureur tu as
pour les lieux effrayants! Quel voyage que celui où l'on
tremble sans cesse pour soi et pour les autres, où chaque pas
peut conduire à la mort, où chaque rocher menacé de vous
écraser par sa chute! Quelle vue que celle de ces misérables
cabanes bâties dans des gouffres, ou suspendues sur des abî-
mes, et qu'on ne retrouve plus, souvent parce qu'elles ont
été détruites par les torrents et les avalanches! Tant que j'ai
été dans ces montagnes, j'avais le cœur serré, triste. Vous
savez, maman, combien j'aime les ombrages, les prairies.
Là, on ne voit que des sapins noircis par le temps, que des
rochers nus, que des torrents sans verdure. N'est-il pas plus
doux de suivre les sinuosités de l'Adour, au milieu des campagnes charmantes qu'il arrose? Des rideaux de peupliers se
déploient sur ses bords ; des saules laissent pendre dans ses
flots leurs rameaux souples et verdoyants; des narcisses
croissent en foule sous leur ombre. Partout de nombreux
villages, riches, bien bâtis, entourés de vignes, de bocages,
de champs cultivés, réjouissent les regards. Toutes les portes
sont garnies d'un berceau de pampre, sous lequel une mère,
des enfants, un vieillard, paisiblement assis, n'inspirent que
d'agréables pensées.

— On peut contempler avec plaisir les scènes que tu dé-
cris, et n'en être pas moins frappé des grands tableaux de
la nature, répliqua Isabelle. Quoi de plus délicieux que ce
beau cirque de Gavarnie, ces pics qu'on aperçoit dans les
nues, et cette foule de torrents qui en découlent! On rencontre, à chaque pas, des ombrages frais et des rivières
tranquilles; mais les grands aspects dont nous venons de

jouir sont rares. Avec quelle hardiesse s'élèvent ces murailles de rochers! L'œil ne se lasse point de les parcourir depuis leur base jusqu'à leurs sommets. Une certaine audace remplit le cœur, et il n'est point d'aiguilles qu'on ne se sente tenté d'escalader pour jouir d'un spectacle encore plus magnifique.

—Si Isabelle demeurait dans la vallée de Barèges, dit Casimir, quelque jour, à l'exemple d'Azuma, elle franchirait une montagne jusqu'alors inaccessible, et s'en irait retomber du côté de l'Espagne.

Cette réflexion fit rire toute la famille, et Isabelle la première.

— Votre petit plaidoyer m'a fort divertie, reprit madame Albert. Je ne décide point qui a tort ou raison, puisque chacune parle d'après le penchant qu'elle a reçu de la nature; mais vous vouliez, je pense, m'entretenir de Bagnères; j'attends ce que vous m'en apprendrez.

— Je vous disais, maman, continua Isabelle, que la route est riante et commode. On voyage sur une chaussée élevée sur le bord de l'Adour, qui, grossi par une infinité de ruisseaux, dont quelques-uns passent par des routes souterraines, va toujours en s'élargissant. Nous nous sommes un peu détournés de la route pour monter au prieuré de Saint-Paul, d'où l'on a en perspective la vallée de Campan, la plaine d'Asté, celle de Gerde, et la grande chaîne des montagnes. C'est là que s'arrêtent les paysagistes. Il y en avait deux occupés à dessiner deux magnifiques points de vue. Nous avons visité aussi la fontaine de Médoux, où Adrienne a pu respirer tout à son aise. Elle coule sous des tilleuls, dans un endroit charmant. Plus il fait chaud, plus ses eaux sont fraîches et abondantes. Nous sommes enfin arrivés à Bagnères, au milieu des équipages, des chaises à porteurs, et d'une foule de personnes qui y circulent de toutes parts. Ce

tumulte forme un contraste frappant avec le calme et la solitude des Pyrénées. Placée dans un vallon fertile, au pied
des montagnes, traversée par l'Adour, qui est devenu un
fleuve, enrichie de belles maisons, d'un grand nombre
d'hôtelleries et de superbes bains, Bagnères m'a paru une
ville fort agréable. Il y a trente-deux sources d'eaux minérales. Presque toutes les entrées sont ornées d'une inscription
en vers qui contient l'éloge de la fontaine. Les malades s'y
amusent beaucoup. Il y en a qui paraissent se porter fort
bien ; et j'imagine qu'on y trouverait plus d'une dame dans
le même cas que celle de Barèges, qui ne va aux eaux que
pour se désennuyer. On voit ces malades à la comédie, au
bal et au jeu. Le matin, la route du bain de Salut à Bagnères
est couverte d'une quantité prodigieuse de monde, les uns
à pied, les autres en voiture ou en chaise à porteurs. Les
négligés les plus élégants se font remarquer de toutes parts.
Là, ce sont des Françaises couvertes d'étoffes fabriquées à
Londres ; ici, se traînent languissament des Anglaises coif-
fées par les marchandes de modes de Paris. On voit des Espagnols, enveloppés dans leurs manteaux, se promener fière-
ment ; des Hollandais fumer leur pipe, et des Prussiens, avec
leur tenue raide et militaire, donner le bras à de flegmati-
ques Allemandes ; enfin des gens de toutes les nations sont
réunis à Bagnères. Nous avons jeté un coup d'œil sur cet assemblage bizarre, et, prenant congé de la ville et de ses bains
renommés, nous sommes venus, pleins d'impatience, nous
réunir à notre bonne et chère maman.

— Fort bien, mon Isabelle, dit madame Albert, voilà une
description dont je suis très-satisfaite.

— Je la certifie aussi fidèle qu'agréable, ajouta M. Léopold.

— Et moi, reprit Adrienne, je lui reproche d'avoir oublié
une circonstance qui est pourtant bien remarquable...

— Je sais ce que tu veux dire, interrompit Isabelle ; je l'ai écartée exprès pour ne point mêler de tristesse à mon récit.

— Il est vrai qu'elle est triste, continua Adrienne ; mais je suis certaine qu'elle intéresserait maman.

— Eh bien ! raconte-la-moi, dit madame Albert ; Isabelle a parlé longtemps, il faut la soulager. Quel que soit celui de mes enfants qui porte la parole, j'ai toujours du plaisir à l'entendre.

— Nous étions logés à Bagnères, ma chère maman, dit Adrienne, dans la même hôtellerie qu'un Anglais de la connaissance de mon père, appelé M. Burner.

— En effet, je me souviens de l'avoir vu une fois, interrompit madame Albert ; la présence de ma famille rappela plus vivement le souvenir de la sienne ; il m'en parla avec beaucoup d'intérêt. Il paraît que parmi plusieurs demoiselles charmantes, il en avait une entre autres qui promettait d'être quelque jour une personne d'un grand mérite. L'ardeur avec laquelle elle se livrait à l'étude inquiétait M. Burner, qui se plaignait de la délicatesse de sa santé.

— Eh bien ! maman, c'est elle, c'est cette pauvre Molly... Mais permettez que je reprenne mon récit. M. Burner fut donc rencontré par mon père sur l'escalier de l'hôtel. Après les premières démonstrations de surprise et d'amitié qu'ils se donnèrent réciproquement, mon père, frappé de la grande tristesse de cet Anglais, lui demanda s'il était malade.

A cette question, il se mit à verser des larmes.

— Plût à Dieu, dit-il, que je fusse mourant, et que ma chère Molly pût être arrachée à l'affreuse destinée qui la menace ! Vous êtes père, mon ami, jugez de ce que j'éprouve : Il ne me reste aucun espoir de conserver ma fille. Je la vois périr chaque jour sous mes yeux, consumée par une maladie de langueur. On m'avait flatté que les eaux de Bagnères ranimeraient ses jours presque éteints ; j'y suis venu en toute hâte. Hélas ! je n'aurai fait peut-être que la priver des dernières caresses de sa famille.

Nous entendîmes à peine ces derniers mots, ses sanglots les étouffèrent. Nous avions tous le cœur pénétré de tristesse. Mon père prit la main de cet homme infortuné.

— Mon ami, lui dit-il, je ne veux point ici vous donner de ces consolations triviales auxquelles le cœur n'a point de part. Vous connaissez mon affection ; et, quand je ne vous aurais jamais vu, votre douleur, comme père, m'intéresserait encore. Eh quoi! à l'âge de votre fille, le mal peut-il être sans remède? La nature a des ressources qu'elle tient souvent en réserve pour l'instant le plus critique de la vie.

— Hélas! reprit M. Burner, qui plus que moi chercherait à se flatter, s'il était possible de le faire! Voici une ordonnance du médecin que je vais faire exécuter moi-même; je ne m'en rapporte qu'à mes propres yeux. O ma chère Molly... s'il faut que je m'en retourne sans toi!...

Un gémissement douloureux acheva sa pensée; il se jeta encore une fois dans les bras de mon père, et s'éloigna précipitamment. En passant devant la chambre qu'il occupait, nous entrevîmes une jeune personne d'une pâleur et d'un abattement extrêmes. Elle était assise dans un fauteuil, la tête appuyée sur l'une de ses mains. Il nous sembla qu'elle pleurait; mais la discrétion ne nous permit pas de regarder assez longtemps pour nous en assurer. Quelques heures après, mon père descendit chez M. Burner pour apprendre de lui si notre visite serait agréable à sa fille. Molly répondit qu'elle nous verrait avec plaisir. Quoique arrivée au terme de ses jours, elle ne gardait cependant point le lit. Nous la reconnûmes pour la personne que nous avions entrevue. Figurez-vous, chère maman, une fille de dix-huit ans, admirablement belle, malgré sa maigreur et la pâleur de son teint, une taille élevée, pleine de noblesse, et la voix la plus douce qu'il soit possible d'entendre. Elle voulut se lever, sa faiblesse l'en empêcha; un sourire mélancolique accompagna l'excuse qu'elle nous en fit. Son père, presque aussi pâle qu'elle, avait les yeux sur moi. Ah! maman! que j'avais de peine à retenir mes larmes! Que cette belle fille me paraissait touchante, et son père infortuné! Je faisais d'autant plus d'efforts pour me contenir, que miss Molly avait toujours les yeux sur moi. Je ne pouvais détourner un instant les miens, que ces grands yeux bleus ne se tournassent aussitôt de mon côté. Je me sentais fort embarrassée, lorsqu'à son tour, ne pouvant plus contenir son émotion, elle dit en anglais à son père qu'elle ne pouvait se lasser d'admirer ma ressemblance avec sa sœur Mina.

— Ah! miss, m'écriai-je dans la même langue, vous ne pouvez croire combien il m'est doux de vous rappeler quelqu'un que vous aimez!

Je rougis beaucoup après avoir dit ces paroles. Pour Molly, elle parut saisie d'une douce joie en m'entendant parler anglais.

— Oh! maintenant, il me semble que vous êtes tout-a-fait ma sœur, reprit-elle d'une voix émue, en me tendant la main.

Nous nous embrassâmes. Hélas! ma chère maman, cette amitié si promptement établie devait être aussi bientôt rompue. Nous ne demeurâmes pas longtemps chez miss Burner, de peur de la fatiguer. Mon père nous mena voir le réservoir des bains sur la montagne de la Reine; mais au lieu de jouir de la promenade, je pensais à Molly; je la voyais sans cesse, et je ne pouvais me figurer qu'elle mourrait si belle et si jeune.

A peine fûmes-nous de retour, que M. Burner vint nous trouver.

— C'est le ciel qui vous a envoyés ici, s'écria-t-il, pour apporter quelque adoucissement à la situation de ma fille. Elle ne cesse de me parler de la vôtre. L'heureuse ressemblance qu'elle a remarquée et qui existe en effet, l'occupe avec une douceur inexprimable.

Il ajouta à ces paroles quelques éloges dont j'étais l'objet, et finit par me prier d'aller souhaiter le bonsoir à sa fille.

— Elle ne dort point, dit-il ; depuis longtemps l'infortunée est privée des douceurs du sommeil ; votre présence lui donnera peut-être des pensées agréables durant les longues heures de la nuit.

Mon père m'en ayant accordé la permission, je descendis précipitamment l'escalier, et j'arrivai bien avant M. Burner dans la chambre de Molly. Elle était couchée. Lorsque je l'embrassai, elle se souleva avec peine, et me laissa voir l'effrayante maigreur de ses bras et de sa poitrine. Je m'assis à côté de son lit, et nous nous mîmes à causer comme si nous nous connaissions depuis longtemps. Son père lui préparait une potion dans la chambre voisine. Je voulus lui raconter ce que nous avions vu dans notre voyage, croyant qu'un tel récit serait propre à la distraire. Molly branla doucement la tête en serrant ma main dans les siennes :

— Non, non, me dit-elle ; il n'est plus temps de m'entretenir ainsi ; les beautés de la nature, les agréments de la société ne sont plus rien pour ceux qui vont mourir.

Je voulus parler : elle posa sa main sur ma bouche, et, regardant avec inquiétude si son père pouvait l'entendre, elle ajouta fort bas :

— Il serait inutile de chercher à me tromper ; une sécurité qui se prolonge trop longtemps finit par devenir dangereuse. Dieu m'appelle, il faut que je me rende. Lorsqu'un voyage doit se faire, qu'importe l'heure à laquelle on part?

14

L'essentiel est de ne rien négliger pour être heureux à la fin
de sa route.

— Quoi ! repris-je du même ton de voix, à votre âge vous
avez le courage de parler ainsi ! Vous n'auriez donc aucun
regret de la vie ?

— Des regrets ne la prolongent pas, me dit-elle en soupirant. Quand on abandonne une famille tendrement aimée,
peut-on ne pas sentir de regrets ! Ah ! si au moins elle était
rassemblée autour de mon lit ! mais je ne la verrai plus... Je
cesserai de voir aussi mon père. Vous pleurez, chère miss ;
vous sentez mieux que personne la douleur que je vous
exprime, parce que vous chérissez vos parents autant que je
puis chérir les miens.

— Molly, ma chère Molly, lui dis-je en l'embrassant, et
en sanglotant le moins haut qu'il m'était possible ; au nom
de Dieu, espérons que vous ne mourrez pas.

— Pauvre petite, reprit Molly, comme vous vous affligez
pour moi que vous connaissez si peu ! En effet, j'ai tort de
ne pas respecter davantage votre sensibilité ; Dieu est bien
puissant ; il peut me sauver. Parlons d'autre chose. Combien
êtes-vous d'enfants dans la maison de votre père ?

Impatiente de quitter un sujet de conversation si pénible,
je lui parlai de mes frères et de mes sœurs. Je lui peignis la
vivacité d'Isabelle, l'esprit de Casimir, le bon sens d'Hippolyte, l'excellent cœur de Charlotte et la franchise d'Alexis.
Je lui dis, ma chère maman, combien vous êtes bonne et
indulgente ! douée des plus précieux talents, avec quelle
patience vous nous en faites part. Je lui appris que mon
père et le vôtre se consacraient aussi à notre éducation, et
que nous pouvions nous enorgueillir de devoir tout à nos
parents. Elle paraissait m'écouter avec beaucoup de plaisir.

— Et moi aussi, me répondit-elle, j'ai une bonne mère ;
depuis un an que je languis, elle a été sans cesse à mes

côtés. Mes sœurs n'obtenaient qu'avec peine qu'elle leur
cédât sa place pour aller prendre un peu de repos. On se
disputait le plaisir de m'accorder des soins; cette chère Mina,
à qui vous ressemblez si bien, plus rapprochée de mon âge
que les autres, a aussi plus de conformité avec moi dans le
caractère; nous n'avions jamais qu'un goût et qu'une pensée.
Que de fois je l'ai surprise priant Dieu tout en larmes pour
le rétablissement de sa sœur! Quoique bien jeune, elle a été
recherchée en mariage, il y a six mois, par un des hommes
les plus riches et les plus vertueux de l'Angleterre. Elle a
refusé sans hésiter, préférant les pleurs qu'elle versait auprès de sa Molly, à toutes les richesses de l'univers. Quand
je suis partie, elle aurait bien désiré me suivre; mais ma
mère, fatiguée par les soins qu'elle m'a prodigués, ne pouvait
se passer de ses secours. Pour moi, je ne voulais point quitter l'Angleterre. La crainte de mourir loin de ma famille
était plus forte en moi que le désir de recouvrer ici la santé.
Mais comment résister aux vœux de mon père! il avait mis
sa confiance dans la vertu des eaux; pouvais-je lui ravir
cette dernière espérance? Il s'aperçoit à présent qu'elle est
vaine. Presque aussi mourant que moi, il gémit sur mon
sort sans s'occuper du sien! que deviendra-t-il lorsque je ne
serai plus? il restera au milieu d'étrangers occupés de leurs
maux ou de leurs plaisirs; pas un peut-être ne s'efforcera de
calmer son désespoir... Ces pensées déchirantes...

— Ma fille, dit M. Burner en entrant, il me semble que
tu parles beaucoup pour une malade.

— M. Burner a raison, chère miss, repartis-je à mon tour;
je ne m'aperçois pas que le plaisir que je goûte auprès de
vous peut vous être nuisible. Adieu, je reviendrai vous voir
demain matin.

Je l'embrassai, et M. Burner me conduisit à notre chambre. Le lendemain, nous allâmes nous promener de bonne

heure, et au retour nous saluâmes miss Molly. Elle nous
parut encore plus faible que la veille. Le soir, une oppression
assez forte l'ayant prise, elle ne put se mettre au lit. Mon
père et moi, nous restâmes chez M. Burner jusqu'à l'heure
du souper. J'étais inquiète, tourmentée. Sur les dix heures,
je priai mon père de me conduire jusqu'à la porte de Molly,
où je ne voulais que m'informer de ses nouvelles, et revenir
sur-le-champ. J'interrogeai en anglais la gouvernante de
cette aimable fille ; elle me répondit en pleurant que sa maîtresse ne parlait plus. Un appel effrayant de M. Burner nous
fit tressaillir ; nous suivîmes la gouvernante. Molly venait
de s'évanouir ; son père la tenait entre ses bras. Je remar-
quai un livre de piété ouvert à côté d'elle. Pendant que
Betzy, la gouvernante, courait chercher le médecin, j'allai
prendre un flacon que mon père présenta à la malade. Elle
revint bientôt comme pour nous adresser un dernier adieu.
Sa voix était tout-à-fait éteinte ; elle posa ses lèvres mou-
rantes sur le visage de son père, et nous regarda avec une
tendre affection. Le médecin arriva. Après lui avoir tâté le
pouls, il garda un silence sinistre sans rien ordonner. Il me
semblait que c'était moi qu'il condamnait à la mort. J'avais
la respiration embarrassée, le cœur plein de sanglots que je
voulais étouffer. M. Burner s'étant éloigné de quelques pas
pour essuyer les larmes abondantes qui s'échappaient de
ses yeux, Molly me fit un léger signe. Je m'approchai de sa
bouche.

— Une boucle de mes cheveux, me dit-elle..

Je compris qu'elle désirait me la donner. Je coupai en
tremblant une des boucles blondes qui s'étaient échappées
de dessous sa coiffure, et je la posai sur mon cœur en regardant Molly, car il m'était impossible de parler. Elle voulut
encore me sourire ; une douleur aiguë qu'elle ressentit en
ce moment lui fit jeter un faible cri. Son père accourut pré-

cipitamment ; Molly l'embrassa encore, posa la main sur
son livre, leva les yeux au ciel, et les ferma ensuite en poussant un soupir qui fut le dernier. Au bout de quelques minutes, ne l'entendant plus respirer, nous nous regardâmes
avec effroi.

— Ma fille est morte, dit M. Burner d'un ton de voix qui
nous fit frémir. Il voulut marcher, les jambes lui manquèrent : il tomba aux pieds de Molly. On fut une heure entière
à le retirer de son évanouissement. A peine eut-il repris ses
sens, que, se voyant aux pieds de sa fille, il les embrassa en
versant un torrent de larmes, et sans proférer une parole.
Mon père le conjura de se soumettre à la volonté de Dieu ; il
pleura même en le serrant dans ses bras.

— Eh ! lui répliqua M. Burner, que voulez-vous que je
fasse? Ne voyez-vous pas que ma fille est morte? Dieu s'offense-t-il de ma douleur? Molly, ma chère Molly ! mon bonheur ! ma gloire ! est-il possible que je t'aie perdu ! Quoi! je
suis ton père, et je te pleure ! tandis que c'est toi qui devais
me pleurer. Cruel renversement de la nature ! Molly, mon
enfant, ne peux-tu me répondre encore une fois?

Tandis que cet infortuné se livrait à toute sa douleur, mon
père m'envoya coucher, et passa avec lui le reste de la nuit.
Pour moi, il me fut impossible de dormir. Je baignais de
mes larmes la boucle de cheveux que m'avait donnée cette
jeune Anglaise, dont j'entendais gémir le malheureux père.
Le lendemain on vint enlever les restes de la plus aimable
des filles. Nous accompagnâmes son cercueil ; il fut placé
au pied d'un rosier blanc, dans un petit enclos que M. Burner fit acheter exprès pour ce funeste usage. On posa sur
sa tombe une pierre blanche sur laquelle on lisait ce peu de
mots :

> Ici repose MOLLY BURNER, née à Cantorbéry.
> Elle est morte à l'âge de dix-huit ans.

J'étais debout, immobile devant cette tombe qu'on venait de placer; je ne pleurais plus.

Quoi! me disais-je, cette Molly, si belle, si jeune, si touchante, est maintenant couchée dans le sein de la terre! Je ne la verrai plus, je ne l'entendrai jamais parler, et elle n'avait que deux ans de plus que moi! Ces réflexions, ma chère maman, me plongèrent dans une tristesse mortelle; l'incertitude de la vie me la fit dédaigner, et il me sembla en ce moment que j'aurais voulu être morte comme Molly.

M. Burner, pâle et défait, avait suivi ainsi que nous le corps de sa malheureuse fille. Lorsque la pierre fut posée, il se jeta à terre et colla sa bouche sur cette pierre. Mon père s'efforça encore de le calmer; de longs et douloureux sanglots, à travers lesquels s'échappait le nom de Molly, fut tout ce qu'il put en obtenir. Enfin on parvint à l'arracher de ce lieu. Dès qu'il eut cessé de le voir, une douleur sombre, mais ferme, prit la place de ces pleurs et de ces sanglots. Mon grand-père lui ayant proposé de venir passer quelques semaines ici avec nous, il lui répliqua avec beaucoup d'abattement :

— Après la perte que je viens de faire, il ne me reste qu'une consolation, c'est la certitude que j'éprouve de ne pas lui survivre longtemps. Si vous saviez quelle fille j'ai perdue... Le coup est trop profond pour ne pas m'être mortel. J'ai enseveli, avec mon enfant, tout ce qui pouvait me rendre la vie heureuse.

Mon père lui fit observer qu'il avait d'autres filles.

— Rien, s'écria-t-il, n'est capable de me consoler de Molly, et elle n'eût pu elle-même me consoler des autres. C'est une place vide dans laquelle la mort vient d'entrer. Je pars dans une heure. Certain qu'il ne me reste que peu de temps à vivre, il faut que je mette ordre à mes affaires. Dieu veuille me conserver assez de force pour supporter la dou-

leur de ma famille, peut-être même ses reproches! Je lui ai
enlevé Molly, je l'ai privée de la douceur de pleurer sur son
tombeau.

Ce malheureux père rassembla à la hâte tous les effets qui
avaient appartenu à Molly, jusqu'à une tasse commune, dans
laquelle elle buvait. On trouva aussi au bord de son lit une
fleur fanée qu'elle portait deux jours avant de mourir. Il
tint longtemps ses lèvres collées sur cette fleur qu'il bai-
gnait de ses larmes, et il la serra précieusement dans son
sein. En entrant dans sa voiture il devint pâle et sans force.

— Ma fille était là, dit-il à mon père, en lui montrant la
place qu'elle occupait. Il se laissa tomber sur le siége, les
yeux fermés ; des larmes coulaient à travers ses paupières.
M. Burner partit enfin ; le bruit de la voiture qui emportait
ce malheureux père se confondit bientôt avec celui des
bruyants équipages qui se rendaient au séjour de la joie et
des plaisirs.

Mon cœur suivit l'infortuné. Je me représentai au moment où il arrivait seul au milieu de sa famille, où la mère
de Molly et sa sœur Mina, accourues dans l'espérance de
l'embrasser... liraient avec effroi la sinistre nouvelle dans
les regards éteints de M. Burner... Il a fallu me souvenir de
la douce réunion qui m'attendait ici pour diminuer un peu
l'oppression de mon âme, et j'ai besoin encore de me sentir
dans vos bras pour calmer tout-à-fait les déchirements que
cette pensée me cause.

Ainsi parlait Adrienne. Madame Albert n'avait pu se défendre d'une grande émotion en écoutant ce récit. Isabelle,
la voyant tout en pleurs, lui dit à son tour :

— Convenez, ma chère maman, que j'avais raison de vouloir vous épargner des sensations aussi pénibles.

— Je ne me plains pas de les éprouver, répondit madame

Albert; le sentiment de la compassion a quelque chose de doux, et l'on s'y livre sans regret.

Charlotte, qui rentrait dans ce moment, proposa à ses sœurs d'aller visiter son parterre.

On se rendit au jardin, où Adrienne remarqua avec peine que les charmilles étaient déjà bien dégarnies de leurs feuilles. Le parterre de Charlotte présentait un riche assemblage des fleurs de la saison. Ce n'étaient plus les tendres couleurs du printemps. Exposées à un soleil ardent, les peintures de l'automne sont aussi plus robustes. Les reines-marguerites, les soucis, les amarantes, les œillets d'Inde, les géraniums, les quarantaines brillaient à la place des jacinthes d'azur, des jonquilles pâlissantes, des blancs narcisses et du lilas, dont la fraîcheur dure si peu de temps.

Isabelle loua beaucoup le soin avec lequel ce parterre était entretenu, et Adrienne remarqua en souriant que le jasmin était couvert de fleurs.

— Tiens, Charlotte, dit Hippolyte en lui montrant un sédum, voilà une petite fleur jaune qui ferait de jolis massifs dans ton parterre.

— Fi donc! s'écria Charlotte avec dédain, cela vient dans tous les chemins. Le toit du pigeonnier en est couvert.

— En est-elle moins jolie pour se trouver partout? demanda Hippolyte.

— Tu n'en as vu dans aucun parterre, reprit Charlotte, et je suis étonnée que tu ne me proposes pas aussi des pissenlits.

— Charlotte ressemble à Aspasie, répliqua Casimir, elle n'estime que ce qui vient de loin. Si les pissenlits ne se trouvaient qu'à la Chine, elle les préférerait aux roses.

— A propos d'Aspasie, dit madame Albert, j'ai eu sa visite et celle de son oncle, M. Léon. Elle m'a donné de vos nouvelles, mais il s'en faut bien qu'elle me les ait données conformes à la vérité.

— Je les ai laissées, m'a-t-elle dit, dans une solitude effrayante, n'ayant pour toute compagnie qu'une espèce de demoiselle de village, sotte, gauche, ignorante comme elle doit l'être.

— Ah! maman, s'écrièrent les deux sœurs avec vivacité, que cela peint mal Félicie!

— Je le crois, reprit madame Albert; Aspasie est si ridicule, si remplie de préventions et de fausses idées, qu'elle ne m'a nullement convaincue. A son avis, M. Sylvère est un maniaque impoli, sans aucun usage du monde; son cabinet n'est qu'un ramassis d'objets communs; sa maison ressemble à une auberge de campagne, et ses promenades ne sont que des champs.

— Les peintures de mademoiselle Aspasie ne sont pas trop flattées, reprit Casimir, et j'imagine que partout ailleurs qu'ici elle nous eût barbouillés du même pinceau.

— Cela est d'autant plus croyable, reprit madame Albert, que, malgré tous les égards qu'elle me devait, elle n'a pu s'empêcher de laisser paraître le fond de sa pensée.

Le séjour de la campagne est funeste à ceux mêmes dont le goût semblait être le plus formé, me disait-elle d'un ton pédant; j'ai vu des demoiselles fort aimables y devenir presque de sottes villageoises, jusqu'à se plaire avec des ignorants, jusqu'à les préférer à ceux qui cultivent les arts, jusqu'à soutenir en leur honneur les thèses les plus extravagantes.

— Oh! il est clair, maman, qu'elle voulait parler de nous, dit Isabelle en riant.

— Elle a voulu savoir à quoi vous passiez ici votre temps. Je lui ai montré les dessins d'Adrienne. Elle a trouvé qu'ils se ressentaient de l'absence des grands modèles. Pour la cor-

beille de fleurs nuancées que brode Isabelle, Aspasie n'a pas
daigné dire ce qu'elle en pensait. Charlotte ne sait pas chanter avec goût, et Alexis ne saura jamais lire les vers de
Racine, s'il ne retourne pas à Bordeaux. Elle s'est beaucoup
récrie sur les soins que vous prenez du ménage : enfin, elle
est partie en vous blâmant, en vous plaignant ; et moi j'ai
rendu grâce au ciel de ce que mes filles ne lui ressemblent
point.

Deux ou trois jours s'écoulèrent ainsi à se raconter mutuellement ce qui s'était passé depuis leur séparation ; après
quoi chacun reprit son train de vie accoutumé.

XIX. — Les jeunes Naturalistes. — Histoire de Polna.

— C'est une bien jolie chose qu'un cabinet d'histoire naturelle ! s'écria un matin Isabelle en se promenant avec ses
frères et sœurs. Je pense toujours à celui de M. Sylvère. Là,
les métaux ; ici, les insectes ; un peu plus loin, les oiseaux ; dans un grand carré, les quadrupèdes, les reptiles,
les coquillages, les polypiers. Que toutes ces choses ainsi
rangées sont admirables à voir !

— Ne pourrions-nous pas en composer un aussi, nous ?
demanda Casimir. Il y a déjà quelques jours que j'y pense.

— Rien ne nous serait plus facile, répliqua Hippolyte
en riant ; nous avons le cabinet, il ne nous manque que les
meubles.

CASIMIR. — Eh bien ! ces meubles, nous les réunirons.

HIPPOLYTE. — Tu vas sans doute parcourir pour cela les
quatre parties du monde. N'oublie pas surtout d'apporter
un petit éléphant, au moins une couple de chameaux, quelques condors tout privés, et force coquillages des mers de l'In-
dostan.

ADRIENNE. — Ne plaisantons point, Hippolyte. L'autre jour, tu proposais à Charlotte une fleur des champs dans son parterre. Qui nous empêche de faire une collection des animaux qui se trouvent les plus près de nous?

CASIMIR. — Adrienne a raison. Sans courir les deux mondes, je puis fort bien réunir des oiseaux, des papillons, des insectes, des poissons même.

HIPPOLYTE. — Et des coquillages aussi. Les limaçons n'en sont-ils pas?

ISABELLE. — Ne raille pas tant, Hippolyte, et seconde notre projet, qui est vraiment délicieux.

CASIMIR. — Pour moi, il me semble que je me promène déjà dans notre cabinet, *Buffon* entre les mains, et une riche collection sous les yeux. J'étudie là tout le jour. On viendra le voir de plus de six lieues à la ronde... Mais qui nous fera les armoires vitrées? car il en faudra nécessairement. Les ouvriers de ce pays sont si maladroits!... Pourquoi n'ai-je pas demandé des renseignements là-dessus à M. Sylvère?... Attendez... C'est aujourd'hui jeudi... bon. Je puis lui écrire demain et recevoir sa réponse la semaine prochaine.

Hippolyte partit d'un grand éclat de rire.

— Voilà ce qui s'appelle divaguer tout-à-fait, s'écria-t-il; celui-ci se tourmente pour des armoires qui ne seront jamais remplies.

CASIMIR. — Jamais remplies! et pourquoi?

HIPPOLYTE. — Parce que c'est une chose fort difficile, et qui demande plusieurs connaissances préliminaires qui te manquent. Les oiseaux, par exemple, comment te les procureras-tu?

CASIMIR. — Belle demande! Je dénicherai les uns, j'attraperai les autres aux gluaux; j'achèterai aux montagnards ceux qui ne se trouvent que parmi les rochers.

HIPPOLYTE. — Fort bien! et quand tu les auras, qu'en feras-tu?

CASIMIR. — Je les empaillerai.

HIPPOLYTE. — Et comment t'y prendras-tu pour cela?

CASIMIR. — Je... je... je n'en sais rien. Je le demanderai à mon père.

HIPPOLYTE. — Voilà des gens à qui il ne manquait que les armoires. Cet ouvrage ne se fait pas aussi facilement que tu le crois, et mon père ne s'en est peut-être jamais occupé. Il faut du temps, de la patience, et des instruments fort délicats. Il ne suffit pas d'ouvrir une peau et de la remplir de paille. L'art consiste à donner une apparence de vie à l'animal, à lui conserver son attitude naturelle, la fraîcheur de son plumage. J'ai lu ce matin, sur cet objet, des détails qui me font juger de la folie de ton entreprise.

ISABELLE. — Mais enfin M. Sylvère a réussi...

ADRIENNE. — Ceci ne peut point entrer en comparaison. M. Sylvère est vieux, il est riche. Ce cabinet est le résultat des études de toute sa vie. Nous ne sommes que des enfants fort ignorants, et dont les plaisirs ne doivent rien coûter à leur famille déjà peu fortunée.

CASIMIR. — Eh bien! laissons là les oiseaux; mais rien ne m'empêche de conserver des insectes.

ADRIENNE. — Oh! non. Cela ne s'empaille point.

HIPPOLYTE. — A la bonne heure. Il ne faut donc pas dire que tu veux former un cabinet, mais une collection; et, au lieu d'armoire, tu t'occuperas d'une simple boîte vitrée.

ISABELLE. — N'importe; il est nécessaire de commencer par quelque chose. Comme dit Manuello, le nid d'un oiseau n'est d'abord qu'un brin de paille. Console-toi, mon cher Casimir; ton cabinet d'aujourd'hui est devenu une boîte;

quelque jour cette même boîte deviendra peut-être un cabinet.

— Voici toujours de quoi le commencer, reprit Casimir en jetant son mouchoir sur un papillon.

C'était un de ceux du genre nommé *porte-queue*, si beau et si commun dans nos parterres. Casimir, ayant voulu le prendre avec ses doigts, le trouva tout mutilé. La poussière brillante de ses ailes était restée dans le mouchoir, et l'une de ses antennes s'était brisée.

— Si toutes les pièces ressemblent à l'échantillon, s'écria en riant Hippolyte, on ne viendra pas de six lieues à la ronde pour voir ce fameux cabinet.

— Il y a une certaine manière d'attraper les papillons sans les gâter, dit Adrienne ; mais je ne suis pas certaine de m'en bien souvenir. Je crois cependant que c'est avec une espèce de filet de soie...

— Justement, dit Charlotte ; maman m'en a fait un que je vais vous montrer...

Elle courut à la maison et revint promptement avec une poche de gaze faite dans la forme d'une chausse à passer les liqueurs, et attachée par son ouverture à un petit cercle d'osier fixé au bout d'un manche.

— Ce n'est pas tout-à-fait cela, dit Adrienne ; celui que je veux dire doit être à réseaux et non pas en gaze, afin de pouvoir, avec de petites pinces, saisir le papillon à travers les mailles. Mais, faute de mieux, celui-ci peut servir : il gâte moins les papillons qu'un mouchoir.

Dès ce même jour, on se mit à faire des filets, pour lesquels Isabelle déchira sans regret un fort joli tablier de gaze ; et voilà nos jeunes chasseurs qui se répandent de tous côtés à la poursuite des papillons et de tous les insectes ailés. Malheur à celui qui porte une livrée remarquable ! L'or et l'azur dont il est paré excitent l'avidité des chasseurs, tandis

qu'ils laissent errer librement ceux qui n'ont, pour tout vêtement, qu'une robe obscure et uniforme. C'est ainsi qu'autrefois, dans les combats, on remarquait les guerriers couverts d'armes étincelantes, et on les attaquait de préférence
pour s'emparer de leurs dépouilles. A mesure que nos chasseurs attrapaient leur proie, ils la serraient dans une petite
boîte dont chacun était pourvu. Lorsqu'on se rassembla pour
réunir le tout dans un grand carton, et qu'il s'agit d'attacher
les insectes avec les épingles, Adrienne, Isabelle et Charlotte ne voulurent plus s'en mêler. Aucune ne se sentit le
courage de supplicier ces innocents animaux, dont tout le
crime était de leur avoir plu. Les frères, moins sensibles, se
moquèrent de la faiblesse des demoiselles.

— Ne faut-il pas qu'ils meurent? disait Hippolyte en les
piquant hardiment; qu'importe que ce soit aujourd'hui ou
demain!

Malgré la solidité de ce raisonnement, les jeunes filles ne
voulurent pas regarder dans la boîte pour juger de l'effet de
la collection, de peur de voir souffrir ceux qui la composaient. Elles attendaient au lendemain, dans l'espérance que
les insectes seraient morts. Le lendemain, deux jours après,
ils se débattaient encore.

— Quoi! dit Adrienne avec chagrin, leurs souffrances
sont de si longue durée! Pauvres animaux! nous sommes
bien barbares dans nos plaisirs. Isabelle, voilà qui est fini;
je ne veux plus enrichir la collection. Tu ne saurais croire
combien je me reproche la part que j'y ai déjà prise.

— J'y renonce aussi, répondit Isabelle; le cœur me saigne,
quand je regarde ces pauvres papillons battre des ailes et
remuer les pattes depuis quatre jours.

— Cela me donne envie de pleurer, reprit Charlotte; il
faut être bien méchant pour trouver du plaisir à s'occuper
ainsi. Que ne faites-vous comme moi? Je les attrape avec

mon réseau ; je les regarde à mon aise, et puis je les laisse aller.

CASIMIR. — Mais si tout le monde vous imitait, il n'y aurait point de cabinets d'histoire naturelle.

ADRIENNE. — J'en conviens, et toutefois, sans blâmer ceux qui les composent, je renonce de bon cœur à l'honneur qui me reviendrait du tien.

CHARLOTTE. — Et moi, je prends sous ma protection tous les insectes qui se reposeront dans mon parterre. Je n'accorde à personne le droit d'y entrer pour s'en emparer.

HIPPOLYTE. — Nous en trouverons bien assez ailleurs, et ta protection n'en sauvera pas beaucoup.

ADRIENNE. — Étudions les fleurs ; cela ne fait de mal à rien, et le plaisir sera le même.

CASIMIR. — Bon ! les fleurs sont inanimées. Cette étude n'est bonne que pour les médecins.

ISABELLE. — Félicie n'est point un médecin ; cependant elle a étudié la botanique : elle nous a dit des choses charmantes sur les fleurs.

ADRIENNE. — Quoi de plus joli que cette filiation qui les unit entre elles! Chaque fleur fait partie d'une grande famille. Si on en trouve une isolée, on examine avec soin ses caractères, et on lui assigne la place qu'elle doit occuper. Par exemple, voici une petite fleur blanche ; elle a quatre pétales ; ils sont opposés les uns aux autres de manière à former une croix. Eh bien ! il y a une famille dont cette disposition des pétales désigne le caractère ; c'est parmi les crucifères que je placerai cette fleur.

HIPPOLYTE. — Fort bien ; mais, pour connaître à quelle famille elle appartient, vous ne savez pas pour cela son nom ; car sans doute elle en a un qui lui est propre.

ADRIENNE. — Vraiment oui ; chaque famille se divise en genres et chaque genre en espèces. Une connaissance conduit à l'autre, et l'on parvient ainsi à désigner précisément la plante que le hasard nous fait rencontrer.

CASIMIR. — C'est un travail épouvantable.

ADRIENNE. — Crois-tu qu'il n'en soit pas ainsi des insectes? et as-tu espéré les étudier sans peine?

CASIMIR. — Il est bien vrai que rien ne s'apprend sans qu'il en coûte beaucoup de travail. Quel dommage qu'on ne sache pas tout d'un coup ce que l'on désire !

— Tout le plaisir s'en irait avec le privilége, reprit M. Léopold, qui avait entendu les derniers mots de Casimir. Dès qu'il n'en coûterait rien, on voudrait tout savoir ; et lorsqu'on saurait tout, on s'ennuierait dans le monde : car quoi faire en un lieu où il n'y aura plus rien à apprendre?

CASIMIR. — On jouirait de ce que l'on sait.

M. LÉOPOLD. — C'est une jouissance qui n'est pas faite pour nous. Ce que nous possédons n'est rien ; c'est ce qui nous échappe qui est à nos yeux d'un prix infini : tel est le caractère de l'homme. D'où vient que le monde avec ses soucis et ses misères nous enchaîne si fortement? C'est qu'il y règne un certain mystère impossible à pénétrer ; c'est un théâtre tout rempli de rideaux. Aussitôt que l'un se lève, on en aperçoit un autre, à la suite duquel il y en a mille. Quelle que soit la pièce qu'on représente, triste ou gaie, bonne ou mauvaise, on reste pour voir ce qui se passe derrière le dernier rideau, qui cependant ne se lève jamais.

Quelque temps après cette conversation, madame Albert était allée avec Bibiane dans un domaine assez éloigné, pour y préparer ce qui était nécessaire aux vendanges, dont le temps approchait ; M. Albert venait de partir pour Orthès, où il avait affaire ; M. Léopold lisait dans son cabinet ; Alexis étudiait une page d'histoire ; Casimir et Hippolyte dessinaient des figures de mathématiques ; les trois jeunes demoiselles avaient apporté leur ouvrage auprès d'un gros noyer qui ombrageait la porte de la maison. Assises sur une longue pierre placée auprès de l'arbre, elles travaillaient en s'entretenant avec amitié, lorsqu'une pauvre femme entra dans la cour. Elle était pâle et paraissait se traîner avec peine. Sans la mandoline qu'elle avait sur le dos, Adrienne et Isabelle ne l'eussent point reconnue. C'était la Bohémienne qu'elles avaient rencontrée sur le chemin de Barèges. Cette malheureuse était restée malade à Saint-Pé, où de pauvres gens l'avaient recueillie et soulagée. Maintenant, malgré son extrême faiblesse, elle se promenait de village en village, en demandant l'aumône. Elle ne reconnut point d'abord les jeunes filles ; mais, en regardant Isabelle avec attention, elle se ressouvint de la bague qu'elle lui avait donnée, et pria les deux sœurs de l'assister encore une fois dans sa misère.

— Vous paraissez bien souffrante, lui dit Adrienne, entrez dans la maison ; notre mère est absente, mais cela n'empêchera point que vous ne soyez bien reçue.

Adrienne fit un signe à Isabelle, qui courut aussitôt demander à M. Léopold la permission de faire manger cette pauvre femme.

— Faites comme vous l'entendrez, mes chères amies, répondit M. Léopold. Quand votre mère n'y est pas, vous êtes les maîtresses de la maison pour tout ce qui est juste et louable.

Isabelle baisa les mains du vieillard, et revint auprès de sa sœur, qui, sans perdre de temps, servit à la Bohémienne du beurre et du fromage frais. Pendant que cette pauvre femme mangeait, et que Charlotte examinait curieusement sa mandoline déposée sur une chaise, Isabelle, penchée à l'oreille de sa sœur, l'engageait à lui demander son histoire, que le peu de mots qu'elle en avait dit leur faisait supposer intéressante. Adrienne y pensait, mais elle cherchait quelque

15

propos qui fût propre à amener cette demande, qu'elle n'osait faire brusquement, de peur d'affliger la Bohémienne. Après avoir un peu rêvé, elle dit à cette pauvre étrangère :

— Le genre de vie que vous menez me paraît triste et bien pénible.

— C'est le plus misérable de tous, répondit la Bohémienne, et encore n'ai-je pas le droit de m'en plaindre.

— Il eût donc dépendu de vous d'en suivre un autre? reprit Isabelle.

— Oh! oui, répliqua la pauvre femme; j'ai foulé aux pieds mon bonheur.

— Voilà qui est bien cruel, ajouta Adrienne; vous n'en êtes que plus malheureuse, puisque vous le reconnaissez.

— Nous ne voulons pas vous faire de peine, dit Isabelle, mais ce que vous dites pique si vivement notre curiosité... Il doit vous être arrivé des choses surprenantes.

— Oh! mon Dieu non, poursuivit la Bohémienne; mes aventures sont toutes simples. Elles n'en sont pas pour cela moins instructives; et si vous souhaitez de les entendre, vous verrez qu'on paie quelquefois fort cher les fautes que l'on commet dans sa jeunesse.

— Vous ne saurez nous faire un plus grand plaisir que de nous les raconter, répondit Adrienne.

— Il m'est doux, mes chères demoiselles, de reconnaître ainsi les bontés que vous avez pour moi, continua la Bohémienne.

HISTOIRE DE POLNA.

Il me semble que je vous ai dit que ma mère, qui menait une vie errante comme la mienne, me mit au monde chez un seigneur polonais, tout près de Sandomir, ville forte, mais peu remarquable, sur la Vistule. Ce seigneur, appelé Grosinski, m'ayant présenté sur les fonts de baptême, me donna le nom de Polna. Il offrit à ma mère de me garder et de m'élever comme son enfant, afin que je pusse faire la consolation de ses derniers jours, car il ne s'était jamais marié. Ma mère ne balança point à accepter une proposition aussi avantageuse pour sa fille. Elle était veuve, et n'avait d'autre héritage à me laisser que son misérable sort. Hélas! elle essaya en vain de m'y soustraire; le ciel me le réservait pour me punir. Elle me laissa donc chez le seigneur Grosinski, et recommença ses courses vagabondes; mais elles furent bientôt terminées pour toujours. Attaquée d'une maladie dangereuse, elle périt dans un village de la Prusse, avant que j'eusse atteint ma deuxième année. Grosinski, instruit de la mort de ma mère, s'attacha plus fortement à moi. Il ne craignit plus qu'elle vînt un jour me redemander, et lui ravir ainsi tout le fruit de ses peines. Je croissais dans ce château au sein de l'abondance, et j'ignorais à qui je devais le jour; car ce respectable seigneur avait poussé la générosité jusqu'à souffrir que je le nommasse mon père. Lui-même m'appelait sa fille. Il défendit aux serviteurs de me désabuser, dans la crainte de me faire perdre quelque chose de ma félicité. A mesure que l'âge augmentait mes forces, celles de mon bienfaiteur diminuaient; les infirmités l'accablaient au point que depuis longtemps il était obligé de vivre très-sédentaire. Il s'efforçait, par toutes sortes de bons traitements, et par les agréments de son esprit, de me dédommager de la solitude dans laquelle je vivais à mon âge; mais il ne voulait pas consentir que je le quittasse. Lorsque des amis le pressaient de me confier à leurs soins pour que je pusse connaître au moins une seule fois les plaisirs de mon âge, il répondait :

— Polna est ici pour donner des soins à ma vieillesse; ces soins ne s'accordent pas avec les plaisirs que vous voulez que je lui procure. Elle jouira de toute ma fortune quand j'aurai cessé de vivre, et cette époque ne peut être éloignée. Je ne lui demande que le sacrifice de quelques années. Suis-je injuste de l'exiger pour prix de mes bienfaits?

Cette réponse, que j'entendis un jour sans que Grosinski s'en doutât, me donna de l'humeur contre mon bienfaiteur. J'y trouvai quelque chose d'extraordinaire, d'exigeant, et je soupirai pour être libre. Une femme qui servait Grosinski depuis nombre d'années, jalouse de la faveur dont je jouissais, épiait attentivement le moment de me perdre. Elle devina alors ce qui se passait dans mon âme, et me porta les premiers coups qu'elle méditait.

Un soir que j'étais plongée dans une profonde mélancolie, elle dit tout près de moi, et comme si cette réflexion lui échappait malgré elle :

— A son âge, faut-il être ainsi l'esclave d'un vieillard qui ne lui a point donné le jour !

— Que dites-vous, Stenrica? lui demandai-je vivement; de qui parlez-vous?

— Quoi! vous m'avez entendue? répliqua-t-elle d'un air effrayé. Au nom de Dieu, ne me trahissez pas, ne dites pas à mon maître que c'est moi qui vous ai révélé le secret de votre naissance !

— Comment? quel secret?... Ne craignez rien, Stenrica; il n'en saura rien : dites-moi tout.

Cette femme perfide me raconta alors ce que je vous ai dit plus haut du passage de ma mère dans ce château, et de l'adoption que le seigneur fit de moi. Elle ajouta à ce récit les plus horribles impostures, me laissant entrevoir qu'on avait employé la violence pour forcer ma mère à se séparer de moi; que le bruit de sa mort avait faussement couru; et que plusieurs personnes l'avaient vue à Prague, où Grosinski la faisait surveiller, pour l'empêcher de venir me réclamer. Si mon cœur eût été innocent, si je n'eusse déjà nourri des murmures et des reproches contre mon bienfaiteur, un semblable récit n'eût point prévalu contre ses bontés; mais le mécontentement est un nuage qui, d'un point qu'il était, parvient à envelopper tout l'horizon. Je voulus couvrir mon ingratitude d'un motif louable et spécieux en l'attribuant à la piété filiale; mais ce sentiment était si peu sincère, que je ne songeai même pas à demander dans quelle situation se trouvait ma mère, et je résolus de l'aller rejoindre pour recouvrer ma liberté.

Grosinski s'aperçut que je roulais quelque chose dans mon esprit; il s'efforça d'obtenir ma confiance, et fut tout surpris de me trouver insensible à ses bontés. Je me taisais avec une obstination qui l'irrita.

— Polna, s'écria-t-il, est-ce ainsi que vous m'êtes soumise? Puisque mes prières ne servent de rien, je vous ordonne maintenant de me répondre.

— De quel droit me l'ordonnez-vous? lui répliquai-je; vous n'êtes pas mon père.

Frappé de surprise et de douleur à ces paroles offensantes, Grosinski fut un moment sans ouvrir la bouche. Enfin il reprit:

— J'ignore qui vous a si bien instruite, Polna, mais on vous a dit vrai. Je ne suis point votre père; je vous en ai seulement donné tous les soins, et je vous en destinais toutes les faveurs.

Il me quitta en achevant ces mots, dans l'espérance que j'y réfléchirais avec fruit. Peut-être son attente se serait-elle réalisée, si Stenrica ne fût venue dans le moment avec une prétendue lettre de ma mère. Dans cette lettre, on me confirmait tout ce que m'avait dit la perfide, et les plus vives instances pour m'engager à fuir la terminaient. Il n'en fallut pas tant pour m'encourager. J'entrais dans ma quinzième année, je ne me souciais que d'être libre; l'ave-

nir n'était rien pour moi. Le jour de ma fuite fut décidé.
Stenrica me procura un habit bohémien qu'elle eut soin de
me faire croire envoyé par ma mère. Une lettre y était encore jointe. Ma mère s'y plaignait que, lors de la violence
qu'on lui fit pour l'éloigner du château, on lui garda des
effets précieux qu'elle m'ordonnait de reprendre en argent,
si je ne pouvais les recouvrer autrement : c'était me conseil-
ler un vol. J'avais de la peine à m'y résoudre, et il fallut
toute l'éloquence de Stenrica pour m'y déterminer.

La veille de mon départ projeté, je me glissai donc tout
doucement dans le cabinet de mon bienfaiteur, dont une
porte communiquait avec sa chambre. Il était près de minuit ; je tremblais d'être surprise : quelque chose qu'on
m'eût dit, quelque criminelle que je fusse déjà, je ne pouvais
me dissimuler toute l'horreur de mon action. Le coffre qui
renfermait une partie de l'argent de Grosinski était placé
sur une table ; la clé n'en avait point été ôtée. Ce vénérable
seigneur, plein de confiance en ceux qui l'entouraient, ne
prenait aucune précaution contre eux. Il m'était bien facile
de commettre mon crime ; cependant une puissance invisi-
ble me retenait ; le coffret était ouvert, et il m'était impossible d'y toucher ; ma main, appesantie par des remords, ne
pouvait se lever. Tandis que j'étais incertaine et troublée,
mon bienfaiteur, inquiet du léger bruit qu'il avait entendu,
se leva et ouvrit la porte du cabinet... Sa présence inattendue fut pour moi un coup de foudre. Je ne pus la soutenir, je me jetai à ses pieds en me cachant le visage entre
les mains.

— Misérable ! s'écria-t-il, voilà donc la récompense de mes
bienfaits et de ma tendresse ! il ne te manque plus que d'un
couteau et de le plonger dans mon cœur ; c'est le seul moyen
de te soustraire à ma vengeance ;..... mais non, ne crains
rien, je ne saurais punir rigoureusement ce que j'ai tant

aimé. Polna! Polna! d'où viennent des pensées si crimi-
nelles? Dans un âge si tendre, où as-tu puisé tant de per-
versité? dis-moi qui a soufflé dans ton cœur le venin de
l'ingratitude : une confession franche et entière peut encore
t'obtenir ton pardon.

Humiliée, anéantie, je lui donnai, sans oser lui répondre,
les deux prétendues lettres de ma mère.

— Fille abusée! me dit-il après les avoir lues, dans quel
abîme tu t'allais précipiter! Avec un peu de confiance en
moi, tu te serais évité bien des maux; je t'aurais fait connaître que ta mère n'existe plus, et que ces écrits sont d'affreuses impostures.

Alors, il me raconta ce que je vous ai dit des circonstances
de ma naissance et de la mort de ma mère. Il termina cette
ouverture en me sommant de lui nommer ceux qui m'avaient
remis ces lettres et conseillé l'horrible conduite dans laquelle
je m'étais engagée. A quinze ans, on n'a pas une fermeté
bien décidée; le bien et le mal ont presque une égale puissance sur un jeune cœur qui brise l'autorité de ses guides.
Stenrica m'avait rendue ingrate; et, malgré les serments
qu'elle m'avait fait faire de ne jamais la trahir, Grosinski
m'allait rendre parjure à son égard, lorsqu'elle entra précipitamment.

— Seigneur, s'écria-t-elle, je viens ici toute tremblante;
j'ai entendu parler au bas du grand escalier. Quelqu'un
s'est assurément introduit dans ce château. Entraînée par la
frayeur, je suis accourue dans votre chambre, d'où je vous
ai entendu parler ici. J'imagine que la même crainte qui
m'agite vous tient l'un et l'autre éveillés à cette heure.

Grosinski, alarmé, fit appeler ses valets. On s'arme; on
visite tout le château; on ne rencontre rien. Ce n'était
qu'une ruse de Stenrica pour arrêter de ma part une con-

fidence qu'elle redoutait. Nous ne reprîmes point cette nuit-là notre conversation.

Le lendemain matin, le hasard voulut qu'une affaire dont je n'ai jamais connu les motifs, obligea mon bienfaiteur à s'éloigner du château, ce qui ne lui arrivait presque jamais. Stenrica me persuada que c'était pour me mettre dans un couvent, d'où je ne sortirais de mes jours, et m'engagea à profiter de l'absence de Grosinski pour m'évader. Elle me parla encore de ma mère. Malgré toutes les raisons que j'avais de ne plus la croire, l'envie d'être libre l'emporta. Je ne voulus point toutefois recommencer le crime que j'avais failli commettre ; j'abandonnai le château, n'emportant avec moi que les présents que j'avais reçus de mon bienfaiteur, et quelque argent que me donna Stenrica, qui se trouvait trop heureuse d'être délivrée de moi à si bon compte.

Habillée en Bohémienne, je me rendis d'abord à Sandomir, où je m'embarquai sur la Vistule pour aller à Cracovie. Je disais à ceux qui m'interrogeaient, surpris de mon extrême jeunesse, que j'allais rejoindre mes parents à Prague en Bohême. J'emportais sur mon dos cette mandoline, dont j'avais appris à jouer chez mon bienfaiteur. Je me promenai quelques jours dans la ville de Cracovie. Cette capitale de la Pologne est ornée de magnifiques églises et d'un grand nombre d'édifices publics. A deux lieues de Cracovie, se trouvent les fameuses mines de sel de Vielitzka : c'est un village souterrain, dont l'église seule est bâtie à la surface de la terre. Dix ouvertures, en forme de puits, conduisent à deux mille pieds de profondeur, Là, on se trouve dans de vastes salles et des galeries immenses pratiquées dans la mine. On y voit des chapelles décorées de pilastres et de statues d'un sel transparent comme le cristal. Ces mines, connues depuis plusieurs siècles, paraissent inépuisables. Je traversai l'Oder à Ratibor ; je pris la route de Glatz avec des marchands de toile qui me donnèrent une place dans leur chariot, et j'arrivai en Bohême par les montagnes de la Moravie. Je vis les sources de l'Elbe, formé par onze ruisseaux qui se précipitent ensemble d'une hauteur de plus de deux cent cinquante pieds. Le pays me parut si pittoresque que je voulus poursuivre à pied le reste de mon voyage. J'étais forte et robuste pour mon âge ; j'avais tant de plaisir à me promener ainsi à l'aventure, que la fatigue ne se faisait presque jamais sentir. Le soir, je demandais à coucher dans les chaumières que je rencontrais. En payant bien, j'étais partout bien reçue. Un jour, j'arrivai dans un lieu fort extraordinaire, appelé le Labyrinthe des Rochers. C'est une multitude de pierres hautes de cent à deux cents pieds, d'une grosseur égale à la moitié de leur hauteur, et posées perpendiculairement dans un espace de plus d'une lieue de largeur. Ces pierres ressemblent à de grandes tours carrées, éparses çà et là, multipliées à l'infini. Quelques bouquets de verdure paraissent entre ces masses de rochers. Un ruisseau les traverse en serpentant, jusqu'à une grotte profonde, où il se précipite avec un bruit horrible. Je regardais avec surprise ces pierres extraordinaires, et je me demandais si c'était la seule main de la nature qui les avait distribuées ainsi, lorsqu'une troupe d'hommes et de femmes, sortant subitement d'entre les rochers, m'environnèrent, et m'ayant pris ce qui me restait d'argent, me déclarèrent que désormais j'allais être des leurs. Ils étaient vêtus comme moi. C'étaient des Bohémiens oisifs et vicieux qui, sous prétexte de révéler l'avenir, se permettaient toutes sortes de brigandages. Je leur répondis que j'allais rejoindre ma mère à Prague, et que, par cette raison, je ne pouvais demeurer avec eux. Ils me demandèrent son nom. Un seul vieillard de la troupe l'avait connue autrefois. Il m'assura qu'elle était morte dans un village de la Prusse. D'après ce que m'avait dit mon bien-

faiteur, je ne pus en douter, et je reconnus, mais trop tard,
l'erreur dans laquelle m'avait plongée Stenrica. Le spectacle
odieux de ces hommes et de ces femmes, dont plusieurs
étaient ivres, me faisait horreur, et je ne pouvais supporter
l'idée de demeurer avec eux. Ils voulurent connaître mon
histoire : ne croyant avoir aucune raison de leur en refuser
le récit, et espérant au contraire qu'en apprenant combien
ma vie avait été différente de la leur, ils me laisseraient
aller, je me mis en devoir de les satisfaire sans rien omettre.
Lorsque mon récit fut achevé, ils s'informèrent de la situation du château, du nombre des domestiques qui l'habitaient;
je répondis à tout fort innocemment; mais que devins-je, ô
ciel! lorsqu'ils décidèrent entre eux que je les conduirais
chez Grosinski, dont ils se proposaient de piller la demeure!
Je me récriai avec indignation contre un dessein si abomi-
nable, et je leur déclarai que rien au monde ne me ferait y
consentir. Quelques femmes furieuses se jetèrent sur moi
pour me maltraiter; d'autres m'arrachèrent de leurs mains,
et m'ayant emmenée dans leur repaire, elles me gardèrent
à vue. Je passai la nuit dans les larmes. Le lendemain, on
agita encore l'horrible proposition. Effrayée du traitement
de la veille, je pleurais sans leur répondre.

— Eh bien! dit un homme d'une taille haute et d'un maintien farouche, il n'y a qu'à nous en défaire, si elle refuse de
nous servir.

Tous applaudirent à cette barbare conclusion. Aussitôt ils
me fermèrent la bouche avec un mouchoir, afin d'arrêter
mes cris, et l'homme m'ayant saisie entre ses bras, me porta
à l'entrée de la grotte, où le ruisseau se jette dans un abîme.
Déjà il prenait l'essor pour m'y précipiter, lorsqu'on demanda à m'interroger encore une fois, pour savoir ma dernière résolution. La crainte de la mort me fit promettre tout
ce qu'on voulut; et dès le jour même, on me força à retourner

sur mes pas. Déjà nous étions arrivés sur les bords de la Vistule, et nous apercevions la forteresse de Sandomir. Trois jours suffisaient pour se rendre de là chez Grosinski. J'avais toujours espéré que quelque heureuse circonstance me délivrerait des mains de ces scélérats ; mais, surveillée exactement par les plus redoutables, il m'était impossible de rien entreprendre. Lorsque je vis qu'il ne me restait plus aucun moyen de m'échapper, je pris la résolutions de mourir plutôt que de les conduire au château ; et, me jetant à leurs pieds tout en larmes, je leur peignis les bontés que Grosinski avait eues pour moi, sa vieillesse, ses infirmités, les fautes dont je m'étais rendue coupable envers lui.

—Ne me forcez pas, ajoutai-je, de devenir encore son bourreau, en vous conduisant moi-même dans sa maison. Il voudra la défendre, et périra sous vos coups. Si rien ne peut vous attendrir, faites de moi ce qu'il vous semblera bon. J'aime mieux perdre la vie que de commettre un crime si horrible.

Les cris de rage qu'ils poussèrent ne me permirent pas de leur faire entendre ces derniers mots.

—Quoi ! s'écriaient-ils avec fureur, nous frustrer de notre espérance, après un si long voyage !

Les mauvais traitements suivirent cette réflexion ; ils me traînèrent par les cheveux ; plusieurs, armés de leurs couteaux, m'en portèrent des coups profonds, et sans doute ils m'eussent enfin arraché la vie, sans un détachement de hussards polonais qui survint tout-à-coup, et nous enveloppa. Je fus déposée dans un hospice de Cracovie, où il s'écoula un peu de temps avant que je pusse guérir de mes blessures. A peine rétablie, il me fallut comparaître publiquement avec ces scélérats, qu'on mit aussitôt en jugement. Mon histoire fut connue, et je me vis couverte de confusion. Je sentais que j'avais mérité tant de souffrances. Une partie des Bohémiens furent punis de mort, les autres passèrent le reste de leurs jours dans une obscure prison. Pour moi, ne sachant que devenir, je pris la résolution désespérée de retourner chez Grosinski pour implorer sa miséricorde. Je me flattais que les douleurs que je venais de souffrir pour lui m'obtiendraient au moins sa compassion. Exténuée de faim et de fatigue, couverte de haillons, je me présentai à la porte du château avec un mot d'écrit que je fis remettre à mon bienfaiteur, sans me nommer à celui qui s'en chargea. J'étais trop changée pour qu'on pût me reconnaître. Peu de moments après, on m'apporta de la part de Grosinski une bourse d'argent, et l'ordre de ne jamais me présenter à ses yeux. Au comble du désespoir, je m'éloignai de ce château qui avait dû un jour m'appartenir, et à la porte duquel je venais de recevoir l'aumône. Je suivis la première route qui se présenta; elle me conduisit en Hongrie. Le malheur m'avait appris à réfléchir. Je sentis que la bourse que m'avait donnée Grosinski ne manquerait pas de s'épuiser, et qu'alors je me trouverais sans ressources; mais que pouvais-je faire pour me garantir de la pauvreté? Je n'avais aucun état, aucune connaissance capable de me faire subsister. Assise sur un banc, dans une des belles promenades de Presbourg, je faisais ces tristes réflexions, lorsqu'une vieille femme s'approcha de moi et me dit :

— Voulez-vous que je vous prédise votre destinée?

— Hélas! lui répondis-je en pleurant, quelle que soit votre science, vous ne m'annoncerez jamais plus de maux que je n'en redoute.

Cette femme, qui était la bonté même, ainsi que je l'ai reconnu depuis, fut vivement touchée de ma douleur. Elle s'assit à côté de moi, et me demanda ce qui pouvait me donner de si tristes pensées à mon âge. Je vis tant de douceur et d'honnêteté sur son visage, que je ne pus me défendre de

lui parler avec confiance. Dans l'isolement où je me trouvais, j'avais besoin d'un ami quel qu'il fût. Je lui découvris
donc ma position tout entière ; elle ne put la connaître sans
frémir.

— Malheureuse enfant, me dit-elle les larmes aux yeux,
je vois pour vous des dangers que vous ne prévoyez pas
vous-même. Je ne suis qu'une misérable ; je fais le moins
lucratif des métiers ; cependant je vous invite à vous associer
à ma fortune. Vous ne serez jamais heureuse en la suivant ;
mais, s'il plaît au ciel, vous serez sage, parce qu'on peut
l'être dans tous les états.

— Que faites-vous donc ? lui demandai-je.

— Je mène une vie errante, me répondit-elle. Tantôt j'annonce l'avenir à ceux qu'une folle curiosité rend crédules,
ou qui s'amusent de mes prédictions ; tantôt je vends des
remèdes pour les troupeaux malades, ou des secrets propres
à détruire les animaux dangereux. Je ramasse dans un pays
quelques bagatelles qui ont du prix dans un autre, quelques
objets consacrés par la piété, et je vis ainsi sans faire de tort
à personne. Vous qui avez été élevée par un seigneur, vous
devez avoir bien plus de ressources dans l'esprit. Vous m'a-
vez parlé d'une mandoline ; cet instrument peut vous suffire
pour vivre dans les villages, où l'on vous paiera bien le
plaisir qu'il procurera.

Ce genre de vie était une triste perspective à mon âge. Ne
sachant que faire, je l'embrassai cependant. J'achetai une
mandoline et des habits convenables ; ensuite nous passâmes
en Autriche. Avant de quitter Presbourg, je parcourus cette
capitale : puisque c'était désormais le seul avantage que
j'allais avoir, je voulus au moins voyager avec quelque
fruit. Le Danube, le plus grand et le plus beau des fleuves
de l'Europe, a 250 mètres de largeur dans cet endroit. Il coule
au pied d'une montagne, au bas de laquelle Presbourg a été

bâtie. Le château situé sur cette montagne, dans la position la plus riante, domine entièrement la ville.

Ma compagne, nommée Basilide, était née dans un village de la Belgique, d'un père français et d'une mère allemande, de sorte que les langues de ces deux pays lui étaient également familières. Il y avait longtemps qu'elle n'avait vu le lieu de sa naissance ; elle voulut y retourner, au moins pour se retrouver encore une fois parmi ses parents et les amis de sa jeunesse. Nous sortîmes de l'Autriche par la Bavière ; nous traversâmes la Souabe, une partie de l'Alsace, et, après une marche longue et pénible, nous atteignîmes enfin le village d'Opoeteren, près Maseyk. Basilide y avait deux sœurs fort bien mariées, chargées, à la vérité, d'une nombreuse famille, mais dans un état d'aisance dans lequel je ne m'attendais point à les trouver. L'une avait sur le Rhin un moulin fort accrédité, l'autre entretenait quatre bateaux pour la pêche. Toutes deux reçurent Basilide avec joie ; les enfants l'entouraient et la comblaient de caresses ; les amis, les voisins paraissaient tous contents de la revoir. En remarquant l'accueil gracieux qu'elle recevait de tout le monde, je ne pus m'empêcher de faire un triste retour sur moi-même.

— Hélas ! me disais-je, en quelque lieu que je me transporte, je ne trouverai nulle part des cœurs satisfaits de mon arrivée. Je n'ai ni amis ni parents qui s'intéressent à moi ; et si j'avais le malheur de perdre Basilide, je resterais seule au monde.

Cette pauvre Basilide dit tant de bien de moi à ses sœurs, que je partageai le bon accueil qu'elles lui firent. Nous passâmes là un peu plus d'un mois avant de nous remettre en voyage. Pendant notre séjour, Basilide me fit remarquer une chose extraordinaire. Ce sont de petites collines d'environ cinquante pieds de haut, qui voyagent d'une manière très-sensible. Des vieillards avaient observé que depuis soixante ans elles avaient parcouru environ vingt arpents de terre. Elles enveloppent tout ce qu'elles rencontrent, arbres et chaumières, écrasant les unes, et n'abandonnant les autres qu'en continuant leur voyage. Les paysans, alarmés, avaient en vain essayé de les arrêter dans leur course par des fossés pleins d'eau. Formées d'un sable fin amoncelé par le vent, elles franchissent tous les obstacles à l'aide de son souffle impétueux.

Nous recommençâmes nos courses vagabondes, malgré les larmes et les prières des sœurs de Basilide, qui firent tout leur possible pour la retenir auprès d'elles. Basilide pleurait aussi en les quittant. Je ne pouvais concevoir comment, à son âge, elle préférait un genre de vie si pénible à la douceur de finir ses jours dans le sein d'une famille qu'elle aimait et dont elle était aimée. Je lui en demandai la raison lorsque nous fûmes à quelques lieues d'Opoeteren.

— Ma chère enfant, me répondit-elle, si un amour désordonné de l'indépendance vous a précipitée dans le malheur, un autre défaut m'y a conduite moi-même, et il est juste que j'en porte la peine. Ce défaut est l'oisiveté. Dès ma jeunesse, j'ai haï le travail. Les conseils et l'exemple de mes parents n'ont pu vaincre ma paresse. Tandis que mes sœurs se livraient à une vie laborieuse, je ne songeais qu'à me divertir : je me reposais sans avoir travaillé. Je suis parvenue ainsi jusqu'à un âge où de mauvaises habitudes ne se corrigent plus. Mes sœurs avaient la bonté de m'aimer, toute méprisable que je me montrais, et, à la mort de mes parents, elles me prirent avec elles. Leur position n'a pas toujours été ce qu'elle est maintenant ; elles en doivent l'amélioration à leur activité. La raison vint m'éclairer sur leur conduite et la mienne. Je vis que j'augmentais leurs peines, et je sentis qu'il n'était pas juste que le paresseux profitât des veilles de celui qui travaille. D'après ces réflexions, je me fis justice à moi-même, et je m'exilai volontairement. Voilà pourquoi j'abandonne aujourd'hui des sœurs que j'aime : le pain destiné à leurs enfants ne doit point m'être prodigué. La misère que je traîne à ma suite, comparée à l'état heureux de mes sœurs, est une leçon bien frappante pour la jeunesse. Toutefois, quoique la vie que nous menons ne soit estimée de personne, parce qu'on suppose que ceux qui l'ont embrassée pouvaient s'occuper d'une manière plus utile, j'ai rempli ma tâche avec sagesse et probité. J'ai opposé la douceur au mépris, la patience à la pauvreté, et j'espère que Dieu me pardonnera d'avoir si mal employé les jours qu'il m'a donnés à vivre.

— Ma chère Basilide, lui répliquai-je en pleurant, que vous êtes heureuse de n'avoir à vous faire qu'un si léger reproche ! Que dirai-je, moi, qui suis un monstre d'ingratitude ? Soit que je vive, soit que je meure, je n'ai rien à espérer de Dieu.

— Gardez-vous bien de tomber dans un pareil découragement, ma chère fille, reprit Basilide. Il y a miséricorde pour toutes les fautes dont on se repent sincèrement. Dieu est la bonté infinie, aucun péché n'est capable d'épuiser sa clémence.

Nous poursuivîmes notre route par l'Alsace et par la Franche-Comté, nous arrêtant dans les villes et dans les hameaux un peu considérables, Basilide pour vendre ses drogues et ses prédictions, et moi pour jouer de la mandoline et chanter la chanson du berger d'Anticyre. Quelquefois nous étions bien accueillies, bien payées ; d'autres fois, on nous chassait comme d'importunes mendiantes, ou l'on nous menaçait de nous faire punir comme des vagabondes. A Colmar, nous éprouvâmes tant d'humiliations, que nous résolûmes de ne plus entrer dans les grandes villes. Il y avait

passé, peu de temps avant nous, une troupe d'escamoteurs
qui avait fait plusieurs vols dans la ville. Le peuple, qui
dans sa colère enveloppe presque toujours l'innocent et le
coupable, ne nous jugeant que par notre habit, crut que nous
étions du nombre de ces aventuriers, et nous poursuivit à
coups de pierres en nous accablant d'injures. L'officier de
justice nous délivra de ses mains, et nous en fûmes quittes
pour quelques meurtrissures et beaucoup d'humiliations.
Les habitants des campagnes, au contraire, nous recevaient
avec joie. Ils écoutaient Basilide avec une naïve crédulité.
Souvent, ils nous suivaient assez loin de leurs villages.
Quelques jeunes filles, et même des vieillards qui n'avaient
point osé nous interroger en public, venaient nous trouver
pour connaître l'avenir. Basilide leur faisait d'adroites questions, auxquelles ils répondaient sans s'en apercevoir, et
elle en profitait pour leur donner les plus sages conseils.
Dans un village de Savoie, où nous arrivâmes un soir, nous
entrâmes dans l'église pour y faire notre prière. Une dame
qui s'y trouvait me remarqua, et il paraît que je lui plus. Au
sortir de l'église, comme nous nous disposions à rassembler
le monde autour de nous, elle nous fit dire d'aller lui parler
dans sa maison. Basilide, s'imaginant qu'elle voulait lui
acheter quelques drogues, prit sa petite boîte avec elle, et,
rendue devant la dame, elle lui vanta la bonté de sa marchandise.

— Ce n'est point cela dont j'ai besoin, lui répondit-elle;
mais j'attends que vous me parliez franchement au sujet de
la jeune fille qui est avec vous. Son air sage et recueilli
dans l'église m'a d'autant plus frappée, qu'il est rare de rencontrer de pareilles vertus dans les gens de votre état. Dites-
moi si vous êtes sa mère.

— Je ne la suis point, repartie Basilide; mais je l'aime
autant que si je lui avais donné le jour. C'est une orpheline
16

que j'ai adoptée, toute misérable que je suis, parce qu'elle n'avait point d'autres ressources. Sa bonne conduite ne s'est jamais démentie depuis que nous sommes ensemble, et je n'ai qu'à me louer de sa compagnie.

J'écoutais tout cela sans rien dire, fort inquiète de ce que la dame méditait à mon égard. Elle ne tarda point à me le faire connaître.

— Ma bonne, dit-elle à Basilide, puisque vous n'êtes point la mère de cette fille, et que vous m'en rendez un si bon témoignage, j'espère que vous approuverez l'intention où je suis de lui faire du bien. Laissez-la près de moi ; son service sera bien plus doux que la vie qu'elle mène, et, après ma mort, je lui assurerai un sort pour le reste de ses jours.

Basilide se retourna vers moi d'un air triste.

— Polna, me dit-elle, vous avez entendu ce qu'on me propose pour vous. Je ne veux point vous gêner ; mais vous devez faire attention à l'avantage qui vous en reviendrait.

— Ma chère protectrice, lui répliquai-je, je ne veux jamais me séparer de vous ; c'est tout ce que je puis répondre.

— Peut-être, mon enfant, reprit la dame, en s'adressant à moi, l'idée du service vous répugne-t-elle ; mais n'en prenez aucune alarme. Si vous répondez à mon attente, vous serez traitée bien différemment des serviteurs ordinaires ; je vous permettrai de vous asseoir à ma table, et vous ne vous tiendrez point ailleurs que dans mon appartement.

— Votre générosité me touche extrêmement, Madame, lui répondis-je ; mais je ne puis quitter ma compagne. Je lui dois une reconnaissance éternelle, et quand ce motif n'existerait pas, mon amitié pour elle me retiendrait encore. La voilà avancée en âge et sujette à des infirmités qui lui rendent mes soins utiles. La plus grande fortune ne me tenterait pas, et je mets toute mon ambition à lui consacrer le reste de ma vie.

La dame parut affligée et non pas offensée de mes paroles; elle loua même mon bon cœur, et nous fit passer la nuit dans sa maison. Lorsque nous fûmes couchées, Basilide voulut combattre ma résolution en me faisant observer qu'elle ne vivrait pas toujours.

— Que Dieu fasse ce qui lui plaira, répliquai-je en pleurant ; mais qu'il me préserve sur toute chose d'être ingrate une seconde fois ! Je commence à croire qu'il me pardonne ma première faute, puisqu'il me permet de n'y pas retomber dans cette circonstance.

Le lendemain, comme nous traversions une partie du village, nous entendîmes plusieurs voix s'écrier autour de nous : Le Drou tombe; il est tombé.

Ces paroles, que nous ne comprenions point, se répétèrent bientôt par tout le village ; une foule de personnes sortirent de leurs maisons avec des paniers, et, d'un air transporté de joie, elles se précipitèrent rapidement vers le confluent de deux ruisseaux assez considérables et dont les eaux étaient toutes troubles. Nous les suivîmes par curiosité. Nous les vîmes plonger leurs paniers dans le ruisseau, et les retirer si pleins de truites, qu'un homme avait besoin d'aide pour les sortir de l'eau. Ils en prirent ainsi une quantité prodigieuse. Pendant cette singulière pêche, des femmes et des enfants faisaient du feu sur le rivage, et se hâtaient d'y faire cuire le poisson, qui mourait très-promptement. On le voyait errer à la surface de ces eaux troubles, comme si quelque maladie l'eût frappé subitement. On nous invita à manger notre part du régal. Nous demandâmes d'où pouvait provenir une pêche si abondante et si facile. Un habitant nous répondit que, tous les ans, et quelquefois plus souvent, des rochers, en se détachant des montagnes, font grossir les eaux du Drou, qui se troublent ainsi que celles d'un autre ruisseau qui le reçoit ; qu'alors les truites étourdies, perdant la force de remonter les ruisseaux, nagent en foule à la surface, et se laissent prendre ainsi que nous l'avions vu. Pendant qu'il nous parlait, nous vîmes le ruisseau s'éclaircir insensiblement ; les truites ranimées reprirent leurs routes transparentes, et la pêche fut finie. Personne ne put nous expliquer la cause de l'état singulier de ces poissons, et nous continuâmes notre voyage.

Il y avait plusieurs années que nous étions ensemble, lorsque Basilide, qui souffrait depuis longtemps, tomba tout-à-fait malade en Silésie. Nous nous trouvâmes réduites alors à une cruelle situation, et nous fûmes plusieurs fois obligées de demander l'aumône. Pendant que Basilide, étendue sur un lit de paille, supportait patiemment le besoin et la maladie, j'allais de rue en rue, jouant de la mandoline, ou prédisant l'avenir et vendant des drogues ; car elle m'avait appris ses secrets. Tout en chantant, j'avais les larmes aux yeux et le désespoir dans le cœur. Enfin Basilide se trouva mieux. Nous nous remîmes en route ; mais, nous étant engagées imprudemment dans des montagnes, ma pauvre vieille amie perdit tout-à-coup ses forces. Je l'aidai à se traîner au pied d'une croix contre laquelle je l'appuyai. Se sentant mourante, elle me dit de lui mettre son rosaire entre les mains, et de prier avec elle. Je me mis à genoux, tout en larmes, et je priai Dieu ardemment de me conserver Basilide. Mes prières ne purent faire changer les décrets du Seigneur, qui avait marqué à ce moment le terme de la vie de ma protectrice ; elle mourut entre mes bras en me bénissant et en me recommandant la sagesse et la piété. Toute morte qu'elle était, je la tenais étroitement serrée contre mon sein, et je me livrais à la plus vive affliction. Des voyageurs me trouvèrent en cet état ; ils eurent compassion de mes larmes, et transportèrent le corps de Basilide dans un hameau voisin. J'offris au prêtre du lieu tout ce que j'avais pour qu'il rendît les derniers devoirs à ma malheureuse amie. Il fut assez généreux pour ne rien exiger. Il faudrait s'être trouvé à ma place et avoir connu Basilide pour se faire une idée de la douleur que me causa sa perte. Il me semblait que le monde était devenu tout-à-coup un désert; il l'était bien pour moi, puisque je n'y avais plus personne qui m'aimât. Deux mois après la mort de Basilide, j'allais entrer dans la ville de Francfort, lorsqu'une vieille aveugle, conduite par un petit chien, me demanda la charité. Le son de sa voix me fit tressaillir; je regardai cette femme, et je reconnus Stenrica.

— O ciel! m'écriai-je, la perfide Stenrica, devenue vieille et aveugle, implore aujourd'hui la compassion de cette Polna qu'elle a rendue si misérable!

Cette femme effrayée se mit à fuir en tâtonnant. Je l'arrêtai.

— Ne craignez rien, lui dis-je; vous m'avez mise hors d'état de me venger de vos perfides conseils; et quand il n'en serait pas ainsi, vous n'auriez encore rien à craindre. Dites-moi seulement ce qu'est devenu le vertueux Grosinski.

— Il est mort, me répondit en tremblant Stenrica.

— O mon bienfaiteur! repris-je en versant des larmes, c'est sans doute mon ingratitude qui vous a conduit au tombeau. Mais vous, Stenrica, vous qui ne m'avez perdue que pour profiter de mes dépouilles, comment me paraissez-vous encore plus misérable que votre victime?

— Puisque le ciel permet que je vous retrouve, dit cette femme coupable, promettez-moi de me pardonner mes crimes, et je vous les confesserais tous.

—Hélas! comment ne vous pardonnerais-je pas, répliquai-je, moi qui ai besoin de tant de miséricorde!

— L'avarice et la jalousie m'ont portée à tout le mal que je vous ai fait, reprit Stenrica. Après avoir joui seule, pendant un grand nombre d'années, de la confiance de Grosinski, je ne pouvais voir sans inquiétude son affection pour vous. Il me semblait qu'on me ravissait injustement tout le bien qui vous était destiné. Je profitai donc du chagrin que vous nourrissiez depuis quelque temps, pour vous confier mille impostures propres à vous détacher de votre bienfaiteur; j'essayai même de vous pousser à un crime qui vous rendît en horreur à ses yeux. Cette même nuit, que vous n'avez pas sans doute oubliée, inquiète du résultat d'une si hardie entreprise, j'écoutais attentivement ce qui se passait entre vous et Grosinski. Effrayée de la sommation qu'il vous fit de découvrir vos complices, je me montrai subitement, et, à l'aide d'une fausse alarme, je parvins à empêcher ce que je redoutais. Mais une explication pouvant avoir lieu tôt ou tard, je vous fis partir dès le lendemain.

Grosinski, en entrant au château, me trouva noyée dans de feintes larmes. Il n'apprit votre départ qu'avec une profonde douleur. Il était loin de s'y attendre, après la scène de la nuit. Il n'ordonna point cependant de vous suivre; il essaya même de vous oublier; mais il était facile de voir qu'il ne pouvait y réussir. Lorsque vous revîntes au château, c'est moi qui reçus votre lettre. Je me gardai bien de la montrer à Grosinski. Son cœur n'aurait point repoussé votre repentir, comme j'eus lieu de l'apprendre par la suite. Je me hâtai donc de vous envoyer une bourse et l'ordre barbare qui y était joint, comme s'ils fussent venus de votre bienfaiteur. Quelques mois après, il apprit votre aventure avec les Bohémiens; ce que vous aviez souffert plutôt que de les conduire au château, et tout le jugement de cette affaire, qui avait fait du bruit à Cracovie. J'étais absente en ce moment. Le domestique, témoin de ce récit, était celui qui m'avait remis votre lettre Il se rappela la jeune infortunée qu'il avait vue. Cette circonstance donna lieu à un éclaircissement dont je fus la victime. Mon maître ouvrit enfin les yeux. Il me chassa avec d'autant plus d'indignation, que sa confiance en moi était sans bornes. Désespéré de tant d'infortunes, il mourut en déplorant son sort. Pour moi, réduite à la plus affreuse misère, devenue aveugle par suite d'une maladie, je traîne mes jours dans les remords qui me suivront jusqu'au tombeau. Ainsi parla Stenrica. Ce récit me convainquit avec plus de force que jamais qu'il n'est point de crime qui ne rencontre enfin sa punition. Je partageai avec cette femme le peu d'argent que je possédais, et je la quittai pour ne la plus revoir.

J'ai toujours continué d'errer de pays en pays, portant partout les souvenirs de Grosinski et de Basilide, pleurant les fautes de ma jeunesse, et m'efforçant de les racheter au yeux du Seigneur. Plus misérable que jamais, j'attends qu'il lui plaise de me réunir à ceux que j'ai perdus ; mais je ne murmure point contre la Providence, puisque je subis évidemment le destin que j'ai mérité.

XX. — Les Dangers de la crédulité. — Le Chapeau de paille. — Démona.

— Vous aviez bien raison de nous dire que votre histoire est remplie de leçons utiles, s'écria Adrienne, après que Polna eut achevé son récit. Je vous assure que je n'ai jamais mieux senti qu'en vous écoutant combien est salutaire pour une jeune fille la confiance qu'elle met en ceux qui l'élèvent : car si vous eussiez fait à Grosinski la plus légère ouverture, tous les maux que vous avez éprouvés ne vous seraient point arrivés.

— Pour moi, je vous plains sincèrement d'avoir perdu cette bonne Basilide, qui était une si tendre amie, reprit Isabelle. N'êtes-vous jamais retournée chez ses sœurs ?

— Non, répondit Polna. Qu'aurais-je été faire en ce lieu après la mort de ma bienfaitrice ? Seulement, en passant à quelques lieues de leur demeure, je leur fis connaître cette triste nouvelle.

— Savez-vous, dit Charlotte, qu'il était temps que cette méchante Stenrica vous dévoilât toute sa conduite, je commençais à haïr ce seigneur polonais qui paraissait avoir été si dur à votre égard.

— Ma chère demoiselle, reprit Polna, la dureté n'est plus que justice, quand elle est excitée par l'ingratitude. Mettez-vous à la place de mon bienfaiteur, et jugez si j'avais droit de me plaindre. Je n'avais rien ; je reçois le jour dans son château, d'une mère réduite à la condition la plus misérable. Il me sert de parrain, m'adopte, m'élève comme sa fille, m'en accorde toutes les faveurs, et me destine toute sa fortune. Malgré tant de bienfaits, je dédaigne son amitié ; je l'accuse ; je l'offense ; j'ose former le projet de le quitter. Ma main criminelle essaie de lui dérober ce qui lui appartient ; et, lorsqu'il consent à me pardonner tant de noirceurs, je le fuis, je l'abandonne… Ah ! quand il m'eût fait renfermer pour le reste de mes jours, m'eût-il trop punie de tant d'ingratitude ? Son extrême indulgence ajoute encore à mon crime ; et il me semble que j'étais moins malheureuse avant de la soupçonner.

— Mais, répliqua Charlotte, le courage que vous aviez montré à l'égard de ces Bohémiens !…

— Y a-t-il quelque mérite à remplir un devoir dont l'omission nous rendrait dignes des plus horribles châtiments ? répondit Polna. Pourriez-vous me regarder sans horreur, si j'avais conduit ces scélérats chez celui à qui je devais tout ?

Charlotte ne dit plus rien. Polna, ayant remercié les jeunes filles de leur bon accueil, se leva pour continuer son chemin.

— La journée est déjà bien avancée, continua Adrienne où pourriez-vous aller maintenant?

— N'y a-t-il pas un village ici près? demanda Polna.

— Coaraze n'est qu'à deux pas... mais il me semble... M. Léopold entra dans ce moment.

— N'est-il pas vrai, mon père, lui dit Adrienne d'un ton caressant, que vous ne souffrirez point que cette femme, qui est malade, aille coucher ailleurs aujourd'hui que dans votre maison?

— Non, sans doute, répondit M. Léopold ; où trouverait-elle de si bonnes filles pour la soigner?

— Vous l'avez entendu, ma chère dame, reprit Isabelle ; il faut que vous restiez.

Polna était toute attendrie de la douce sollicitude de ces charmantes personnes. Pour tout remercîment elle joignit les mains et leva les yeux au ciel. M. Léopold lui demanda d'où elle venait maintenant.

— J'arrive de l'Espagne, répondit-elle. J'ai parcouru la Catalogne, le royaume de Valence, si fertile malgré ses nombreuses montagnes, les deux Castilles, et le pauvre pays de l'Aragon. En passant à Gavarnie avec quelques pèlerins, j'ai voulu monter comme eux sur le rocher de Notre-Dame pour y faire ma prière ; je suis tombée assez rudement, et ce n'est qu'avec beaucoup de peine que je me suis traînée jusqu'à Barèges, où la saison des eaux ayant réuni beaucoup de monde, j'espérais gagner quelque chose. Le repos que j'y ai pris m'a remise de ma chute ; mais, en arrivant à Saint-Pé, la fièvre m'a saisie. Assise au coin d'un champ je souffrais des douleurs inouïes, lorsqu'un pauvre paysan m'a aperçue. Touché de compassion, il m'a offert d'entrer chez lui et de partager avec sa famille le mauvais pain qui lui sert de nourriture. J'ai passé plus d'un mois dans sa maison, soignée par ses enfants et par lui-même. Ce brave homme n'a jamais voulu recevoir le peu d'argent que j'ai essayé de lui donner. Aussi me suis-je remise en route dès que j'ai pu me tenir debout.

Polna parlait encore, lorsque madame Albert revint avec Bibiane. Elle approuva tout ce que ses filles avaient fait; le lit de la Polonaise ayant été promptement préparé, on l'envoya coucher de bonne heure. Lorsque la famille se trouva réunie, à l'exception de M. Albert qui était à Orthès, Adrienne raconta, du mieux qu'elle put, l'histoire de Polna. Cette histoire intéressa tout le monde. Adrienne, profitant de cette disposition, demanda s'il n'était pas possible de garder toujours cette pauvre femme à Coaraze. M. Léopold lui répondit que sa fortune ne lui permettait pas d'exercer une pareille charité sans faire quelque tort à sa famille.

— Je suis bien sûre, reprit Isabelle, qu'aucun de nous ne s'en plaindra.

— Vous êtes encore trop jeunes, répliqua M. Léopold, pour juger de vos véritables intérêts. C'est à nous de combattre votre générosité, lorsqu'elle pourrait vous entraîner trop loin. Je ne pourrais garder cette femme sans renvoyer un de mes domestiques, et ce serait faire une injustice, puisqu'aucun ne s'est mis dans le cas d'être chassé.

— D'ailleurs, ajouta madame Albert, qui vous assure que le genre de vie que nous menons conviendrait à cette étrangère? Tout misérable qu'est son état, elle l'exerce depuis trop longtemps pour qu'il ne lui soit pas devenu nécessaire. Privée d'occupations, le repos ne serait pour elle que de l'ennui.

— Je vous dirai plus, poursuivit M. Léopold. Dieu me préserve de vous rendre défiants et impitoyables! mais il est

de mon devoir de vous apprendre à tenir un juste milieu
entre les soupçons et une trop grande crédulité. Il y aurait
de l'imprudence à retenir près de nous une inconnue, sans
avoir éprouvé suffisamment sa moralité. Le récit qu'elle
vous a fait de ses aventures pourrait être inventé à plaisir.

— O mon père, reprit Adrienne, si vous l'aviez entendue
elle-même, son air de vérité, les larmes que nous lui avons
vu répandre!...

— Eh bien! mes chers enfants, je ne veux point douter
de sa bonne foi; mais il y a des imposteurs qui savent aussi
prendre un ton persuasif et verser de feintes larmes. La raison doit toujours régler les mouvements de notre cœur,
même les plus généreux. Ne précipitons jamais nos jugements, soit en bien, soit en mal, et nous serons moins exposés à les réformer. Souvenez-vous surtout que l'excès de la
crédulité conduit presque toujours à l'excès de la défiance.

— Je ne comprends pas bien, mon papa, dit Hippolyte,
comment celui qui est très-crédule peut devenir très-défiant.

— Un exemple vous développera mieux cette idée, reprit
M. Léopold. Un de mes anciens amis, M. Henrique, était du
nombre de ces personnes qui ne se donnent pas la peine d'exa-
miner ou d'attendre. Il suivait d'abord l'impulsion de son
cœur. Trompé souvent sur des choses indifférentes, sans
avoir profité de son expérience, il finit par être réellement la
dupe de sa crédulité. Des événements, inutiles à vous raconter, avaient conduit un de ses frères, encore enfant, aux
États-Unis. Un jour, un inconnu se présente à M. Henrique
sous le nom de ce frère. Quelques détails assez faciles à rencontrer, quelques lettres, dont les signatures n'étaient pas
authentiques, suffisent à Henrique pour se livrer à une joie
qui faisait plus d'honneur à son cœur qu'à son jugement.
Non-seulement il ne songe pas à douter que l'inconnu ne soit
réellement son frère, mais même il lui accorde une confiance

aveugle et une liberté absolue dans sa maison. Mes conseils
ne lui servirent de rien.

— Mon ami, me disait-il, j'en crois la voix de la nature,
qui m'assure que c'est bien mon frère que j'embrasse. On ne
feint point la tendresse qu'il me témoigne.

Deux jours après, ce prétendu frère disparut, après avoir
volé la caisse de monsieur Henrique. Cet infortuné, ruiné
totalement et obligé de suspendre le cours de ses affaires,
tomba dans une défiance qui devint de la misanthropie. Il
accusait tous les hommes du crime d'un seul, et ne crut
plus à l'amitié de personne, parce que les démonstrations
d'un inconnu, dont il devait se défier, ne s'étaient pas trou-
vées sincères.

Son véritable frère arriva, nanti des preuves les plus po-
sitives, assez riche pour secourir le malheureux Henrique,
et pressé du désir de s'acquitter de ce devoir fraternel. Tous
les hommes sages le reconnurent, l'accueillirent ; Henrique
seul refusa constamment de le voir. Lorsque ses amis s'efforçaient de le ramener à des idées plus raisonnables, il
les accusait de chercher à le trahir. Tu vois bien, Hippolyte,
d'après cet exemple, que mon adage n'est que trop vrai.

Il fut donc décidé qu'on garderait Polna jusqu'à son parfait rétablissement, après quoi on ne la retiendrait plus.
Comme elle n'était couverte que de lambeaux, madame
Albert et ses filles entreprirent de lui faire un habit complet. Tous les ans, M. Léopold faisait fabriquer des étoffes de
laine destinées à habiller les pauvres. Il avait un petit cabinet garni de tablettes, sur lesquelles ces étoffes se trouvaient
rangées. Respectable dépôt de la charité chrétienne, c'est de
là que sortait le vêtement de la veuve, du vieillard, de l'orphelin et du pauvre voyageur. Madame Albert y choisit une
étoffe chaude, convenable à la saison rigoureuse dans laquelle on allait entrer, et l'on se mit à l'ouvrage avec cette

gaieté douce qui accompagne toujours les actions généreuses. Madame Albert, armée de longs ciseaux, taillait l'étoffe épaisse. Charlotte rassemblait les morceaux épars, que ses sœurs cousaient péniblement ensemble, car, quoiqu'elle n'aimât pas beaucoup l'ouvrage, elle n'avait pas voulu perdre sa part de cette bonne action. Isabelle, tout en se piquant les doigts, riait et parlait de son troubadour, dont elle avait rêvé l'histoire sur les ruines du petit vallon. Elle la raconta à sa mère et à Charlotte, qui ne la connaissaient pas. Ce court récit donna occasion d'en désirer d'autres, et il fut proposé de faire chacun le sien à son tour, dût-on l'inventer sur-le-champ. Madame Albert fut la première à se soumettre à cette petite ordonnance, et elle se mit à raconter l'historiette suivante.

MÉLINA, OU LE CHAPEAU DE PAILLE.

Dans la Sicile, cette île délicieuse, qu'on appelait le grenier de Rome, à cause de son extrême fertilité, auprès de la ville de Catane, voisine du mont Etna, se trouvait un village situé au bord de la mer. Tous les ans, on y célébrait la fête d'une sainte en si grande vénération, qu'on accourait de plus de dix lieues à la ronde pour assister à cette cérémonie. C'était une grande époque pour les jeunes filles de ce village. Elles s'en réjouissaient un mois d'avance, et chacune songeait à se bien parer ce jour-là.

La veille même de la fête, elles étaient toutes rassemblées sur un petit promontoire au bord de la mer, en faisant paître leurs troupeaux. L'une montrait les rubans qu'elle avait fait acheter à Catane; l'autre une jolie dentelle dont sa mère lui avait fait présent; une troisième, le réseau de soie qui devait envelopper ses cheveux; presque toutes un chapeau de paille frais et joli. Une seule, assise d'un air triste, les écoutait et ne disait rien. Elle se nommait Angéline. Fille d'un pauvre cultivateur qui avait éprouvé dans l'année des pertes considérables, elle n'avait rien à montrer à ses compagnes. Pas un ruban ne devait embellir sa parure. Angéline n'avait point de frère qui lui eût tressé un chapeau de paille, et ne pouvait rien donner en échange aux bergers qui s'occupaient de ce travail délicat. Elle se retira tristement les larmes aux yeux ; mais elle eut soin de sécher ses pleurs avant d'embrasser son père, de peur de lui causer de l'affliction.

Son chagrin avait été remarqué de Mélina, autre jeune fille du même village. La pauvreté d'Angéline était assez connue pour qu'on devinât la vérité. Mélina n'était guère plus riche ; mais elle avait un frère dont elle était tendrement aimée, et tous les ans il lui donnait le plus beau chapeau de la contrée. Il ne l'avait point oubliée cette fois, elle en reçut un plein de fraîcheur, orné de rubans bleus, auxquels devait s'unir le lendemain un bouquet de jasmin et de pervenche. C'était le plus joli que Mélina eût encore obtenu. La paille était choisie, et travaillée avec une délicatesse infinie. Transportée de joie, Mélina court à la fontaine la plus voisine, et place le chapeau sur sa tête, en se mirant dans le cristal des eaux. Jamais elle ne s'était trouvée si jolie. A son retour, Mélina aperçut de loin la cabane d'Angéline. Cette vue lui rappelant le chagrin dans lequel cette jeune fille devait être plongée, toute sa joie s'évanouit.

— Pauvre Angéline, disait-elle en soupirant, combien un chapeau semblable à celui-ci te rendrait heureuse !

Elle n'en dit pas davantage, et tomba dans une grande rêverie. Mélina était tentée de faire à Angéline le sacrifice de son chapeau. Le désir de s'en parer la retenait. Elle regardait celui de l'année précédente, dont la couleur des rubans était ternie par le soleil ; elle ne voulait ni l'offrir, ni le porter. Elle passa ainsi une partie de la nuit dans cette alternative. Enfin la générosité l'emporta, et le lendemain, à la pointe du jour, elle alla trouver son frère.

— Tu sais, mon cher Hylario, lui dit-elle, combien je suis sensible aux attentions que tu as pour moi; mais, puisque tu ne cherches qu'à me rendre heureuse, tu ne t'offenseras pas de me voir disposer de ce chapeau en faveur d'une de mes compagnes, qui n'a rien pour se parer aujourd'hui : c'est la jeune Angéline. Son père est pauvre; tu sais combien il a souffert cette année. Elle n'a pas comme moi un frère qui vole au-devant de ses moindres désirs; permets que je la rende heureuse une fois, et que je lui procure une douce surprise. Il me reste encore assez de tes présents pour paraître à la fête avec avantage.

Le frère de Mélina ne s'opposa point aux désirs de la bergère; il regretta seulement de n'avoir point songé plus tôt à faire un autre chapeau pour Angéline. Hylario et Mélina se rendirent aussitôt à la cabane d'Angéline, que le soleil n'avait point encore éclairée de ses rayons. Deux orangers, inclinés l'un vers l'autre, formaient un berceau devant la porte. Pendant qu'Hylario suspendait à leurs branches le chapeau de paille, de manière qu'il frapppât d'abord les yeux d'Angéline lorsqu'elle sortirait de la maison, Mélina, avec la pointe de son couteau, gravait ces mots sur un des orangers :

Ce chapeau est pour Angéline.

Cela fait, ils se retirèrent doucement à quelques pas pour être témoins de sa surprise. Angéline parut bientôt, toujours triste et pensive. Elle voyait arriver la fête sans plaisir, et ne se réjouissait point de la sérénité du jour. Elle allait faire sortir ses brebis pour les conduire au pâturage, lorsque la vue du chapeau de paille la fit tressaillir.

— O Dieu! s'écria-t-elle, qu'est-ce que j'aperçois? Qui a pu mettre là ce charmant chapeau, et dans quel dessein?

Angéline s'approche. Elle voit les mots écrits sur l'oranger; sa joie ne peut plus se contenir. Elle appelle son père, et, riant et pleurant tout à la fois, elle lui montre le présent qu'elle vient de recevoir.

— C'est vous, lui dit-elle, ô mon tendre père, c'est vous qui, malgré votre indigence, avez voulu me donner cette oie.

— Non, mon enfant, répondit le vieillard, ce n'est pas moi. Des pensées plus sérieuses occupaient mon amour pour ma fille; mais, quelle que soit la main généreuse qui te pare aujourd'hui, je la bénis, ma fille, et je prie le ciel de la récompenser.

Le père et la fille, pleins de reconnaissance, emportèrent le chapeau dans la cabane, tandis que Mélina ravie retourna chez elle avec son frère.

On entendait déjà dans la campagne des troupes de musiciens arriver de toutes parts. Une foule de personnes descendues des hauteurs de Castro Giovani, si fertiles en blé, ou des environs de Piazza, bâtie dans une situation délicieuse, se répandaient par troupes dans les prairies du village et sur le bord de la mer, qui était couverte de barques ornées de feuillages et de rubans. Les unes étaient parties des plages bruyantes de Taormina, les autres du vaste port de Syracuse, ville riche en souvenirs, et qui, après avoir été formée de cinq cités, n'est plus qu'un pauvre village sur la pointe d'Orthygie. D'autres venaient jusque du cap Passaro, situé à l'extrémité de la Sicile. De leur côté, les habitants du village formaient en chantant de vastes tentes, destinées à recevoir les étrangers. Des groupes de femmes préparaient des guirlandes, que les jeunes garçons faisaient courir d'un arbre à l'autre dans les endroits où l'image de la sainte devait passer. L'église, dans toute sa pompe, ornée de fleurs, remplie des douces vapeurs de l'encens, et éclairée de mille

feux semblables à la clarté des étoiles, laissait apercevoir
d'abord l'image de sa protectrice. Les cris de la joie, le son
des cloches et celui des musettes se confondent gaiement
avec le bruit des vagues de la mer, qui n'a rien de terrible
en ce moment. On accourt, on se presse. Des flots d'étrangers
se précipitent dans l'église, trop petite pour contenir tant
de fidèles. Une grande partie est à genoux sur la grève et
dans le cimetière. Ils prient sur les tombes verdoyantes de
leurs ancêtres. Le prêtre, après les prières d'usage, monte
dans la chaire modeste qu'il occupe sans rivaux Il apprend
aux fidèles que, dans les premiers âges de l'église, le fléau
de leur pays délicieux, le redoutable Etna, menaça d'engloutir Catane et ses environs. Déjà, depuis quelques jours,
une fumée noire et épaisse s'échappait avec bruit de cette
antique fournaise. Des secousses effrayantes annonçaient une
éruption prochaine. Elle ne tarda point à éclater. Le mont
Etna vomit des flammes ; une pluie de cendre et de pierres
tombait de toutes parts dans la vallée. La mer, comme épou-
vantée, abandonnait ce triste rivage. Des torrents de laves
coulaient par trois issues. C'en était fait de Catane, dont la
plupart des maisons étaient déjà renversées, et le malheureux
village allait être lui-même enseveli sous une lave mena-
çante. Les habitants effrayés poussaient vers le ciel de tristes
gémissements. Dans ce désastre, une vierge solitaire, retirée
depuis dix ans dans une caverne, s'avance au milieu des
habitants éplorés, la tête couverte de cendre, une corde autour des reins, un crucifix sur sa poitrine. Elle tombe à genoux et prie avec ferveur le maître de l'univers. Aussitôt le
bruit diminue, les secousses cessent, la flamme s'éteint, la
lave s'arrête et forme un mur élevé. La sainte bénit Dieu,
et retourne dans sa caverne, où elle mourut peu de temps
après. Le prêtre ayant ajouté de pieuses réflexions à ce
sujet, descend de la chaire, prend l'image révérée, et, suivi

17

d'une foule nombreuse, il la promène sous un dais, à travers les fleurs et les parfums, dans toutes les routes du hameau. Un cantique est entonné par le cortége. Les échos des bois et des rochers le répètent aux écueils lointains. Au sortir de la cérémonie, on se choisit, on se réunit par groupes, pour prendre un repas plein de gaieté. Ici les vieillards sont assis sous les tentes ; là, des jeunes gens ont emporté leurs mets sous des ombrages verts. Une mère, cachée dans un bosquet de coudriers, allaite un fils, premier fruit de son hymen ; une autre emporte le sien, qui s'est endormi dans ses bras, loin du tumulte de la fête : elle le couche doucement sur le gazon, elle oublie tout pour le plaisir de le regarder. Quelques hommes, un jeu de cartes entre les mains, jouent gravement après le repas ; d'autres, moins paisibles, lancent une boule qui court au hasard entre les quilles qui tremblent et se renversent à son approche. Un grand nombre de bergers, animés par la flûte et le tambourin, forment des danses, malgré l'ardeur du soleil. Des pères de famille, dont le teint hâlé certifie leur amour pour le travail, demeurent assis autour des tables, quoique rassasiés ; les jeux et les danses ne sont plus de leur goût ; ils préfèrent à ces plaisirs des entretiens solides et instructifs ; la culture des vignes, la manière d'en tirer la liqueur bienfaisante qu'elles fournissent, celle d'élever le bétail, de recueillir la soie, étaient les sujets de leurs discours. Un habitant de Taormina racontait les nombreux tremblements de terre dont il avait déjà été témoin, l'extrême agitation de la mer qui mugit sans cesse sur cette plage, et le gouffre souterrain qu'on y a découvert. Ceux qui étaient venus de Syracuse, ou plutôt de la pointe d'Orthygie, vantaient la beauté de leur port, celle des ruines qui couvrent la place de l'ancienne et superbe cité, et la fontaine d'Aréthuse, toujours claire et limpide, qui se réunit à l'Alphée sans confondre ses eaux avec les siennes. Un pêcheur de corail, qui avait parcouru tous les rivages de la Sicile, se fit seul écouter en parlant de Messine, bâtie en partie sur une colline, en partie dans la plaine, entourée de bois délicieux, et remplie de beaux édifices. Il dit qu'il avait passé souvent entre les écueils de Charybde et de Scylla, gouffres dangereux et redoutés dans la plus haute antiquité. Il avait vu aussi Palerme, capitale de toute la Sicile, ses belles places ornées de fontaines et de statues, le palais du vice-roi, dont les jardins sont enchanteurs, son port, le plus beau de la Méditerranée, et les plaines fertiles qui l'environnent. Tandis que chacun variait ainsi ses plaisirs, Mélina, cachée dans la foule, admirait Angéline parée de son chapeau, et jouissait du contentement répandu sur son visage. A l'heure où le soleil modère un peu le feu de ses rayons, les danses devinrent plus générales. Réunies par ce genre de divertissement, les jeunes filles du hameau se virent et s'entretinrent ensemble. Angéline, qui cherchait à deviner son bienfaiteur, remarqua avec surprise que Mélina avait la tête nue. Etonnée et inquiète, Angéline s'approcha d'Hylario, et, d'un air riant et gracieux, elle lui reprocha d'avoir négligé la parure de sa sœur. Hylario brûlait de faire connaître la générosité de Mélina. Il répondit :

— Je n'ai point oublié ma sœur bien-aimée. Je lui avais tressé un chapeau de paille ; je l'avais orné de rubans ; mais elle s'en est privée en faveur d'une compagne moins heureuse.

— Ah ! dit Angéline, mon cœur me le disait... Chère Mélina... Hylario, satisfaites entièrement ma curiosité ; cette compagne, c'est Angéline ?...

Hylario se contenta de sourire : il n'en fallait pas davantage ; Angéline court à Mélina, l'entraîne du lieu de la danse, et la conduit à son père en lui disant :

— C'est elle, c'est Mélina qui m'a donné ce chapeau; elle s'en est privée pour moi...

Le vieillard baise le front de la jeune fille; Mélina, interdite et troublée, n'ose lever les yeux. Elle reçoit avec modestie les éloges de ses compagnes, à qui Angéline ne peut cacher sa reconnaissance.

— Tenez, mon père, dit-elle au vieillard en lui remettant le chapeau, gardez-le soigneusement; pour moi, je ne veux point en ce moment d'autre parure que celle de ma chère Mélina.

Elle dit, et laisse flotter ses longs cheveux. Les deux amies retournent ainsi se mêler aux plaisirs de la fête. L'une portait sur son visage la douce expression de la joie que procure la bienfaisance, et l'autre toute la vivacité d'un cœur reconnaissant.

— Ah! maman, s'écria Adrienne, vous avez eu bien tort de commencer. Que dirons-nous maintenant après cette agréable histoire? C'est accabler des personnes déjà vaincues.

— On n'est jamais plus près de la victoire que quand on se défie de ses forces, reprit madame Albert; je suis sûre que vous direz mieux que moi.

— D'abord, je n'ai encore trouvé aucun sujet, répliqua Adrienne; si Charlotte est plus avancée, je l'engage à prendre la parole.

— Je le veux bien, dit Charlotte; j'ai une histoire toute prête. Elle ne sera ni aussi instructive ni aussi amusante que celle de maman. Alexis a pris souvent du plaisir à l'entendre; mais je pourrais bien vous trouver plus difficiles que lui.

— Je t'assure, ma chère Charlotte, reprit Isabelle, que nous attendons ton récit avec beaucoup d'impatience.

DÉMONA

— M'y voici donc, continua Charlotte. Dans une pension
assez nombreuse, il y avait une petite demoiselle qui était
si méchante, qu'on l'avait surnommée *Démona*. Rien ne la
divertissait comme les malices qu'elle faisait à ses compagnes ; et, dans la nécessité où elle était de cacher ses fautes
pour éviter d'en être punie, elle s'était fait une telle habitude du mensonge, qu'il lui coûtait beaucoup moins que la
vérité. Toutes ses compagnes la fuyaient comme la peste.
Si l'une d'elles avait quelque robe précieuse, Démona réus-
sissait toujours à la gâter, et se confondait ensuite en fausses
excuses qui paraissaient si sincères, qu'on ne pouvait que
lui reprocher de la maladresse.

Ses compagnes n'étaient cependant point la dupe de son
manége ; mais elles ne trouvaient aucune occasion de la convaincre aux yeux de la maîtresse de pension. Une d'entre
elles ayant reçu de ses parents une fort belle tasse en por-
celaine, prit tant de précaution contre Démona, que celle-ci
n'avait encore pu l'en priver. Cependant elle en mourait
d'envie. La tasse, pour plus de sûreté, était posée sur la
cheminée de la chambre de la maîtresse. Démona, s'y trouvant un jour, prit un gros chat entre ses bras, et, l'ayant
porté tout près de la cheminée, elle se mit à le caresser devant une partie des pensionnaires, et la maîtresse elle-
même. On voyait bien sa main passer et repasser sur le dos
de l'animal ; mais on ne s'aperçut pas qu'elle était armée
d'une épingle qu'elle lui enfonça tout-à-coup dans la chair.
Le chat, qui emportait l'épingle avec lui, s'échappa en miau-
lant ; il sauta sur la cheminée, fit tomber la tasse, et s'enfuit, toujours tourmenté par la douleur. Démona était enchantée d'elle-même. La jeune pensionnaire pleura beaucoup sa tasse. Elle avait une sœur un peu plus âgée que

Démona. Cette sœur, surprise des cris du chat et de ses brusques mouvements, se douta de quelque mystère. Elle alla chercher l'animal, qui ne cessait de miauler, et, l'ayant attrapé, au risque de quelques égratignures, elle découvrit l'épingle. Cette noirceur parut si horrible à la maîtresse, qu'elle fit conduire Démona au fond du jardin, dans une chambre obscure qui servait de prison. Démona était furieuse de se voir découverte; mais bientôt elle se consola en méditant de nouvelles méchancetés. Sa captivité devait durer trois jours. Une servante, bonne et simple, lui apportait à manger à l'heure des repas. Le matin du second jour, Démona, prenant une voix plaintive, dit à cette pauvre servante qu'il lui était venu du mal au pied, et qu'elle voudrait bien voir ce qu'il y avait. Le jour étant trop faible dans cette chambre, la servante la porta jusqu'à la porte, car elle disait ne pouvoir pas marcher, puis elle retourna dans la chambre chercher une chaise. Démona ne lui laissa pas le temps de revenir; elle tira promptement la porte, jeta méchamment la clé dans un puits, et sortit du jardin par une petite porte qui donnait sur la campagne. Au moment où elle sortait de ce côté, son tuteur entrait par un autre. On envoya chercher Démona, pour qu'elle vînt le saluer. La servante seule répondit. La maîtresse, fort alarmée de la fuite de sa pensionnaire, voulait envoyer après elle.

— Ne vous pressez pas, Madame, dit le tuteur; je me charge de ce soin. Elle ne peut aller loin sans rencontrer le parc d'un de mes intimes amis; il est si vaste, qu'on n'en pourrait faire le tour en trois journées. Je vais faire en sorte qu'elle puisse y entrer sans le savoir; et alors j'ai certains projets qui s'effectueront, je l'espère. Il quitta aussitôt la maîtresse de pension, et se mit à suivre de loin Démona. Elle était fort embarrassée de sa personne, n'osant entrer dans aucune maison, de peur d'y être reconnue. Un petit paysan vint à elle.

— Mademoiselle, lui dit-il, voulez-vous acheter un nid d'oiseaux?

— Je le veux bien, répondit Démona, quoiqu'elle ne sût encore ce qu'elle en ferait. Où sont-ils?

— Dans un buisson tout près d'ici, répliqua le petit paysan; suivez-moi. Il la fit entrer dans le parc de l'ami de son tuteur, lui fit faire des tours et des détours infinis, puis l'abandonnant tout-à-coup, il se mit à fuir en riant. Démona essaya vainement de le suivre; déjà fatiguée, elle ne put aller loin. Une vive colère s'était emparée de son cœur; elle pleurait de rage, et maudissait mille fois le petit paysan. A force d'errer dans ce parc, elle découvrit une petite chaumière, à la porte de laquelle une vieille femme faisait paître sa vache, attachée à une longue corde. Démona, qui mourait de faim, l'aborda avec vivacité.

— Bonne femme, lui dit-elle, je vous prie de me recevoir dans votre chaumière; il vient de m'arriver un cruel accident. Je me rendais à la ville dans une belle voiture que mes parents m'ont envoyée, accompagnée de deux gouvernantes et d'un postillon. Quatre voleurs, armés de pied en cap, ont arrêté la voiture; ils avaient chacun six pieds de haut. Ils ont tué mes deux gouvernantes et le postillon, ont emmené la voiture et les chevaux, de sorte que je suis demeurée toute seule.

— Oh! bon Dieu! dit la vieille femme; voilà en effet un bien cruel accident. Mais comment se fait-il qu'ayant tué tout le monde, ils vous aient laissée aller ainsi?

— Il ne faut pas que cela vous surprenne, répondit Démona; je suis fort agile : lorsqu'ils ont ouvert une des portières, je me suis sauvée par l'autre.

— Fort bien. Vos gouvernantes auraient dû vous suivre.

— Cela ne se pouvait pas. Chacune d'elles était aussi

grosse que ces trois arbres ensemble ; elles n'auraient su par
où sortir.

— Et comment donc avaient-elles pu entrer ?

— La voiture était faite exprès pour elles, reprit Démona,
qui commençait à s'embarrasser dans ses mensonges ; il y
avait une grande et une petite portière.

— A la bonne heure, ajouta la vieille femme. Cependant
il me reste encore une petite difficulté à résoudre. Si vous
vous êtes sauvée ainsi toute seule à l'arrivée des voleurs,
comment savez-vous ce que sont devenus vos gens et votre
voiture ?

— Il faut convenir que vous êtes bien curieuse, reprit Démona avec humeur. Ne voyez-vous pas que je meurs de
faim, et qu'après souper je vous raconterai bien mieux ce
que vous voudrez savoir ?

— Vous avez raison, Mademoiselle, répliqua la vieille ; je
ne songeais pas à cela. Elle détacha sa vache, la mena boire
à une mare voisine, et, après avoir trait son lait, elle se mit
en devoir de préparer le souper. Un peu de lard et quelques œufs le composaient. Toutes deux s'assirent à une petite
table vermoulue. Deux vases de bois, d'une forme extraordinaire, attirèrent l'attention de Démona ; ils servaient de go-
belets. Après avoir mangé, elle pria la vieille de lui donner
à boire. Celle-ci lui versa de l'eau et du vin ; mais, au moment que Démona portait le vase à ses lèvres, la vieille, lui
arrêtant le bras, lui demanda si elle n'avait fait aucun mensonge dans la journée.

— Pourquoi cela ? reprit Démona.

— Répondez-moi seulement, dit la vieille.

— Eh bien ! non, je n'en ai pas fait, continua Démona en
colère. Pour qui me prenez-vous, avec vos questions ?

— Ne vous fâchez pas, poursuivit la vieille, je ne dirai

plus rien. Puisque vous n'avez point menti, vous pouvez boire ; il ne vous arrivera pas de mal.

— Pas de mal ! s'écria Démona fort alarmée. Que signifient ces paroles ? Expliquez-vous.

— Cela n'en vaut pas la peine, puisque vous n'avez point trahi la vérité...

— Non, je ne l'ai point trahie ; mais encore je veux savoir ce qui m'arriverait dans le cas contraire.

— Peu de chose ; vous perdriez un œil.

— Comment, un œil ! Et vous appelez cela peu de chose ?

— Certainement, puisqu'on peut perdre quelquefois beaucoup plus. Vous saurez que ces vases, les seuls que j'aie, ont la propriété d'être funestes aux menteurs. S'ils ont le malheur d'y boire après avoir menti, ils perdent aussitôt un œil avec des douleurs inouïes.

— Voilà des vases détestables, s'écria Démona en reculant le sien ; et, à votre place, je les mettrais au feu dès ce soir.

— Pourquoi cela ? reprit la vieille. Du moment que j'avertis les personnes, il n'y a plus de danger. Pour moi, qui ne mens jamais, je ne les crains point. A votre santé, ma belle demoiselle.

Démona ne répondit point à l'honnêteté de la vieille. Sans être très-persuadée de la vertu de son gobelet, elle n'osait pourtant s'exposer à cette épreuve. Elle avait lu beaucoup de contes de fées ; et, quoique jusqu'alors elle n'eût regardé ces récits que comme de simples amusements, elle ne savait trop maintenant qu'en penser. Au milieu de tout cela, elle ne buvait point. La vieille lui en fit l'observation. Démona feignit de boire ; mais elle se garda bien de toucher seulement le bord du vase, et dit à la vieille que son vin était amer. Elle sortit de table avec une grande soif. La vieille lui avait préparé un petit lit peu éloigné du sien. Une heure après être couchée, Démona, supposant sa voisine endormie, se leva tout doucement pour aller boire à la cruche, qu'elle avait remarquée posée sur une planche. Déjà, en étendant la main, elle l'avait sentie, lorsque la vieille, s'éveillant tout-à-coup, lui demanda ce qu'elle cherchait ainsi. Démona, sans répondre, regagna doucement son lit ; et la vieille ayant renouvelé sa question :

— Moi ! dit Démona, je ne suis pas sortie de mon lit. Vous feriez mieux de rester tranquille que de troubler ainsi mon sommeil.

— J'ai pourtant bien cru entendre quelqu'un, reprit la vieille ; puisque je me suis trompée, je vous en demande pardon.

Deux heures après, la vieille ronflant de toutes ses forces, Démona, toujours tourmentée par la soif, se leva encore. La maligne vieille, qui feignait de dormir, se leva aussi sans rien dire, et saisit le bras de Démona, qui jeta un cri de frayeur.

— Pour cette fois, reprit la vieille, je ne me trompe pas ; c'est bien vous que je tiens. Quelle raison avez-vous donc de vous promener ainsi ?

— Je vous demande pardon à mon tour, dit Démona ; mais je suis sujette à me lever en dormant, sans que je m'en aperçoive.

— Vous êtes donc somnambule ? répliqua la vieille.

— Apparemment, poursuivit Démona.

— Pauvre demoiselle ! reprit la vieille, je vous plains d'être sujette à une si cruelle maladie. S'il plaît à Dieu, je vous en guérirai. Recouchez-vous ; je vais mettre la pincette dans la braise, et si vous vous levez encore, je vous prendrai avec cette pincette rouge l'extrémité de l'oreille gauche. Cela vous fera bien un peu de mal, mais aussi le remède est infaillible.

— Peste soit de vous et de vos remèdes ! s'écria Démona en colère : il semble que vous preniez plaisir à me faire enrager. Me brûler une oreille ! Méchante vieille !

— Là là, ne vous fâchez pas, continua celle-ci ; c'est un bon motif qui me fait parler. Il est triste, à votre âge, d'être somnambule, et je voudrais vous guérir.

Démona s'en retourna dans son lit en pleurant de rage. La pincette rouge lui faisait tant de peur, qu'elle n'osa plus essayer de se lever. Elle passa une fort mauvaise nuit, et ne s'endormit qu'au jour. Lorsqu'elle s'éveilla, la vieille n'était plus dans la maison. Démona commença par courir à la cruche, où elle but enfin le plus longtemps qu'elle put. Ensuite, s'étant habillée, elle prit un morceau de pain pour déjeuner, et résolut de se venger de la vieille avant de sortir de la chaumière. Elle prit donc les deux vases de bois, qu'elle mit au feu, jeta la pincette dans un buisson, et brisa trois jattes pleines de lait. Satisfaite après ces belles actions, elle s'enfuit précipitamment. Démona erra dans le parc une grande partie de la journée. Vers le coucher du soleil, elle parvint à une autre cabane dont la porte était fermée. Une petite fenêtre grillée en laissait voir l'intérieur, qui était propre et bien rangé. L'odeur d'une perdrix aux choux, qui cuisait sur un réchaud au coin de la cheminée, redoublait encore l'appétit de Démona. Elle avait fait plusieurs fois le tour de la maison, essayant en vain de s'y introduire; il fallut attendre longtemps le retour de la maîtresse. Tout-à-coup, Démona entend le bruit d'un petit tambour, et elle voit une vieille femme qui, au son de cet instrument, conduisait vers la chaumière une vingtaine de perdrix, qui avaient toutes à la patte droite une petite jarretière en ruban rose. Démona se mit à rire.

— Ma vieille, dit-elle, vous avez là un singulier troupeau.

— Il vous paraîtrait bien plus singulier encore, si vous saviez de quoi il se compose, répondit la vieille.

— Ne vois-je pas que ce sont des perdrix? reprit Démona.

— Oui, ce sont des perdrix; mais elles ont été des personnes comme vous et moi.

— Bon, c'est une folie que de le croire, reprit Démona : nous ne sommes plus au temps des métamorphoses.

— Tout comme il vous plaira, continua la vieille; mais j'en croirai plutôt mes yeux que votre raisonnement. Ces personnes sont venues comme vous voilà me demander à souper. Tous les soirs, je fais cuire une perdrix aux choux. Ce régal, qui est délicieux pour ceux qui n'ont fait de tort à personne, opère le changement que vous voyez si l'on en mange avec un cœur méchant. Cela n'arrive qu'ici, j'en conviens; mais enfin je l'ai vu. Je nourris ensuite ces personnes devenues perdrix, je les élève à m'en attirer de véritables, et de peur de les confondre avec les perdrix dont je me nourris, je leur attache à la patte le petit ruban que vous voyez.

Après avoir dit ces mots, la vieille reprit son tambour, et fit entrer les perdrix dans une grande cage dont elle ferma la porte. Démona était restée toute pensive. Le sérieux de la vieille lui donnait étrangement à penser. En rapprochant cette aventure de celle de la veille, elle s'imagina tout de bon qu'elle était dans une forêt enchantée. Ces deux vieilles femmes, ces deux chaumières isolées, ce petit paysan qui l'avait attirée dans ce lieu, tout cela lui parut si extraordinaire, qu'elle ne vit plus autour d'elle que de la magie.

— Eh bien! lui dit la vieille en revenant, pourquoi restez-vous là sans parler? Est-ce à moi de vous dire que vous avez besoin de manger, que vous avez couru toute la journée dans cette forêt, et que vous ne savez que devenir?

Allons, entrez dans ma chaumière, vous y serez tranquille jusqu'à demain.

Démona la suivit tout abattue. Le couvert était mis, la perdrix aux choux, grasse, cuite à point, exhalant une odeur exquise, fumait au milieu de la table. Pour manger ce mets, qui était unique, il n'y avait que du pain noir détestable. Il fallut pourtant que Démona s'en contentât. La vieille lui ayant offert un morceau de perdrix, elle baissa les yeux, et fut sur le point de dire qu'elle n'en mangeait jamais ; mais le souvenir du gobelet l'empêcha de risquer ce mensonge. Elle se contenta de répondre qu'elle n'en pouvait goûter en ce moment.

— Je ne vous le conseille pas non plus, après les méchancetés de ce matin, reprit la vieille. Celle qui rend le mal pour le bien ne peut pas se flatter d'échapper à la métamorphose, si elle est assez hardie pour s'y exposer.

Démona ne fut pas surprise de la voir si bien instruite, d'après les idées qu'elle s'était faites en dernier lieu. Elle prit donc un fort mauvais repas à côté d'un mets délicieux, et elle se coucha assez tristement. Le lendemain, quoiqu'elle se trouvât seule encore dans la chaumière, elle se garda bien d'y causer le moindre dommage.

La vieille était assise à la porte. Elle fit déjeuner Démona avec le mauvais pain de la veille, et l'engagea ensuite à reprendre son voyage.

— Madame, dit Démona à la vieille, suis-je bien loin de la maison de mon tuteur, et dois-je me trouver encore longtemps dans cette forêt ?

— Si vous suivez exactement cette route, répondit la vieille, vous arriverez ce soir sur ses limites, où quelqu'un pourra vous enseigner la maison que vous demandez.

Démona, un peu consolée par ces paroles, se remit en chemin, et marcha avec courage jusqu'à un pavillon fort élé-

gant, qu'elle rencontra au milieu de quatre routes qui se
croisaient en cet endroit. Quatre portes ouvertes lui permirent d'entrer pour s'y reposer. Des sofas de satin blanc bro-
dés d'or, des tentures pareilles, des rideaux de gaze d'argent,
des pavés de marbre de différentes couleurs, et une voûte
bleu de ciel parsemée d'étoiles, en faisaient un asile charmant. Au milieu, sur une table de cristal incrustée d'or,
était servie un collation délicate, dans laquelle on remarquait un bocal semblable à la table, tout rempli de prunes à
l'eau-de-vie d'une grosseur prodigieuse.

Démona ne douta point qu'un pavillon aussi galant n'eût
été dressé là exprès pour elle par quelque bonne fée, qui
avait pitié des tristes repas qu'elle avait faits depuis deux
jours. Elle se mit donc à table et mangea tranquillement.
Lorsqu'elle fut rassasiée, elle voulut goûter aussi des prunes,
qu'elle aimait beaucoup. Elle avait à peine fini d'en manger,
qu'une jeune fille entra tout essoufflée dans le pavillon.

— Ah ! s'écria-t-elle en regardant fixement Démona, j'arrive trop tard. Vous avez mangé de ces prunes !

Aussitôt, sans attendre de réponse, elle se mit à pleurer
et à s'arracher les cheveux. Démona, qui ne concevait rien
à sa douleur, lui dit que, mourant de faim, et voyant une
collation si bien servie, elle n'avait pu résister au désir d'en
prendre sa part.

— Il n'y aurait pas de mal sans ces malheureuses prunes,
s'écria encore la jeune fille. Cette collation vous attendait,
mais ma maîtresse ne s'est souvenue que tout-à-l'heure du
bocal qui en faisait partie. Elle m'a envoyée promptement
vers vous. Quelque diligence que j'aie employée, je suis venue trop tard.

— Je vous assure, repartit Démona, que vous pouvez vous
en consoler. J'ai mangé de ces prunes avec grand plaisir, et
je n'en ressens aucun mal.

— Aucun mal ! reprit la jeune fille ; cela se peut, mais vous n'en êtes pas moins horrible, votre peau est plus noire que celle d'une Africaine.

— Vous voulez rire, répliqua Démona en regardant ses mains, qui n'étaient point changées.

— Vous ne le voyez pas, continua la jeune fille, parce que vos yeux sont fascinés ; mais il n'y a personne qui vous reconnaisse à présent.

— Si cela est vrai, repartit Démona, et je vous avoue que j'ai de la peine à le croire, votre maîtresse ne peut-elle pas réparer le mal qu'elle m'a fait ?

— Elle en a l'espérance, dit la jeune fille ; suivez-moi, je vais vous conduire chez elle.

Démona se leva, ne sachant trop que penser de tant d'aventures. En tournant un sentier, elle rencontra tout-à-coup son tuteur qui se promenait avec une autre personne. Le tuteur la regarda sans avoir l'air de la connaître ; elle l'entendit même se récrier sur la laideur de cette petite négresse. Démona, qui avait d'abord cherché à se cacher en voyant son tuteur, resta frappée de surprise en remarquant qu'il ne la reconnaissait pas. Elle vit bien que le malheur dont lui parlait la jeune fille lui était réellement arrivé, et elle se livra au plus violent chagrin. Elle se rendit tout en pleurs auprès d'une dame, qui s'efforça de la consoler en lui disant que sa guérison dépendait d'elle.

— En plaçant ces prunes sur la table que je vous avais préparée, lui dit-elle, je n'ai point réfléchi que vous étiez méchante. Mes filles en mangent tous les jours sans le moindre inconvénient. Devenez bonne comme elles, et cette affreuse couleur s'effacera insensiblement.

— Mais, Madame, reprit Démona, comment retournerai-je dans ma pension ou chez mon tuteur ? Personne ne voudra croire que je suis Démona.

— Vous avez raison, répliqua l'étrangère ; en attendant votre guérison, je vous offre de demeurer ici. Si elle s'avance d'une manière satisfaisante, je vous promets de prendre bien soin de vous. Si, au contraire, la méchanceté de votre caractère continue à défigurer votre visage, je vous renverrai sans miséricorde.

Démona, réduite à une si cruelle extrémité, prit le parti le plus sage. Elle travailla courageusement à se corriger de ses défauts. De temps en temps on l'assurait qu'elle était moins laide, ce qui redoublait son ardeur. Enfin, elle devint tout-à-fait une bonne fille, et son tuteur, en venant l'embrasser un matin, l'assura qu'elle n'avait jamais été plus jolie.

Ordinairement je finis là mon histoire, quand je la raconte à Alexis, poursuivit Charlotte ; mais je puis bien vous dire à vous que tous ces enchantements n'étaient qu'un jeu du tuteur, qui cherchait à corriger Démona par quelque moyen efficace. C'est par son ordre que le petit paysan l'avait attirée dans le parc. Les vases de bois n'avaient pas plus de vertu que les autres, et la perdrix aux choux n'aurait pas fait plus de mal à Démona que les prunes. Cependant on réussit à le lui faire croire ; et ces petits artifices conduisirent au résultat que l'on souhaitait, puisque Démona cessa d'être méchante et menteuse.

— Ah ! ah ! mademoiselle Charlotte, dit Alexis, qui était là sans qu'on s'en fût aperçu ; c'est donc ainsi que vous faites avec moi ! Je ne vaux pas la peine qu'on me finisse les histoire... et vous pensez peut-être que je croyais à vos enchantements. Détrompez-vous ; je sais bien que les fées n'existent que dans les livres, et qu'une petite fille ne peut devenir une perdrix.

— C'est fort bien dit, mon fils, repartit madame Albert, Charlotte ne te croyait pas si sage ; et maintenant elle ne te cachera plus rien. Et toi, Charlotte, je te félicite de savoir faire de si jolis contes ; celui-là m'a beaucoup amusée. Il est moral et très-bien conduit pour ton âge.

— En vérité, maman, je ne reviens pas de l'imagination de cette petite fille, s'écria Isabelle. Sa Démona vaut beaucoup mieux que mon troubadour.

— Elle augmente mon embarras au lieu de le soulager, reprit Adrienne ; Mélina et Démona me ferment également la bouche. Cependant, comme il n'y a plus moyen de s'en dédire, je me rassure dans l'espérance que vous serez indulgentes.

Adrienne allait commencer son histoire, lorsqu'on aperçut M. Albert qui arrivait d'Orthès. Toute sa famille courut au-devant de lui, et l'histoire fut remise à un autre moment.

XXI. — Le Retour de la Prospérité. — Les Vendanges. — La Vertu console de tout.

M. Albert, réuni à sa famille, serra son épouse entre ses bras, et, promenant sur ses enfants des regards attendris, il s'écria :

— Réjouissons-nous, ma bien-aimée ! le ciel se déclare en notre faveur : une grande partie des sommes que j'avais cru perdues sans retour sont recouvrées, et les autres peuvent l'être avant qu'il soit longtemps. Vois ces lettres ; et vous aussi, mon père, lisez-les. Avec du courage et de l'activité, je puis assurer un sort heureux à ma nombreuse famille. Chers enfants, je n'aurai donc plus d'inquiétudes sur votre avenir. Je puis me livrer à l'espoir de vous voir tenir une place honorable dans la société. J'entrevoyais en frémissant le terme du bonheur dont vous jouissez maintenant à Coaraze : toutes mes craintes à cet égard sont dissipées. Quand

18

la Providence vous met à l'abri du besoin, les bons principes que vous avez puisés dans le sein de votre famille vous garantissent des écueils de la richesse. La fortune sans un cœur honnête n'est qu'une source de vices ; mais lorsqu'elle se trouve entre des mains sages, elle ajoute au bonheur.

M. Albert leur rendit compte alors des détails de son voyage, de ses entreprises, qu'il avait tenues secrètes, de peur de livrer le cœur de son épouse à de fausses espérances. Il ajouta qu'il était obligé de se rendre lui-même à Bayonne, à Marseille, et de là à Bordeaux, d'où il reviendrait à Coaraze pour prendre sa famille. Ses fils atteignaient l'âge où une éducation publique leur devenait indispensable, et Adrienne, qui commençait à sortir de l'enfance, avait besoin de voir un peu le monde sous la conduite de sa mère.

La nécessité de quitter Coaraze affligea bien plus la jeune famille que le retour de sa prospérité ne la réjouit. Adrienne en laissa couler des larmes, et Isabelle s'applaudit d'avoir bien profité du temps qu'elle y avait passé. Madame Albert, en abandonnant ces lieux, sacrifiait aussi ses goûts les plus chers à l'intérêt de la famille ; mais ce motif était trop puissant pour qu'elle songeât à s'en plaindre. La douleur de quitter son père fut le seul sentiment auquel elle ne put résister. Elle se retourna vers lui avec des yeux remplis de larmes. Le bon vieillard, comprenant sa pensée, se hâta de la rassurer.

— Moi, ma fille, rester ici après votre départ ! lui dit-il en la serrant dans ses bras ; je le pouvais avant que nous nous fussions réunis d'une manière aussi intime ; mais à présent j'y mourrais désolé. Je vous suivrai, mes chers enfants ; il me semble que vous emporteriez avec vous tous les attraits de Coaraze. Tant que j'aurai des forces, nous viendrons chaque année passer ici quelques mois ; mais partout où nous serons ensemble, nous retrouverons les jouissances que nous y avons goûtées, parce qu'elles tiennent bien plus à nos cœurs qu'aux lieux que nous habitons.

L'assurance que donnait M. Léopold d'aller vivre avec ses enfants remit un peu de joie dans les cœurs. M. Albert résolut d'emmener avec lui Casimir, qui était l'aîné de ses fils ; et Casimir, enchanté, promit à sa famille de dresser un journal de tout ce qu'il verrait d'intéressant dans sa route. Adrienne s'occupa du porte-manteau des voyageurs, qui partirent peu de jours après pour Bayonne. Bientôt divers sujets de distraction dissipèrent les regrets des plus jeunes enfants, qui ne songeaient même plus qu'ils étaient sur le point de quitter Coaraze ; mais rien ne pouvait détacher de cette idée Adrienne, qui avait tous les goûts et la sensibilité de sa mère.

— Ma chère maman, lui disait-elle, le monde rend-il donc si heureux pour qu'on lui sacrifie ainsi ses penchants? Où trouverons-nous ailleurs cette liberté douce, ce calme qui nous environnent? Une campagne riante ou majestueuse récrée nos yeux dès le matin. Si nous voulons jouir d'une belle soirée, ce spectacle enchanteur nous est offert avec toutes ses grâces. Libres d'embarras et de gêne, nous n'avons qu'à désirer pour jouir.

— Qui mieux que moi sait apprécier ces plaisirs? répondait madame Albert; mais il en est encore un plus grand, c'est l'accomplissement de ses devoirs. Une personne raisonnable se trouve bien partout où il faut qu'elle soit. Ce n'est pas le monde qui nous paie de nos artifices, c'est notre propre cœur. Les goûts les plus innocents cessent de l'être, lorsqu'ils l'emportent sur nos obligations.

Adrienne profita du retour de la fortune pour plaider de nouveau en faveur de Polna, qui se trouvait convalescente. M. Léopold promit qu'elle resterait à Coaraze sous la surveillance de Bibiane. Isabelle courut la première annoncer cette nouvelle à la Polonaise. Au lieu de s'en réjouir, Polna baissa les yeux et garda le silence. Isabelle, fort étonnée, lui demanda à quoi elle pensait.

— Je pense, répondit Polna, que rien n'est plus généreux que votre conduite envers moi...

— Cependant vous êtes triste, reprit Isabelle.

— Je voudrais parler à votre respectable mère, répliqua Polna ; daignez me conduire à ses pieds.

A peine fut-elle auprès de madame Albert, qu'elle se mit à genoux ; mais celle-ci la força de se relever.

— Pourquoi pleurez-vous, Polna ? lui demanda-t-elle.

— Hélas ! vous allez m'accuser d'ingratitude, et cette pensée me désespère. Recueillie par vous avec tant de bonté, vêtue de vos propres mains, je pourrais encore finir mes jours dans l'abri paisible que vous daignez m'offrir. Cependant, vous l'avouerai-je, je ne saurais y vivre heureuse. Le repos m'accable ; tout malheureux et misérable qu'est mon sort, je ne puis m'y soustraire.

— Je l'avais prévu, répondit madame Albert ; mais rassurez-vous ; au lieu de m'offenser de votre choix, je vous plains d'y être forcée vous-même. Nous ne vous en accorderons pas moins tous les secours qui dépendent de nous. Le bienfait doit convenir à l'obligé beaucoup plus qu'au bienfaiteur.

Quelques jours après, Polna, ayant reçu une bourse d'argent assez considérable, se remit en route, destinée sans doute à finir misérablement comme la pauvre Basilide. Elle ne partit point sans donner mille bénédictions à cette famille respectable. Les jeunes gens la regardaient s'éloigner avec tristesse.

— Voilà, dit M. Léopold, où conduit une jeunesse égarée. Les impressions qu'elle reçoit sont d'autant plus importantes, qu'elles se font sentir avec force dans un âge avancé ; et jusqu'au terme de sa vie on paie quelquefois chèrement une première faute.

Les vendanges vinrent apporter des distractions à ces diverses circonstances. Au jour fixé pour les commencer, les coteaux se couvrirent de monde. M. Léopold cultivait beaucoup de vignes. Il attendit que ses voisins, qui en avaient moins, eussent achevé de vendanger les leurs, et alors il les pria de venir l'aider dans ses travaux. Ces braves gens, qui se seraient offensés s'il leur eût proposé de l'argent, accoururent avec joie pour lui rendre service. Il est encore d'heureuses contrées où l'intérêt ne guide pas absolument les hommes, où le plaisir d'obliger égale le travail, et d'une journée pénible sait faire un jour de fête. Les enfants de M. Albert se levèrent de bonne heure pour en jouir. Des hommes, des femmes, des jeunes gens arrivent en grand nombre chez M. Léopold. Ce bon vieillard, qui les connaît tous, caresse les uns, salue affectueusement les autres, et serre la main des premiers. Chacun d'eux lui est redevable de quelques obligations. Il les a aidés de sa bourse ou de ses conseils ; il a rétabli la paix dans plusieurs familles ; il a consolé, par des marques d'intérêt, ceux que la mort avait plongés dans le deuil.

Bibiane, Adrienne, Isabelle et madame Albert distribuent des paniers ; Manuello et d'autres domestiques conduisent dans le char rustique les cuves destinées à recevoir les raisins. Chaque cep est dépouillé au milieu des chants et des ris. Pendant ce temps, on prépare dans une vaste salle trois longues tables qu'on sert avec plus d'abondance que de recherche. Le vin n'est point épargné dans ce jour où on le recueille. Les convives bruyants s'asseyent à ces tables, autour desquelles circulent la bonne humeur et la franche gaieté. Cependant on réprime son essor ; on la réserve pour le repas du soir, quand tout l'ouvrage est achevé. C'est alors qu'on se livre sans contrainte au plaisir de chanter, de rire et de raconter mille histoires. Ils peuvent prolonger la jouissance à leur gré; le temps leur appartient. M. Léopold contient, par sa présence, ceux qui pourraient abuser de cette liberté ; il va et vient entre les tables, et lorsqu'il juge qu'une plus grande quantité de vin serait funeste aux buveurs, il donne le signal à trois musiciens placés dans la cour. Un tambourin et deux musettes réveillent le goût de la danse. A ce son agréable, les vendangeurs frappent des mains, poussent des cris de joie. Les bancs sont renversés; on court, on se précipite, et les danses commencent au clair de la lune. Adrienne et Isabelle ne dédaignent pas de s'y mêler. Ces danses se prolongent fort avant dans la nuit; on se sépare enfin. M. Léopold remercie ses honnêtes voisins; tout le monde est satisfait, et Adrienne, ravie de ce spectacle, craint bien de ne jamais s'amuser autant à Bordeaux.

Sur ces entrefaites, M. Sylvère, qui avait transporté son domicile à Lourdes, vint passer quelque temps avec ses amis. Il apprit avec peine et plaisir tout à la fois le changement arrivé dans la fortune de M. Albert. S'il se réjouissait de le voir riche, il regrettait aussi une société pleine de charmes; il regrettait surtout son vieil ami, M. Léopold. M. Sylvère apportait des nouvelles de Félicie. Cette aimable fille écrivait à Adrienne avec une touchante ingénuité. Elle lui parlait de son voyage à Coaraze. Adrienne ne put s'empêcher de pleurer en songeant qu'elle n'y serait plus pour la revoir; mais M. Léopold l'assura qu'elle embrasserait son amie dès l'année prochaine, et qu'il ferait en sorte que Félicie demeurât avec eux les mois d'été qu'il se proposait de passer à la campagne. On recevait fréquemment des nouvelles de M. Albert et de Casimir, qui depuis deux mois voyageaient toujours, malgré les désagréments de l'hiver, que l'on commençait à sentir. Des jours pluvieux et tristes

avaient remplacé les jours éclatants de l'été. Les matinées
étaient froides, les soirées longues et obscures. On se réu-
nissait déjà autour du grand foyer ; et à l'haleine piquante
des vents du nord, on avait opposé l'antique paravent sur
lequel étaient dessinées des figures bizarres qui amusaient
beaucoup Charlotte et Alexis. Un soir, M. Léopold était assis
dans un large fauteuil de velours vert, que sa mère avait
occupé ; M. Sylvère tisonnait à l'autre coin de la cheminée ;
madame Albert et ses filles, réunies autour d'une petite table
avec leur ouvrage, formaient un groupe dans le milieu ;
Hippolyte lisait gravement la *Vie des hommes illustres de
Plutarque*, lorsqu'Alexis, après avoir joué tout seul au do-
mino, ne sachant plus à quoi s'occuper, s'adressa tout-à-coup
à M. Léopold :

— A propos, mon papa, vous ne dites donc plus d'histoires ? lui demanda-t-il.

Cette espèce d'invitation fut si vivement appuyée, que
M. Léopold ne put se défendre de satisfaire le désir de sa
famille. Après avoir rêvé un moment, il prit la parole en
ces termes :

EUSÈBE ET CÉLESTINO
OU LA VERTU CONSOLE DE TOUT.

Heureux les enfants à qui le ciel a conservé les auteurs
de leurs jours ! c'est un bienfait qu'ils ne savent pas toujours
apprécier, quoiqu'il soit un des plus importants pour eux.
L'amour d'un père et d'une mère ne se retrouve jamais dans
d'autres cœurs, et quelque sollicitude qu'éprouve un étranger, elle ne peut lui être comparée. L'orphelin est à plaindre
dans tous les temps : enfant, il est privé de soins ; ado-
lescent, il manque de sages conseils. Tel fut le sort d'Eusèbe
et de Célestino, fils, l'un et l'autre, d'un pauvre marchand
de la ville de Tolède, belle et grande cité d'Espagne, dans

la Nouvelle-Castille. Ils avaient perdu leurs parents à un âge où l'on ne sent point cette infortune. Un cousin dur et avare fut nommé leur tuteur. Il les garda chez lui jusqu'à l'âge de dix-huit ans, s'en servant comme de simples valets, ne leur apprenant rien d'utile, et se plaignant toujours de la dépense qu'ils lui occasionnaient. Eusèbe, qui était l'aîné, ayant écouté les conseils de quelques voisins qui avaient connu leur père, dit un jour à son frère Célestino :

— Pourquoi resterions-nous dans cette maison, où nous ne sommes que des serviteurs durement traités, où nous n'apprenons rien, et nous n'entendons que des reproches! Notre père avait une sœur à Ronda, dans le royaume de Grenade ; elle est veuve, bonne et sans enfants. Sa fortune est à la vérité bien modique ; mais nous serons infailliblement ses héritiers. Rendons-nous chez elle ; nous la servirons aussi bien que notre tuteur. Si tu y consens, je vais dès aujourd'hui le prier de nous donner ce qui nous revient de notre père, et nous partirons pour Ronda.

— Je le veux bien, répondit Célestino, qui n'avait qu'un an de moins que son frère. Notre tuteur ne s'offensera point de notre démarche, puisqu'il se plaint tous les jours de la dépense que nous lui causons.

Le tuteur, qui ne cherchait qu'à se débarrasser de ses pupilles, dont il avait fort mal administré le petit héritage, reçut leur proposition avec beaucoup de joie ; mais, lorsqu'ils lui demandèrent ce qui leur appartenait, il fronça les sourcils et leur répondit brusquement :

— Parbleu, je vous trouve de plaisants drôles de me demander des comptes! Ne savez-vous pas que votre père est mort couvert de dettes qu'il m'a fallu payer? Moi-même j'étais son créancier, et vous êtes ainsi devenus mes débiteurs, sans compter ce que j'ai tiré de ma bourse pour vous habiller et vous nourrir depuis dix ans. Tout ce que je puis

faire pour vous, c'est de vous remettre ce que vous me
levez.

Les deux frères, fort surpris d'une générosité si peu pro-
fitable, se retirèrent avec chagrin, ne sachant comment ils
feraient pour voyager sans argent. Les personnes qui avaient
déjà conseillé Eusèbe, l'engagèrent à appeler son tuteur en
justice pour faire rendre ses comptes; mais un vieillard,
plus sage et plus prudent que les autres, leur dit qu'ils
avaient trop peu de chose à espérer, pour que cela valût la
peine de citer scandaleusement en public un homme qui leur
avait bien ou mal servi de père. Ce même vieillard s'adressa
à un honnête prélat qui fit faire une quête pour les deux
frères. Nantis d'une somme capable de les conduire jusqu'à
Ronda, ils partirent à pied de Tolède avec un bâton à la main
et un havresac sur le dos.

Deux jeunes gens lestes et vigoureux font bien du chemin
dans un jour. Quoique ceux-ci n'eussent que des espérances
douteuses, et que leur avenir fût un peu obscur, ils n'en
conservaient pas moins leur gaieté. Ils déjeunèrent au pied
du château d'Orgas, à six lieues de Tolède.

— Il faut convenir, disait Eusèbe en mangeant des ognons
avec un morceau de pain, que ceux qui possèdent de belles
propriétés sont bien heureux! Le maître de ce château, par
exemple, ne connaît aucun souci. Il se lève tranquillement,
se promène dans ses jardins, ou chasse aux environs, si cet
amusement lui plaît. Il n'a que la peine de se mettre à table
pour savourer de bons repas; et le soir un excellent lit le
reçoit et le repose. Nous autres, pauvres diables, nous sommes trop heureux de pouvoir compter tous les jours sur
des ognons pour vivre, et sur une botte de paille pour nous
coucher.

— Que veux-tu, mon frère! répliquait Célestino; il est
nécessaire apparemment qu'il y ait des riches et des pauvres.

puisque Dieu le permet ainsi. Toutefois, que savons-nous ce qu'il nous réserve? Beaucoup sont partis misérables et sont revenus opulents; pourquoi ne nous en arriverait-il pas ainsi? Nous n'avons jamais fait de mal à personne; espérons que Dieu nous bénira.

Comme Célestino achevait ces paroles, un valet sortit du château et les aborda.

— Mes amis, leur dit-il, le seigneur mon maître m'envoie vous demander un morceau de pain avec un de vos ognons. Il vous a vus déjeuner du haut de ce balcon, et il lui a semblé que ce que vous mangiez devait être délicieux.

— Nous n'avons rien à refuser à ce seigneur, répondit Célestino; mais vous nous permettrez d'être surpris de ce qu'un homme riche comme il paraît l'être soit tenté d'un semblable déjeuner. Il faut que votre maître soit malade.

— Il se porte fort bien, répliqua le valet, mais il a pris un tel dégoût pour tout ce qu'on lui accommode, qu'il ne mange presque de rien. Nous avons beau acheter ce qu'il y a de plus délicat, et varier les sauces de mille façons, il ne trouve aucun mets agréable.

— C'est peut-être qu'il est trop tôt satisfait, reprit Eusèbe en riant. S'il jeûnait quelquefois comme nous, ses bons repas lui paraîtraient meilleurs.

— Je le crois aussi, repartit le valet en riant à son tour. Ces riches sont si las de leur propre bonheur, qu'ils ne savent réellement qu'en faire. Voici toujours une pièce de monnaie pour votre pain et vos ognons.

— Bon! lui dit Célestino, cela n'en vaut pas la peine.

— Ne faisons pas les généreux, reprit Eusèbe; ce seigneur est assez riche pour nous payer grassement.

Le valet s'en alla en riant. Eusèbe serra la pièce d'argent dans sa poche, et les deux frères continuèrent leur route en s'entretenant de cette aventure.

— Les riches ne sont pas si heureux que l'on croit, disait Célestino en branlant la tête, et je me souviendrai toujours que le seigneur d'Orgas nous a fait demander le pain et les ognons que nous mangions au pied de son château.

— Cela ne conclut rien contre la fortune, répétait Eusèbe. Pour un seigneur qui ne jouit pas de sa prospérité, il y en a mille qui sont les plus heureuses gens du monde.

Ils passèrent à Mora sans y entrer, et, ayant gravi les monts Tolédo, ils vinrent coucher à Montagan, dans les montagnes. Avant de quitter ce petit endroit, ils entrèrent dans une église dont ils virent la porte ouverte, et firent chacun leur prière.

— Seigneur, dit Eusèbe, accorde-moi de devenir riche et heureux.

— Seigneur, dit à son tour Célestino, fais-moi la grâce d'être toujours un homme de bien.

Les deux frères, ayant ainsi prié, chacun selon son désir, poursuivirent leur chemin, en se dirigeant vers la ville de Calatrava, chef-lieu de l'ordre militaire des chevaliers de ce nom. Ils ne s'y arrêtèrent que quelques heures, et vinrent coucher à Ciudad-Réal, à travers la riche campagne au milieu de laquelle elle est située. Ils assistèrent le lendemain à un combat de taureaux. Ce spectacle, tout barbare qu'il est, est en grande faveur en Espagne. Après avoir parcouru des rues larges et étroites, les deux frères arrivèrent à une place carrée, entourée de deux rangs de loges, qui ne tardèrent pas à se remplir d'une foule de personnes de tout âge, de tout rang et de tout sexe; car les femmes mêmes ne craignent point d'assister à ce spectacle. Un taureau plein de force et de courage, pris dans les hautes montagnes de la Sierra-Névada, est lâché dans l'arène. Impatient, surpris de se trouver au milieu de tant de spectateurs, il aspire l'air avec force et lance des regards farouches. Un homme légèrement vêtu, armé d'un stylet, et faisant flotter un voile rouge, se présente au sauvage animal, que la couleur de ce voile met aussitôt en fureur. La tête basse, les cornes menaçantes, il fond sur son habile adversaire ; celui-ci lui pose adroitement une main entre les cornes, et saute derrière lui. Il l'excite de nouveau, laisse redoubler sa fureur, et la trompe encore. Fatigué à la longue par ce dangereux exercice, il le termine en plongeant son stylet entre la tête et le cou du taureau. Le fier animal, blessé mortellement, mugit, chancelle, tombe et expire aux cris de joie et aux applaudissements de tous les spectateurs.

— Excusez, mon père, si je vous interromps, dit Adrienne ; mais est-il bien possible que des femmes trouvent quelque plaisir à voir cet horrible amusement ?

— Il faut bien que cela soit, puisqu'elles y accourent avec empressement, reprit M. Léopold. On a bien de la peine à expliquer une telle barbarie de la part d'une nation aussi civilisée. L'habitude seule peut les rendre insensibles ; car j'imagine que ceux qui voient pour la première fois et l'homme que la chute la plus légère expose à périr, et ce malheureux taureau qui lutte contre la mort, ne peuvent se défendre d'éprouver de la crainte et de la pitié ; mais conduits de bonne heure à ce spectacle, ils se familiarisent avec lui.

Eusèbe et Célestino, qui l'avaient vu souvent à Tolède, sortirent de ce lieu fort satisfaits de l'adresse du vainqueur, et ils entendirent autour d'eux qu'on se plaignait de ce que le taureau avait été mis à mort trop promptement. A une lieue de Ciudad-Réal, ils trouvèrent les marais appelés les yeux de la Guadiana. Cette rivière, à quatre lieues de sa source, se perd dans une prairie. A cinq lieues de là, on la retrouve, non plus claire et limpide, comme au sortir des montagnes, mais trouble, presque immobile, et formée de vastes marais remplis de plantes aquatiques. C'est cepen-

dant de ces marais que s'échappent de nouveau les eaux
du fleuve, qui arrosent avec profusion des campagnes flo-
rissantes.

Les deux frères passèrent au bourg du Toboso, devenu si
célèbre par le roman de don Quichotte.

Au pied de la montagne de la Sierra-Moréna, ils virent
la rivière du Tinto, dont les eaux jaunes portent la mort sur
ses rivages. La verdure qu'elles baignent se dessèche et
périt; les racines des arbres meurent colorées par ses ondes
extraordinaires, et les poissons eux-mêmes ne peuvent les
habiter.

Ils demeurèrent un jour dans l'antique et célèbre ville de
Cordoue. Ils visitèrent sa cathédrale, ouvrage des Maures, à
qui elle servait de mosquée, et dont les colonnes, tirées d'un
ancien temple des Romains, surpassent le nombre de trois
cents. Devant cette vaste église se trouve une place couverte d'orangers. L'ancien palais des rois maures sert d'é-
curie pour le haras des chevaux andalous, les plus beaux de
toute l'Espagne. C'est à Cordoue que naquit Sénèque le phi-
losophe, objet d'admiration pour les uns, et de mépris pour
les autres, tantôt représenté comme un modèle de sagesse, et
tantôt comme un modèle d'hypocrisie. La cause de ces divers jugements vient de ce qu'il n'eut pas une conduite ferme
et soutenue. Si, du fond de son exil, il adressa à sa mère des
ouvrages remplis de sagesse et de vertu, c'est de là aussi
qu'il flatta lâchement des hommes vils, et fit le sacrifice de
son honneur pour essayer de rentrer en grâce. Il prêcha le
mépris des richesses, et possédait des biens immenses. Condamné à mort par Néron, qu'il avait élevé, il descendit
noblement dans la tombe, laissant ainsi une réputation incertaine.

Eusèbe et Célestino arrivèrent à Ronda le douzième jour
de leur départ. Cette ville est située sur deux rochers fort

élevés qu'on a joints ensemble par un pont, au-dessous duquel est un affreux précipice appelé le Taxo. La Guadayara coule au fond de ce gouffre, dans lequel on descend par quatre mille marches.

Parvenus au terme de leur voyage, nos deux orphelins apprirent que leur tante était morte dans une maison de charité, faute de pouvoir se faire soigner chez elle. A cette nouvelle affligeante, qui leur enlevait leur dernière espérance, ils se regardaient tristement.

— Que deviendrons-nous ? dit Eusèbe.

— Puisque nous ne savons que servir, reprit Célestino, il faut bien embrasser cette condition.

— Ce n'est pas là que nous ferons fortune, continua Eusèbe.

— Non, reprit Célestino, mais nous n'en serons pas moins d'honnêtes gens.

— Au moins, poursuivit Eusèbe, allons servir dans une grande ville, où les conditions sont meilleures que dans les petites, et où l'on réussit plus qu'ailleurs à s'avancer. Nous avons encore assez d'argent pour faire quelques journées de chemin ; partons pour Séville. Il y a longtemps que j'ai le désir de connaître cette capitale de l'Andalousie, dont on dit parmi nous que qui n'a pas vu Séville, n'a pas vu de merveilles.

— Pour moi, reprit Célestino, il me semble qu'à notre âge, et avec si peu d'expérience, nous ferions mieux de nous louer à quelque mayoral pour garder les troupeaux.

— Qu'est-ce que c'est qu'un mayoral, mon père ? demanda Charlotte.

— C'est un berger en chef, répondit M. Léopold. En Espagne, la laine étant une branche de commerce considérable, on forme des parcs de moutons et de brebis qu'on rassemble dans les montagnes. Chaque parc est composé de

dix mille bêtes. Une pareille quantité exige un grand nombre de gardiens qui obéissent à un chef appelé mayoral. Il
distribue le salaire et la nourriture tant des bergers que des
chiens, fixe le départ et le séjour, et veille continuellement
à la conservation des troupeaux.

Eusèbe, n'ayant pas goûté les conseils de son frère, Célestino l'accompagna à Séville. Cette ville s'offrit à leurs
yeux au milieu d'une plaine, avec ses nombreuses flèches
dorées et la masse imposante de ses édifices. Parmi ces derniers, on remarque le clocher de Giralda, élevé de deux cent
cinquante pieds, d'une délicatesse infinie, et dont la rampe
est construite de façon que deux hommes à cheval peuvent
monter jusqu'à son sommet. L'orgue, qui est dans le chœur
de l'église, repose sur le tombeau de Christophe Colomb.
Séville est la première ville d'Espagne après Madrid. Les
deux frères n'eurent d'abord pas le loisir de la bien exami-
ner ; il fallait songer à vivre. Ils s'adressèrent à l'hôtel chez
lequel ils étaient descendus, pour s'informer d'une condition.
Celui-ci leur promit de s'occuper d'eux, et, peu de jours
après, il les fit entrer chez un riche seigneur arrivé nouvellement de Quito. Il n'y avait pas un mois qu'ils servaient
ce seigneur, nommé don Almagro de Vivero, que le fils de
leur maître, étant recherché par l'Inquisition, disparut de
la maison paternelle. On ne savait pas quel était son crime;
mais quand il n'en aurait point commis, la frayeur qu'inspire ce tribunal est telle, que l'innocent n'est pas plus rassuré que le coupable. Une somme considérable était promise
à celui qui le livrerait. Eusèbe, ayant découvert un soir
qu'il habitait dans une des caves de l'hôtel, éprouva une
forte tentation dont il fit part à son frère.

Celui-ci repoussa avec horreur une si odieuse pensée. Il
représenta vivement à son frère que c'était trahir les devoirs
les plus sacrés, s'exposer à la vengeance de Dieu et au mé-

pris des hommes. Eusèbe promit de n'y plus penser ; mais,
un autre domestique lui ayant fait connaître qu'il soupçon-
nait que le jeune seigneur était caché dans l'hôtel, il craignit qu'un autre ne profitât de cette occasion de s'enrichir.

— Tu vois, lui dit son frère, que le fils de notre maître
ne peut éviter d'être découvert ; ne vaut-il pas mieux que
nous profitions de la somme promise ?

— Non, sans doute, s'écria Célestino, il ne vaut pas
mieux. Malheur à celui qui s'enrichit au prix de sa vertu !
Dans quelle horrible action te proposes-tu de t'engager ?
Crois-moi, mon frère, la fortune ne te tiendra pas les promesses qu'elle semble te faire en ce moment ; tu ne jouiras
de rien ; le souvenir de ton crime te poursuivra sans cesse.
Rappelle-toi qu'un riche s'est vu réduit à désirer les ognons
du pauvre, et apprécie par là ce que c'est que la fortune.

Eusèbe ne voulut point en croire ces sages conseils. Célestino, le voyant résolu à cette coupable action, l'assura
qu'il allait, dès ce moment, avertir son maître du danger
que courait son fils. Eusèbe, craignant de voir échapper son
espérance, feignit alors de se rendre à la raison ; il convint
même avec son frère de découvrir à Almagro les soupçons de
l'autre valet, dès le lendemain matin, au lever de son maître;
mais tandis que Célestino, plein de confiance, dormait paisiblement, Eusèbe alla trouver les inquisiteurs et leur fit sa
déclaration. Ils le gardèrent jusqu'à ce qu'on se fût assuré
de la personne du fugitif, après quoi on lui compta la somme
promise, avec laquelle il abandonna Séville.

Célestino se réveilla en se sentant saisir avec violence.
Deux domestiques armés lui ordonnèrent de s'habiller et de les
suivre. On le conduisit dans une salle basse, où on le laissa
seul avec un morceau de pain et de l'eau. L'absence de son
frère, le traitement qu'il éprouvait lui firent soupçonner la
vérité. Bien moins inquiet pour lui qu'affligé du crime de

son frère, il se jeta à genoux et implora pour le coupable la miséricorde du Seigneur. Il s'en attrista jusqu'à verser des larmes ; mais bientôt, faisant un retour sur lui-même, il bénit Dieu de lui avoir conservé son innocence, et attendit paisiblement son sort. Dès que la nuit fut venue, on le tira de sa prison, et on le fit entrer dans une voiture qui roula toute la nuit avec beaucoup de rapidité. Il en entendait une autre qui le suivait. Le matin, on lui donna un pain et une bouteille d'eau au moment où on changeait d'attelage ; après quoi, la voiture continua de rouler. Elle ne s'arrêta qu'au bout de quatre jours. Pendant tout ce temps, Célestino n'avait parlé à personne ; il ne voyait point où on le conduisait, car la voiture se trouvait exactement formée par des jalousies. En descendant de cette autre prison roulante, il ne vit qu'un château sombre entouré de hautes murailles, autour desquelles on entendait le bruit des vagues de la mer. Sans lui laisser le temps de bien apercevoir les objets, on l'entraîne violemment dans une tour, où on l'abandonne comme la première fois. Le pauvre Célestino entendit deux portes se refermer sur lui. Il s'approcha d'une fenêtre étroite, obstruée par un double grillage : il ne vit que la mer qui s'étendait à perte de vue.

— Suis-je dans une île ? se demandait Célestino ; et dois-je finir ici mes jours ? Quelle que soit la destinée qui m'attend, je sens que ma conscience est tranquille, je n'ai point mérité de souffrir. Eusèbe ! Eusèbe ! je préfère ma prison à ta fortune.

Le château dans lequel il se trouvait prisonnier était situé en Portugal, sur la pointe du cap Saint-Vincent, dans la province des Algarves.

Célestino dormait paisiblement sur le matelas qu'on avait étendu dans la tour, lorsqu'au milieu de la nuit on vint

19

l'arracher au sommeil. Il voit entrer son vieux maître, l'air furieux et menaçant.

— Tu dors, misérable! s'écria-t-il; tu dors! toi qui m'as, pour jamais, ôté le repos. Apprends-moi ce qu'est devenu ton complice... Scélérat, vous avez livré mon fils à ses bourreaux, et je vous laisserais vivre! Si tu ne veux que je te poignarde à l'instant de ma main, parle; dis-moi où s'est retiré le monstre que tu appelles ton frère?

Célestino effrayé s'était prosterné aux pieds du vieillard irrité.

— Hélas! lui dit-il, je sais que ma vie dépend de vous, et pourtant je n'ai point mérité votre haine. J'ai fait ce que j'ai pu pour détourner mon frère du mal qu'il a commis. Je croyais avoir triomphé de ses coupables désirs; mais je juge à présent qu'il m'a trompé. Ne me demandez point ce qu'il est devenu; je l'ignore. Je ne l'ai point revu, depuis l'instant où il m'avait promis de renoncer à son projet criminel.

L'air d'innocence et de vérité avec lequel s'exprimait Célestino amollit le cœur du vieillard; mais, se reprochant aussitôt sa compassion :

— Crois-tu, reprit-il en s'excitant à la fureur, crois-tu, par une excuse qui n'est peut-être qu'un mensonge, échapper au châtiment que tu mérites? Malheureux! au lieu de moraliser ton frère, ton premier devoir n'était-il pas de me dénoncer ses horribles pensées? j'aurais sauvé mon fils!... Je n'écoute plus rien : si mon fils succombe, tu supporteras tout le poids de ma vengeance. Coupable ou non, prépare-toi à mourir si ses bourreaux ordonnent sa mort.

Célestino, demeuré seul, pleura amèrement sur sa cruelle destinée. Sa vie ou sa mort dépendait maintenant de l'intégrité des juges et de la conscience de l'accusé. De temps en temps, il s'écriait : Mon Dieu, je te bénis de ce qu'au moins je n'ai pas mérité tant d'infortunes. Pendant un mois, le

cœur lui battait toutes les fois qu'on ouvrait la porte de sa
prison. Insensiblement, il se calma au point d'envisager paisiblement sa dernière heure. Un soir, son gardien entra et
lui dit avec une grande agitation :

— Malheureux jeune homme, le fils de notre maître a été
brûlé publiquement sur la place de l'Auto-da-fé, à Séville.
Vous mourrez cette nuit.

— Je suis innocent, répondit Célestino, je ne crains point
la présence de Dieu ; mais je vous remercie de l'avertisse-
ment que vous me donnez ; j'emploierai mieux le temps qui
me reste.

Célestino se mit à genoux ; il pria ardemment pour son
frère. A minuit, il entendit venir ses exécuteurs. Eusèbe !
Eusèbe ! s'écria-t-il encore, je préfère la mort à ta fortune !
Ensuite, mettant ses mains sur ses yeux, il dit à ceux qui
entraient : Qui que vous soyez, vous vous rendrez coupables
du sang innocent.

— Nous ne voulons point le répandre, répondit l'un des
deux agents d'Almagro ; notre maître a décidé que le ciel se
chargerait de votre sort. Suivez-nous seulement.

Ils descendirent sur le rivage ; une petite barque, qui ne
pouvait contenir que trois ou quatre personnes, y était attachée à une autre plus grande. Célestino s'embarqua avec ses
guides. Lorsqu'ils eurent navigué environ une heure, ils
firent entrer Célestino dans la petite barque, coupèrent la
corde qui la tenait à l'autre, et, faisant force de rames, ils
retournèrent au cap Saint-Vincent, d'où ils étaient partis,
abandonnant Célestino, privé d'agrès et de provisions, à la
merci des vagues. L'orphelin se vit avec effroi au milieu
d'une mer immense, sur une barque aussi fragile. Il lui semblait, quoique la mer fût calme, que chaque vague allait
l'engloutir.

— Je mourrai sans doute, se disait-il avec abattement. Je

n'ai point mérité que Dieu fasse un miracle en ma faveur.
Toutefois, mon innocence me vaut encore mieux qu'une vie
coupable.

Pendant qu'il raisonnait ainsi, un brigantin d'Alger aperçut sa petite barque. On détacha la chaloupe, et on le conduisit à bord. Célestino songeait à remercier ses libérateurs,
lorsqu'on le chargea de chaînes, et il fut mis à fond de cale
avec d'autres malheureux, destinés ainsi que lui à l'esclavage. Un vaisseau espagnol, qui revenait de la Vera-Cruz,
attaqua le brigantin; dans le rude combat qui s'engagea
entre eux, un boulet ayant percé le navire des Algériens,
emporta les deux jambes à Célestino. Les Espagnols, de-
meurés vainqueurs, le trouvèrent baigné dans son sang.
Touchés de sa jeunesse, et l'ayant reconnu pour un compa-
triote, ils engagèrent le chirurgien du vaisseau à lui donner des soins. L'infortuné jeune homme, que le malheur ne
cessait de poursuivre, guérit enfin de cet horible accident;
mais il fut condamné dès lors à la plus misérable existence.
Le vaisseau étant entré dans le port de Cadix, le capitaine
fit faire deux jambes de bois à Célestino, et lui donna quelque argent. Tout l'équipage, ému de pitié, suivit cet exemple; il n'y eut pas jusqu'au plus pauvre matelot qui ne voulût
avoir part à cette charité.

— Maintenant qu'il m'est impossible de travailler ni de
marcher longtemps, se dit Célestino, j'achèterai un mulet,
et je parcourrai le royaume en demandant ma vie. Je n'aurai point pour cela cessé d'être honnête homme.

Il fit aussi l'acquisition d'une méchante guitare dont il
savait tirer quelques accords, et, ayant mis son aventure en
vers, il s'en alla de ville en ville, s'efforçant partout de
plaire et d'intéresser. Son âge, la douceur de sa voix, son
infirmité lui valurent la compassion de tous les cœurs sensibles. Dans tous les lieux où il passait, il s'informait de son

frère sans que personne pût le contenter. Au bout de plusieurs années il s'imagina qu'il était mort et cessa de s'en
informer. Il se trouvait un soir sur une promenade de la
ville de Léon, lorsque des cris affreux rassemblèrent la foule
autour d'un homme richement vêtu. Célestino ayant demandé ce qui se passait, on lui répondit que c'était le seigneur Pénaflor qui venait de tomber dans une attaque d'épi-
lepsie, maladie à laquelle il était fort sujet. Un instant
après, il vit passer, soutenu par des laquais, un homme
pâle, décharné, dont les yeux égarés et la physionomie effrayante ne pouvaient être considérés sans terreur. L'indif-
férence de ceux qui l'entouraient faisait voir qu'on était
accoutumé à ses souffrances. Plusieurs même, au lieu de le
plaindre, disaient que c'était un avare, un homme farouche
et défiant. Le lendemain. Célestino, poussé par un penchant inconnu, se dirigea avec sa guitare vers la maison de
Pénaflor. Il s'assit sur une pierre à la porte, et se mit à
chanter.

— Allez-vous-en, mon ami, lui dit un valet; notre maître,
qui ne dort jamais, repose en ce moment; ne troublez point
son sommeil.

— Il ne dort jamais ! répéta Célestino, je le plains; car le
sommeil apporte avec lui l'oubli de tous les maux.

Il s'en allait : un autre valet vint lui dire que son maître,
charmé de sa musique, désirait l'entendre de plus près. Célestino se réjouit de ce message sans savoir pourquoi. On
le fit asseoir dans une salle bien ornée; Pénaflor l'écoutait
d'un cabinet voisin, dont la porte était entr'ouverte. Célestino, en accordant sa guitare, sentait ses yeux se remplir de
larmes, sans pouvoir en démêler la cause. Enfin il commença
ses chants, qui n'étaient que le récit de ses aventures sous
des noms supposés. Lorsqu'ils devinrent assez clairs pour
Pénaflor, il sortit précipitamment du cabinet, en s'écriant :

Célestino, est-ce bien toi? Il voulut voler dans les bras de son frère; mais les forces lui manquèrent, et il s'évanouit avant de l'avoir embrassé. Célestino appela à son secours; il s'y traîna lui-même. Le coupable Eusèbe était devant ses yeux; il le retrouvait riche, mais beaucoup plus à plaindre que lui. Revenu de son évanouissement, Eusèbe fit retirer ses domestiques, et, se jetant entre les bras de son frère :

— C'est donc moi, s'écria-t-il, qui t'ai réduit dans l'état affreux où je te vois! Ah! que tu avais bien raison de me dire que la fortune ne me tiendrait pas ses promesses. Il n'est point sur la terre d'homme plus misérable que moi. J'ai voyagé, j'ai changé de nom; mais rien n'a pu me délivrer de moi-même. Le souvenir du malheureux Almagro, que j'ai livré au supplice, me poursuit au point de me jeter dans des convulsions affreuses. Ah! mon frère, que je crains de vivre et de mourir tout à la fois! Hélas! je me plains, et j'ose gémir de mon sort auprès de toi, qui, sans l'avoir mérité, en supportes un si affligeant.

— Ne te reproche pas les plaintes, Eusèbe, reprit Célestino; quelque infortuné que je te paraisse, je le suis bien moins que toi. La paix de ma conscience m'a, dans tous mes malheurs, sauvé du désespoir, et j'oserais presque t'assurer que je suis heureux.

— Il est donc vrai, reprit Eusèbe d'un air sombre, que rien ne dédommage de la vertu, et qu'elle est capable de consoler de tout! Il est donc vrai aussi que je suis perdu sans ressource!

— Mon frère, continua Célestino, cette pensée m'est plus cruelle que la mort. Veux-tu m'en croire?...

— Ah! dis, dis, s'écria Eusèbe; il m'en a trop coûté, il m'en coûte trop à chaque heure d'avoir méprisé tes conseils... Quand tu m'ordonnerais d'aller me livrer à Almagro, j'obéirais à ta voix. Il n'est rien que je ne fasse pour me délivrer de mes remords.

— Eh bien! cher Eusèbe, j'espère à présent t'en alléger le cruel poids. Abandonne les coupables richesses qui t'ont perdu; laisse quelque main respectable en disposer en faveur des pauvres, et retire-toi du monde. Il est des asiles pour les pécheurs qui veulent expier leurs crimes.

— Dès aujourd'hui, mon frère, je suivrai tes conseils. Je ne t'offre point des biens si peu dignes de toi; mais je t'engage à les distribuer; quelle main est plus pure que la tienne?

Célestino ne voulut point accepter l'emploi que lui proposait son frère; ils convinrent de confier les biens d'Eusèbe à l'évêque de Léon, afin qu'il en disposât selon ses lumières. Eusèbe choisit l'ordre le plus rigoureux pour y travailler à sa conversion. Son frère l'accompagna au monastère de la Trappe de Sainte-Suzanne, où il entra au nombre des frères serviteurs. Eusèbe et Célestino se firent, en se quittant, les plus tendres adieux. Le premier allait mourir pour le monde, et ils n'avaient plus d'espérance de se revoir qu'au ciel. Célestino continua de vivre en demandant l'aumône et en priant Dieu pour le salut de son frère.

— J'espérais, mon père, dit madame Albert, que votre Célestino ferait une fin plus heureuse. Cette histoire laisse de la tristesse dans l'âme.

— C'est qu'on ne conçoit pas bien l'idée du bonheur que procure la vertu toute seule, répondit M. Sylvère. Ordinairement, on tâche toujours de lui joindre quelque avantage étranger. Dans cette histoire, elle fait les frais de tout. Elle suffit à la félicité de celui qui la possède, tellement qu'il se trouve heureux jusque dans le sein de la mendicité. Le récit convient à son titre.

— Il me semble, reprit Isabelle, que ce vieil Almagro,

qui était, au reste, fort à plaindre, s'est montré bien barbare envers ce pauvre garçon, puisqu'il n'avait aucune preuve de sa complicité, et que tout déposait en sa faveur.

— Il te semble fort juste, Isabelle, répliqua M. Léopold : quelque légitime que soit la douleur, elle n'excuse pas même l'apparence d'une injustice.

Charlotte allait proposer à son tour quelque nouvelle observation, lorsque la pendule sonna minuit. M. Léopold se leva tout surpris d'avoir veillé si tard. Alexis ne pouvait plus ouvrir les yeux.

XXII. — Le Chien de l'aveugle.

— Que de neige! que de neige! s'écria un jour Isabelle. Elle tombe par flocons aussi gros que mon poing. Le jour en est tout obscurci.

— Ces pauvres petits oiseaux! dit Adrienne en s'approchant de la fenêtre, comme ils sont tristes! ils ne savent où se reposer. Je vais leur jeter un peu de mil.

— Bon, ajouta Charlotte, voici le temps que les perceneige vont fleurir; sitôt qu'il aura cessé de neiger, j'irai visiter mon parterre.

— A quoi bon, reprit Hippolyte, puisque nous allons à Bordeaux ?

— Nous reviendrons l'été prochain : notre grand-père nous l'a promis; et, pendant mon absence, Manuello cultivera soigneusement mes fleurs.

— Je me moque bien de tes fleurs, s'écria Alexis en sautant de joie; Léonard vient de m'apporter un grand panier de marrons de la part de son maître Tiburce. Vive la saison des marrons!

ISABELLE. — Voilà un petit garçon bien gourmand! Au

lieu de crier : Vive la saison des marrons, il serait bien plus honnête, Monsieur, de nous en offrir.

— A tous? reprit Alexis.

ISABELLE. — Eh! certainement; qu'y a-t-il là d'extraordinaire?

ALEXIS. — Rien; mais c'est que vous êtes beaucoup dé monde.

ADRIENNE. — Ne vous alarmez pas, M. Alexis; je n'en veux point; je ne trouve bon que ce qu'on prend plaisir à me donner.

CHARLOTTE. — Et moi, j'attendrai qu'il nous en vienne d'autre part.

HIPPOLYTE. — Ces marrons-là nous feraient du mal, assurément.

ISABELLE. — Je pense comme Hippolyte; ainsi, Alexis pourra les manger tout seul.

ALEXIS. — Si vous ne voulez pas les partager avec moi, je vais les jeter tous dans la neige. Ne soyez donc plus fâchés.

— A la bonne heure, reprit Adrienne, cela est bien dit. Qu'est-ce qu'un plaisir qu'on prend tout seul! Si tu partages avec nous aujourd'hui, demain chacun de nous partagera avec toi. On gagne toujours à être généreux.

— La neige ne tombe plus, dit Charlotte; qui veut venir voir mes perce-neige?

— Par où veux-tu que nous passions? demanda Adrienne; tous les sentiers sont couverts.

— Nous saurons les trouver, reprit Charlotte; il n'y a pas de précipice d'ici à mon parterre.

En passant le long de la haie du jardin, ils entendirent des plaintes et s'arrêtèrent.

— Cher et fidèle ami, disait-on d'une voix douloureuse, quelle perte je viens de faire en toi! Qui m'en consolera jamais. Ta patience, ta douceur, ton affection ne se sont jamais démenties. Quelque caprice que le malheur m'ait quelquefois donné, quelque ingratitude dont j'aie souvent payé tes services, rien n'a pu te détacher de moi, et, sans la mort, nous ne nous fussions jamais séparés. Cruelle mort! que ne commençais-tu par moi! Mon ami pouvait vivre sans mes secours, et je sens que je ne supporterai jamais la privation des siens. Oh! pourquoi n'ai-je pas mieux ménagé la vieillesse? Fidèle compagnon de mes ennuis, la rigueur de la saison t'aura été funeste, et te voilà mort dans mes bras. Tu as souffert sans te plaindre, je n'ai connu tes douleurs qu'en te perdant. Hélas! tu as sans doute tourné vers moi tes regards, et mes tristes yeux n'ont pu jouir de cette funeste et dernière preuve de ton amour.

— Ah! mon Dieu! dit Adrienne à demi-voix, il y a quelqu'un de mort dans ce chemin, il n'en faut pas douter.

— Qui que vous soyez, reprit la même personne en élevant la voix, daignez me remettre sur ma route, je suis aveugle.

— Nous sommes à vous dans l'instant, s'écria Isabelle.

Ils sortirent par une petite porte. Adrienne les suivit, quoiqu'elle appréhendât de voir un spectacle déchirant. Elle fut agréablement surprise en n'apercevant qu'un vieillard aveugle, qui tenait un chien mort entre ses bras. C'était l'ami que regrettait si éloquemment ce vieillard, qui était du bourg de Coaraze; les enfants se regardèrent en souriant. Hippolyte et Isabelle lui présentèrent la main. Il prit celle d'Hippolyte et se leva, emportant avec lui le chien sans vie.

— Il faut que vous ayez été bien attaché à ce pauvre animal, lui dit Adrienne; car en écoutant les plaintes que vous arrachait sa perte, je pensais que c'était une personne que vous regrettiez ainsi.

— Il y a quinze ans que je suis aveugle, répondit le vieillard, et il y avait quinze ans que mon pauvre *Fidèle* conduisait mes pas. Privé de la lumière, je le suivais avec confiance. Si je me reposais, il se reposait à mes pieds. Si je reprenais ma route, il était prêt à me guider. Où tout autre n'eût perdu qu'un chien, moi je perds un ami, un compagnon fidèle.

— Mais vous avez un frère et plusieurs neveux? reprit Isabelle.

— Mon frère est occupé de ses travaux, répliqua le vieillard; il ne peut les quitter pour me conduire. Mes neveux sont des enfants. Abandonneront-ils leurs amusements pour me faire promener? Et, s'ils me rendent quelquefois ce service, régleront-ils leurs pas sur ceux d'un pauvre vieillard, comme faisait mon chien? Le matin, se déroberont-ils au sommeil sans se plaindre? S'arrêteront-ils quand je voudrai m'arrêter? Pour ne pas leur être à charge, pour ne pas entendre leurs murmures, je passerai tristement ma vie, privé de la liberté, la première des consolations.

— Nous voici tout près de la maison, dit Isabelle; ce pauvre vieillard est transi de froid, faisons-le réchauffer.

Ils le firent asseoir devant le foyer de la cuisine. Il avait toujours son chien avec lui.

— Que comptez-vous faire maintenant du corps de ce bon *Fidèle?* lui demanda Hippolyte.

— Je prierai mon neveu de le mettre dans un bout de son champ, répondit le vieillard : il m'a été trop utile pour que je dédaigne de lui affecter un coin de terre.

— Voulez-vous que je le dépose ici dans la cour? reprit Hippolyte.

— Vous me rendriez un grand service, répliqua le vieillard; car nos voisins se moqueraient peut-être de mon amitié pour ce pauvre animal.

Hippolyte alla chercher une bêche, et, quoique la terre

fût très-dure, il parvint à creuser une petite fosse dans laquelle il coucha *Fidèle*. Il éleva ensuite un petit monticule pour lui servir de tombeau. Le vieillard le toucha avec ses mains.

— Pauvre animal! dit-il, ceux qui trouveront ridicules et mes regrets et le soin que je prends de tes restes ne comprendront pas de quel prix est pour un malheureux vieillard aveugle le chien qui le guide et s'associe à sa triste existence. Combien d'hommes descendent dans la tombe sans avoir rendu autant de services que toi?

— Bon vieillard, dit Adrienne, je vous promets de vous donner un autre *Fidèle*. Voici un jeune chien que j'élève, je veux vous en faire présent. Je l'habituerai à se laisser conduire en laisse, et le mènerai si souvent chez vous, qu'il prendra de l'affection pour votre personne.

— Je l'accepterai de bon cœur, ma jeune demoiselle, répondit le vieillard; il me sera d'autant plus cher, que je l'aurai reçu de vous. Je pourrai en effet retrouver en lui un autre *Fidèle*; il n'en est pas ainsi des hommes : lorsqu'on a perdu un ami, il est presque impossible de le remplacer.

Le vieillard s'étant chauffé encore quelque temps. Hippolyte le conduisit dans sa maison. Lorsqu'il fut parti, Adrienne ayant raconté à sa mère cette petite aventure :

— Eh quoi! maman, lui dit-elle, vous ne riez pas de la folie de ce bon vieillard, qui enfouit son chien et le regrette comme un véritable ami?

— Bien loin d'en rire, répondit madame Albert, je trouve sa reconnaissance estimable et sa douleur touchante.

— Ma chère maman, reprit Adrienne, vous qui êtes toujours si juste, d'où vient donc que vous trouvez ridicule en moi ce que vous approuvez dans ce vieillard? Lorsque je fais prendre du café à ma petite chienne Zémire, et que je la porte dans mes bras à la promenade, de peur qu'elle ne se fatigue, vous en riez. Lorsque je lui ai fait faire cette jolie niche de satin bleu, vous vous êtes moquée de moi, et cependant...

— Ai-je besoin de t'en faire remarquer la différence? interrompit madame Albert; et ne vois-tu pas de toi-même toute celle qui existe entre les soins minutieux et inutiles que tu prends de Zémire, et la juste reconnaissance que méritait le bon *Fidèle?* L'une n'est pour toi qu'un simple amusement; l'autre était devenu un être respectable par les services importants qu'il rendait à son maître. Il tenait une place qu'aucun homme n'est capable de remplir. J'ai donc raison d'approuver la douleur du vieillard, et de rire de ton fol amour pour Zémire.

Madame Albert parlait encore lorsqu'un postillon entra dans la cour; il apportait des lettres de M. Albert, et lorsqu'Hippolyte revint de chez le vieillard, il trouva toute la famille rassemblée autour de ce postillon.

— Notre père ne viendra pas, lui crièrent ses sœurs en le voyant.

En effet, M. Albert écrivait de Bordeaux à son épouse, qu'il lui était impossible de venir la chercher, comme il en avait d'abord eu l'intention. Il l'engageait à l'aller rejoindre avec son père et ses enfants. Ses voyages n'avaient point été infructueux, et sa fortune prenait une tournure des plus favorables.

On ne s'était point attendu à quitter si promptement Coaraze; cette nouvelle plongea tout le monde dans la tristesse. Les enfants avaient aussi préparé, pour le retour de leur père, une petite fête à laquelle il fallut renoncer. Adrienne alla pleurer dans sa chambre; les autres erraient çà et là d'un air affligé; Bibiane avait de la peine à retenir ses sanglots, et Manuello était encore plus grave qu'à l'ordinaire. Pour M. Léopold, il demeurait pensif dans son fauteuil. Il lui en coûtait à son âge de renoncer à ses habitudes ; mais il lui en eût coûté davantage de perdre les caresses de ses enfants. Madame Albert s'occupait des détails nombreux qu'exige une grande maison que l'on se propose de quitter pour longtemps. Elle rassemblait les objets faciles à transporter, et qui servaient ordinairement à son père, afin qu'il se trouvât moins étranger dans son nouveau séjour.

CONCLUSION.

Le départ de M. Léopold fut une véritable affliction pour ses voisins. Bibiane et Manuello pleuraient à chaudes larmes, en faisant charger les voitures ; les autres domestiques paraissaient pleins de tristesse. M. Léopold, attendri, s'efforçait de paraître calme ; mais il ne put retenir ses pleurs, en serrant dans ses bras son vieil ami, M. Sylvère. Lorsqu'il fut entré dans la voiture, trop ému pour pouvoir s'exprimer, il lui tendit la main en silence. M. Sylvère la serra dans la sienne, et s'éloigna à pas lents, en essuyant son visage tout baigné de larmes. Lorsque les voyageurs passèrent dans le bourg de Coaraze, les habitants se précipitèrent sur le seuil de leurs portes pour saluer encore une fois M. Léopold et sa famille. Adrienne, vivement émue, serrait tendrement la main de madame Albert, qui pleurait. Ce nuage de tristesse se dissipa insensiblement. L'espérance d'embrasser deux personnes chères à leur cœur tourna en une joie douce cette sensibilité douloureuse. Elle s'augmentait à mesure qu'on approchait de Bordeaux, et bientôt elle régna seule dans l'âme des voyageurs, lorsque, arrivés au terme de leur voyage, ils purent serrer contre leur cœur ceux dont ils avaient été séparés.

FIN.

TABLE

—

304 TABLE.

FIN DE LA TABLE.

Limoges. — Imp. E. Ardant et Cⁱᵉ.

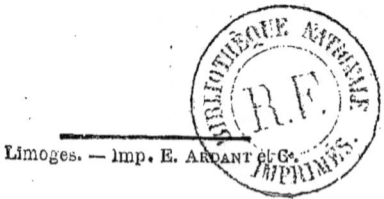